KB064931

조선후기 통신사 필담창화집 번역총서 25

桑韓醫問答 · 韓客筆譚

상한의문답 · 한객필담

조선후기 통신사 필담창화집 번역총서 25

桑韓醫問答·韓客筆譚

상한의문답·한객필담

김형태 역주

보고사

이 역서는 2008년도 정부재원(교육과학기술부 학술연구조성사업비)으로 한국연구재단의 지원을 받아 연구되었음(KRF-2008-322-A00073)

이 번역총서는 2012년도 연세대학교 정책연구비(2012-1-0332) 지원을 받아 편집되었음.

차례

조선후기 통신사 필담창화집 번역총서를 간행하면서 /417

일러두기

1. 통신사 필담창화집 번역총서는 제1차 사행(1607)부터 제12차 사행(1811) 까지, 시대순으로 편집하였다.

2. 각권은 번역문, 원문, 영인자료(우철)의 순서로 편집하였다.

3. 300페이지 내외의 분량을 한 권으로 편집하였으며, 분량이 적은 필담 창화집은 두 권을 합해서 편집하고, 방대한 분량의 필담창화집은 권을 나누어 편집하였다.

4. 번역문에서 일본 인명과 지명은 한국 한자음 그대로 표기하고, 처음 나오는 부분의 각주에 일본어 발음을 표기하였다. 그러나 번역자의 견 해에 따라 본문에서 일본어 발음대로 표기를 한 경우도 있다.

5. 번역문에서 책명은 『 』, 작품명은 「 」로 표기하였다.

6. 원문은 표점 입력하였는데, 번역자의 의견에 따라 표기하는 것을 원칙 으로 하였지만, 가능하면 한국고전번역원에서 정한 지침을 권장하였 다. 이 경우에는 인명, 지명, 국명 같은 고유명사에 밑줄을 그어 독자 들이 읽기 쉽게 하였다.

7. 각권은 1차 번역자의 이름으로 출판되었는데, 최종연구성과물에 책임 연구원과 공동연구원의 이름이 반드시 들어가야 한다는 한국연구재단 의 원칙에 따라 최종 교열책임자의 이름으로 출판되는 책도 있다.

8. 제1차 통신사부터 제12차 통신사에 이르기까지 필담 창화의 특성이 달라지므로, 각 시기 필담 창화의 특성을 밝힌 논문을 대표적인 필담 창화집 뒤에 편집하였다.

상한의문답

桑韓醫問答

치험례(治驗例)를 포함한 의론(醫論) 교환 중심의 『상한의문답(桑韓醫問答)』

　이 책은 1748년 제10차 '무진(戊辰)통신사'의 조선 양의 조숭수(趙崇壽)와 도호토(東都)의 의원인 카와무라 슌코(河村春恒) 사이의 필담을 정리한 책이다. 수록된 내용에 따르면, 조숭수는 양주(楊州) 사람으로 자는 경로(敬老)이고, 호는 활암(活庵)이며, 카와무라 슌코는 자가 자승(子升)·장인(長因), 호는 원동(元東)이다. 같은 시기 필담집인 『조선필담(朝鮮筆談)』에 따르면, 당시 슌코의 나이는 27세였다. 이들은 1748년 6월에 몇 일간 만나 필담을 나누었고, 『상한의문답』은 그 내용을 정리한 것이다.

　간본(刊本)으로서 서문(序文)은 없으며, 말미에 발문(跋文)인 '제상한의문답후(題桑韓醫問答後)'가 있다. 분량은 표지를 포함해서 43장이고, 매면(每面) 9행, 매행(每行) 16자가 각인(刻印)되어 있다. 표제는 '상한의문답(桑韓醫問答)'이고 권수제(卷首題)는 '상한의문답권지하(桑韓醫問答卷之下)'이다. 간행년은 1748년이고, 간행처는 '일본교통일정목 동무서사 원원무병위재(日本橋通壹町目 東武書肆 源原茂兵衛梓)'이다. 내각문고(內閣文庫)와 도쿄대학교(東京大學校)에 소장되어 있고, 교토대학교(京都

大學校)에도 영인본이 소장되어 있다.

　이 책은 수록 순서가 정연하고 보존 상태도 양호하지만, 권수제에서도 알 수 있듯이『상한의문답』상권과 하권 중에서 하권에 해당한다. 『상한의문답』상권은 카와무라 슌코와 무진통신사의 제술관(製述官) 박경행(朴敬行), 서기(書記) 이봉환(李鳳煥)·유후(柳逅)·이명계(李命啓), 조숭수 외 의원 조덕조(趙德祚)·김덕륜(金德崙) 등과 6월 1일부터 12일까지 나눈 필담을 정리한 것으로서 1책 2권으로 구성된『조선필담』건권(乾卷)과 내용이 동일한 것으로 판단된다. 왜냐하면『상한의문답』상권과 하권은 같은 시기에 이루어진『조선필담』과 필담 참여 인원, 내용이 똑같은데,『조선필담』곤(坤)권은『상한의문답』하권 내용과 완전히 일치하기 때문이다. 다만『조선필담』곤권은 문답 내용이 착종(錯綜)되어 있고, 마지막 부분이 누락되었다. 이는 이미 정리된『조선필담』을 바탕으로『상한의문답』을 정리해 간행하는 과정에서 발생한 혼란이라 생각된다.

　본격 의학필담집이라는 측면에서 유사성을 지니고 있는 1711년『상한의담』과 함께 이 책에도 본문에 이체자(異體字)가 적지 않게 포함되어 있어 해독에 어려움이 따른다. 다만 한문 좌우에 '한문훈독(漢文訓讀)'이 표기되어 있어 독자에게 해독 편의를 제공한다. 한문훈독은 메이지(明治)시대(1868~1912)까지도 일본 서적에서 쉽게 찾아볼 수 있고, 현재도 일본에서 교육되는 독법(讀法) 관련 표기인데, 유독 의학 필담에 자세하게 표기되어 있다는 것은 중요한 사실을 시사한다. 즉, 의학 필담은 전문 의서에 속하기 때문에 향후 이 책을 참고하는 의원들의 오독(誤讀)을 방지하기 위한 면도 있고, 의원이 아닌 다수의 일반인도 당시 고급 지식에 보다 쉽게 접근할 수 있도록 배려한 측면이라는 것이다. 두 책 모두 목판본으로 간행했다는 점도 다수의 독자를 염두에 둔 것임은 당연하다. 이것은 의학필담이 상업성을 전제로 출간되었음을 입증하는 것인데, 1711년 의학필담인 『양동창화후록(兩東唱和後錄)』과 1748년 『상한장갱록(桑韓鏘鏗錄)』 등도 모두 목판본으로 출간되었다는 사실이 이를 뒷받침한다.

이 책에서는 카와무라 슌코의 물음과 조숭수의 대답이 거의 대등한 비중으로 이루어진다. 그 내용은 주로 병증(病症)이나 의론과 관련된 것인데, 1711년 『상한의담』과 달리 질문자와 답변자의 비평이 포함되어 있다. 주요 내용은 노채·전시의 치료법과 조선에도 있는지 여부 및 발병 원인, 황반(黃胖)의 치료법과 발병 원인, 일본의 침의(針醫)와 호침(毫鍼) 사용의 타당성, 열입혈실(熱入穴室)과 낙태법(落胎法)에 대한 침법 적용, 소아 감질(疳疾)의 치료법과 발병 원인, 맥 짚는 법과 편작(扁鵲)의 『난경』 관련 이론 설명, 『황제내경』의 유래와 고의서(古醫書) 해독의 어려움, 『황제내경』의 중풍(中風)과 후세(後世) 중풍의 차이점, 구법(灸法)의 방법 및 유래와 오용(誤用) 주의 당부, 의서에 기록된 시역(時疫)과 후세 시역의 차이점, 치루(痔漏) 처방, 호침과 삼릉침(三稜鍼)의 구별, 음식물과 심폐(心肺) 기능의 관련성, 치절(治節)의 개념 설명, 치병(治病)과 마음의 상관성 등이다.

이 책에는 역대 의학 서적에 포함된 의론의 내용과 당시의 실정을 비교하는 질문과 답변이 많다. 또한 전염병에 관한 내용이 많은 점이 특징적이며, 침술과 연관해 당시 조선의 의료 수준을 가늠할 수 있는 내용도 확인할 수 있어 흥미롭다.

이 책은 개별 문답의 분량이 비교적 길고, 내용에 있어서도 상대방의 의견을 비평하며, 자신의 의견이나 참고한 의서의 내용을 인용한 경우가 많다. 이 점은 며칠에 걸쳐 필담을 나눌 충분한 시간적 여유에 있었기에 가능했던 것이다. 한편 11회 문답부터 시작되는 '재문필어(再問筆語)'는 10회까지 앞에서 나누었던 필담 중 미진했던 내용을 보충하는 성격의 문답인데, 주로 카와무라 슌코가 앞선 조숭수의 견해를 비평하고 조숭수가 재차 답변하는 방식을 취한다. 이 부분 역시 그만큼 의견을 교환할 시간적 여유가 충분했음을 보여준다.

결국 『상한의문답』은 평화로운 사행 분위기에 힘입어 의원들 간 문답을 행할 시간이 충분했기 때문에 각자 가지고 있던 의론을 바탕으로 상대방의 이론에 치밀한 비평을 가하는 '토론'의 방식을 보이게 되었다고 할 수 있다. 또한 '의론'적 내용 위주이기 때문에 의학 서적 중심의 이론과 실제 처방을 직접 확인할 수 있으며, 당시 유행했던 전염병과 동양의학의 흐름까지 살펴볼 수 있다는 점이 특징적이다.

상한의문답

카와무라 슌코(河村春恒)[1]

상한의문답권지하

물음 일본 의관 카와무라 슌코(河春恒)

"감히 묻습니다. 정덕(正德) 연간에 그대 나라의 여러분께서 예물을 갖춰 찾아오셨습니다. 농주(濃州) 대원(大垣)의 의원 슌포(春圃)란 사람이 농주 숙소에서 뛰어난 의관 기두문(奇斗文)을 뵙고, 질문의 조목 몇 가지를 올렸습니다. 안으로 노채(勞瘵)[2]·전시(傳尸)에 이르러서는 기 선생께서 '옛날에는 많이 있었지만, 지금은 없다.'고 답하셨습니다. 제 생각에 정덕 임진(壬辰)년(1712)부터 지금까지 30년이 흘러갔으니, 병에 변화가 있고 약에도 많은 변화가 있을 것입니다. 전시의 증세가 요

---

1 카와무라 슌코(河村春恒): 자는 자승(子升)·장인(長因). 호는 원동(元東). 도호토(東都)의 의관.

2 노채(勞瘵): 전염성 있는 만성적 소모성 질병. 폐결핵의 부류. 그 발병원인은 어떤 요인에 의해 저항능력이 약해져서 호흡기관에 결핵균이 감염되어 생김. 그래서 이를 '전시로(傳尸癆)'라고도 하는데, 이는 병이 서로 전염되는 것을 형용한 말임. 노채(癆瘵)·폐로(肺癆).

즈음 그대 나라에 있습니까? 여전히 없습니까? 치료법은 어떤 것으로 기본 되는 규범을 삼습니까?"

대답 조선 양주(楊州) 조숭수(趙崇壽)[3]

"노채라는 병은 우리나라 시골 간에 어쩌면 있겠지만, 대체로 이 병을 만난 사람이 일찍이 의원에게 물은 적은 없습니다. 의원들 또한 그것을 꺼려서 피하기 때문에 병을 앓는 사람이 치료받을 수 없고, 의원들이 시험 삼아 치료할 수도 없습니다. 형편이 진실로 그러할 것입니다. 대개 이 병에 전염된 사람은 모두 술과 여색(女色)의 정도가 지나쳐서 염통과 콩팥이 손상된 사람인데, 허(虛)[4]로부터 손(損)[5]하고, 손으로부터 노(勞)[6]하며, 노하여 채(瘵)[7]하고, 오래되어 벌레를 이루며, 심하면 죽습니다. 죽어서 전염되면 전시·비시(飛尸)[8]·둔시(遁尸)[9]라 말

---

3 조숭수(趙崇壽): 자는 경로(敬老). 호는 활암(活庵). 조선의 의관. 1748년에 조선통신사 일행으로 일본을 방문하였음.

4 허(虛): 8강(八綱)의 하나. 정기(正氣)가 부족해지거나 허약해진 것. 실(實)에 상대되는 말. '8강'은 병증을 분석하고 진단하는 데 일반적으로 널리 쓰이는 음(陰)·양(陽)·표(表)·한(寒)·열(熱)·허(虛)·실(實)·리(裏) 등 8가지를 합해서 이르는 말.

5 손(損): 허손(虛損)·허로(虛勞)·허손로상(虛損勞傷)·노겁(勞怯). 오장(五臟)의 기혈음양(氣血陰陽)이 허(虛)하고 부족해 나타나는 여러 질병의 개괄이기도 함. 선천적으로 부족하거나 혹은 후천적으로 그 균형이 깨졌거나, 오랜 병으로 인해 허한 증상이 회복되지 않았거나 혹은 정기(正氣)의 손상 등에서, 각 증의 허약증후가 나타나는 것은 모두 이 범위에 속함. 그 병변과정은 대부분 점차적으로 이루어짐. 병이 오래되어 체질이 허약한 것이 '허'이고, 오랫동안 허한 증상이 회복되지 않는 것이 '손(損)'이며, 허손(虛損)이 오래되면 '노(勞)'임.

6 노(勞): 허로(虛勞)의 준말.

7 채(瘵): 노채(癆瘵)의 준말.

하는 것입니다. 같은 기질(氣質)의 친 형제 자매는 기(氣)로써 서로 전염되고, 심하면 한 집안이 모두 죽임을 당하는 데까지 이르는 일도 있는데, 전염되는 이치에 어두운 사람은 의심합니다. 대체로 어느 사람이 여역지기(癘疫之氣)[10]가 크면, 이 세상에 두루 퍼져 기(氣)로써 서로 전염됨을 알겠습니까? 하늘과 땅에 퍼지면 이 세상이 전염되고, 집안에 퍼지면 한 집안이 전염되니, 기가 서로 감염됨은 이상하게 여길 것이 없을 것입니다. 만일 치료법을 말한다면, 그 벌레를 죽여서 그 뒷날의 근심을 끊어야 할 뿐입니다. 단계(丹溪)[11]·등보(登父)[12]도 오히려 어렵다고 여겼습니다. 하물며 등보·단계에 미치지 못하는 자들이겠습니까?

---

8 비시(飛尸): '노채(癆瘵)'와 같은 뜻으로 쓰임.

9 둔시(遁尸): 갑자기 발생하는 위중한 병증. 『태평성혜방(太平聖惠方)』제56권에 "둔시란 것은 병사(病邪)가 살과 혈맥(血脈)에 멈추어 숨어 있는 것을 말한다. 갑자기 감촉되어 즉시 발동하니, 심복부(心腹部)가 더부룩하고 그득하면서 찌르는 듯 아프며, 숨이 가쁘면서 급하고, 옆으로는 양 옆구리를 치며, 위로는 가슴을 치받는데, 그 증후가 멈추더라도 숨어서 없어지지 않는 것이 이것이다.(遁尸者, 言其停遁, 在人肌肉血脈之間. 若卒有犯觸卽發動, 令心腹脹滿刺痛, 喘息急, 偏攻兩脇, 上沖心胸, 其候停遁, 不消者, 是也.)"라 하였음. 목향산(木香散), 관골원(鸛骨圓) 등을 씀.

10 여역지기(癘疫之氣): 역려지기(疫癘之氣). 일종의 전염성이 강한 병사(病邪). 여기(癘氣)·독기(毒氣)·이기(異氣)·잡기(雜氣).

11 단계(丹溪): 주진형(朱震亨, 1281~1358)의 호. 원(元)대 의원.

12 등보(登父): 양사영(楊士瀛)의 자. 호는 인재(仁齋). 송(宋)대 회안(懷安) 사람. 집안 대대로 의술을 업으로 삼았는데, 그에 이르러 더욱 정밀해졌음. 『의림촬요(醫林撮要)』의 「역대의학성씨(歷代醫學姓氏)」에 18명의 덕의(德醫) 가운데 한 사람으로 올라 있을 정도로 의술이 뛰어났고, 인덕(仁德)을 베푼 의사였음. 저서에 『상한류서활인총괄(傷寒類書活人總括)』·『의학진경(醫學眞經)』·『인재직지(仁齋直指)』 등이 있음.

물음

"또 묻습니다. 어떤 병이 있는데, 그 병은 얼굴빛에 푸른색이 돌면서 희고 부어 있으며, 명치끝이 늘 더부룩하고, 손톱색이 변합니다. 마시고 먹는 것과 걸음걸이는 평소와 같지만, 멀리 걸으면 호흡이 짧아집니다. 시골의 낮고 천한 사람들에게 가장 많은 듯했습니다. 의원들은 황반(黃胖)[13]이라 하며, 궐분(蕨粉)[14]을 주된 약으로 삼고, 철분(鐵粉)[15]·유황(硫黃)[16] 등의 약을 더해 쓰는데, 많은 효과를 얻습니다. 증세가 가벼운 사람은 7·8일, 무거운 사람은 10일 남짓이면 병이 낫는데, 대변이 검게 나오는 것이 증거가 됩니다. 그대 나라에도 이러한 병이 있습니까? 없습니까?"

대답

"황반이란 병은 민광(岷廣)이 이른바 사병(砂病)[17]이라 했고, 진씨(秦氏)[18]가 이른바 청근(靑筋)[19]이라 했던 따위이니, 실제로 황반은 아닙니

---

13 황반(黃胖): 충(蟲)으로 비위(脾胃)가 허해지고, 습열(濕熱)이 성해져서 생긴 병증.
14 궐분(蕨粉): 고사리 뿌리줄기의 전분(澱粉).
15 철분(鐵粉): 철(Fe) 또는 산화철의 가루.
16 유황(硫黃): 유황광(硫黃鑛)이나 유화광물을 채취해 가열한 다음 상층의 액상유황을 냉각한 것.
17 사병(砂病): 열병(熱病)과 비슷하고, 좁쌀 같은 열꽃이 돋는 병. 열꽃의 색에 따라 홍사(紅砂)·백사(白砂)의 구별이 있음.
18 진씨(秦氏): 편작(扁鵲)의 성(姓). 춘추(春秋) 때 의원.
19 청근(靑筋): 따뜻한 봄에 맑고 서늘한 기운이 온기(溫氣)를 꺾어버려 사기(邪氣)가 간(肝)에 있게 되는 것.

다. 황반은 곧 비위습열(脾胃濕熱)[20]이 낳은 것인데, 비위습열의 병에 마시고 먹는 것이 평소와 같을 수 있겠습니까? 그 증세를 따라 자세히 미루어 생각해보면, 이것은 간과 허파가 서로 부딪치는 증후입니다. 명치끝이 더부룩한 것은 간에 사기(邪氣)[21]가 몰려 머물러있는 것입니다. 멀리 걸으면 숨이 차서 헐떡이는 것은 폐기(肺氣)[22]가 치밀어 오르는 것입니다. 손톱이란 것은 간이 웅하고, 얼굴빛에 푸른색이 돌면서 흰 것은 간과 허파의 색입니다. 마시고 먹는 것이 평소와 같은 것은 병이 지라에 있지 않은 것입니다. 철분 따위로 치료해 검은 대변이 나오고 병이 낳는 것은 그 악혈(惡血)[23]·완연(頑涎)[24]을 아래로 떨어뜨려, 폐기는 순조롭게 하고 간울(肝鬱)[25]은 펴서 병이 저절로 풀리는 것입니다. 그러나 오로지 철분 따위만 할 수 있는 것이 아니라, 모든 무겁고 떨어뜨리는 약은 모두 가려 쓸 수 있습니다. 이것은 모두 땅이 낮고 축축한[26] 시골에서 바르지 않은 기(氣)를 범해, 먼저 허파에서부터 기

---

20 비위습열(脾胃濕熱): 중초(中焦)의 기(氣)가 정상적 운화(運化)기능을 하지 못해 습열이 비위에 몰려있는 것.
21 사기(邪氣): 풍(風)·한(寒)·서(暑)·습(濕)·조(燥)·화(火)·여기(癘氣) 등 병을 일으키는 요인. 일반적으로는 외감병을 일으키는 외인(外因). 외인이란 몸 밖으로부터 침입한 사기를 말하므로 외인을 외사(外邪)라고도 함.
22 폐기(肺氣): 폐의 기능 활동. 호흡의 기, 폐의 정기(精氣).
23 악혈(惡血): 어혈(瘀血)의 일종. 체내의 혈액이 일정한 장소에 엉겨 정체된 병증. 패혈(敗血).
24 완연(頑涎): 해수(咳嗽) 천식(喘息)과 그르렁거리는 소리를 나게 하는 타액(唾液).
25 간울(肝鬱): 간기울결(肝氣鬱結). 간기가 몰려서 생긴 병증. 7정이나 그 밖의 원인으로 간의 소설(疏泄)기능에 장애가 생긴 것. '7정'은 희(喜)·노(怒)·우(憂)·사(思)·비(悲)·경(驚)·공(恐) 7가지 정서 상태를 합해 이르는 말.
26 남장(嵐瘴): 산림(山林)에 서려 있는, 열병 등을 일으키는 축축한 습기(濕氣).

체(氣滯)²⁷하고 피가 막히며, 간기울(肝氣鬱)²⁸하여 더부룩한 것인데, 앞에 이른바 간과 허파가 서로 부딪친다는 것이 이것입니다. 우리나라 바닷가 마을에 또한 간혹 있는데, 여기에 의지해 치료하니 어떤 경우에 효과가 있었습니다."

물음

"우리나라에 탕액가(湯液家)²⁹ 외에 침의(針醫)³⁰란 사람들이 있는데, 그 방법은 곧 「소문(素問)」에 이른바 호침(毫鍼)³¹이란 것을 씁니다. 퇴산(癩疝)³²·징가(癥瘕)³³·혈적(血積)³⁴·두통(頭痛), 가슴과 등, 손과 발, 대체로 온갖 병에 모두 그것을 찔러 영위(榮衛)³⁵를 돌게 하고, 통경(通

---

27 기체(氣滯): 기가 돌아가지 못하고 머물러 있는 것.

28 간기울(肝氣鬱): 간기울결(肝氣鬱結)의 준말.

29 탕액가(湯液家): 달여서 먹는 약을 주로 쓰는 학파.

30 침의(針醫): 침혈(針穴)을 자극하는 침 치료를 주로 하는 의원.

31 호침(毫鍼): 옛날에 쓰던 구침(九針)의 하나. 침대가 가늘며 침 끝도 머리칼처럼 가늚. 현재 가장 많이 쓰이는 것으로 탄력성이 좋은 금속으로 만든 가는 침을 말하는데, 인체의 혈위(穴位)에 꽂아서 치료 목적에 도달함. 직경은 보통 0.1~0.5mm이고, 길이는 5푼(分, 약 1.5cm)에서 4~5치(寸, 약 13~17cm)인 것을 씀. 호침(毫針). '구침'은 고대의 형상과 용법이 다른 9가지의 침을 말하며, 참침(鑱針)·원침(員針)·시침(鍉針)·봉침(鋒針)·피침(鈹針)·원리침(員利針)·호침·장침(長針)·대침(大針)임.

32 퇴산(癩疝): 산증(疝症)의 하나. 고환이 부어 커지고 딱딱하며 아래로 처져 무겁게 느껴지며 아프거나, 혹은 무감각해 통증이나 가려움을 느끼지 못함. 또는 여자의 아랫배가 부어오르는 병증. 퇴산(㿉疝).

33 징가(癥瘕): 뱃속에 덩어리가 있거나 혹은 배가 더부룩하게 불러오거나 혹은 아픈 병증. '징'은 덩어리가 움직이지 않는 것이고, '가'는 움직이는 것임.

34 혈적(血積): 적(積)의 하나. 기(氣)가 거슬러 올라 혈이 울체(鬱滯)되거나 외상으로 어혈이 몰려 생김.

經)³⁶의 일도 합니다. 원래 대체로 침법(鍼法)³⁷이란 것은 「영추(靈樞)」
·『난경(難經)』과 『갑을경(甲乙經)』³⁸ 등에서 나왔고, 여러 사람이 풀이
를 붙여 매우 자세할 것입니다. 그러나 요즈음 효과를 거둔 사람들을
보면, 견적(堅積)³⁹을 억눌러 없애고, 비색(痞塞)⁴⁰을 트여 움직이게 하
는 것 외에는 손발의 병과 내상(內傷)⁴¹·외습(外濕)⁴² 등의 증세에 이르
면, 그 효험을 시험해보는 사람은 가장 보기 드문 바이니, 옛 경서의
설명과는 다를 것입니다. 그대 나라는 이러한 증세에 침을 씁니까? 안
씁니까? 또한 혹시 그 견적이 있는 곳을 찾으면, 직접 그곳을 찌릅니
까? 우리나라의 침을 쓰는 사람들은 배에는 1, 2치, 나라 자(尺)를 씁니
다. 또한 손발에는 5, 6푼 깊이로 찌릅니다. 옛 경서에 그것을 견주어
보면, 매우 깊이 찌르는 것일 겁니다. 왕도(王燾)⁴³가 침에 대해 논하

---

35 영위(榮衛): 혈기(血氣). 혈액과 생기(生氣). '영'은 혈의 순환이고 '위'는 기의 순환임.
36 통경(通經): 월경의 시기가 지나도 오지 않는 것인 폐경(閉經)을 순조롭게 통하도록
하는 방법.
37 침법(鍼法): 금속제 침을 써서 인체의 일정한 체표부위를 자극함으로써 치료목적에 도
달하는 것. 침자(針刺)·자법(刺法).
38 『갑을경(甲乙經)』: 『황제침구갑을경(黃帝鍼灸甲乙經)』. 282년 진(晉)대 황보밀(皇甫
謐)의 저작임. 12권. 생리(生理)·병리(病理)·진단(診斷)·경락(經絡)·수혈(腧穴)·침
구(針灸)치료 등을 논하였는데, 이는 침구에 관해 현존하는 가장 오래된 전문서임.
39 견적(堅積): 위와 간, 자궁 등에 생긴 단단한 덩어리.
40 비색(痞塞): 기혈(氣血)이 한 곳에 몰려 통하지 못함.
41 내상(內傷): ①병인의 일종. 7정(七情)을 조절하지 못하거나 배고픔, 성생활의 지나침,
과식이나 지나친 피로 등에 의해 장기(臟氣)가 손상을 받음으로써 병이 일어나는 것. ②병
증의 일종. 타박상·찰과상 등으로 인해 체내의 장기(臟器)가 손상되거나 혹은 심하게
무거운 것을 들어 기혈(氣血)을 손상시킨 것을 말함.
42 외습(外濕): 밖으로부터 침입한 습사(濕邪)를 감수하는 것.
43 왕도(王燾): 중국 당(唐)대 미현(郿縣) 사람으로 의술가(醫術家). 전기(傳記)에 따르

며, '죽은 사람을 살릴 수 없다.'고 말한 것은 우단(虞摶)의 논의에 한 쪽으로 치우친 견해임이 마땅할 것입니다. 그대가 생각하는 것과 그대 나라에서 행하는 침법(鍼法)을 자세히 보여주신다면, 매우 다행이 겠습니다."

대답

"옛날의 밝은 의원들에게 어찌 일찍이 약의(藥醫)와 침의(鍼醫)의 구별이 있었겠습니까? 근세 이래로 타고난 재능이 점점 떨어져 대부분 전문적으로 연구할 수 없고, 학술과 기예도 점점 쇠퇴해 다시 좋아질 여지가 없음이 한탄스럽습니다. 달여 먹는 약에 능숙한 사람이 어찌 침(鍼)을 모르고, 침에 어두운 사람이 또한 무슨 이유로 달여 먹는 약의 이치를 알겠습니까? 침이 미치지 못하면 약으로 치료하고, 약이 미치지 못하면 침으로 치료합니다. 두 가지는 서로 의지하고, 서로 떨어질 수 없으니, 이쪽에 막히고 저쪽에 능통하다는 사람은 일찍이 들어보지 못했습니다. 또 침의 종류는 한두 가지에 그치지 않는데, 단지 호침(毫鍼)만 예로 든 것은 무엇 때문입니까? 혹시 그대 나라의 이로움에 치우침이 있어 그러한 것입니까? 이 세상의 치료법이 비록 각각 같

면, '타고난 효자로서 서주사마(徐州司馬)가 되었고, 어머니가 병들었을 때 여러 해 동안 밤낮으로 애써 탕제(湯劑)를 마련해 드렸다. 당시 이름난 의원과 사귀어 그 의술을 모두 배우고, 책을 지어서 외대비요(外臺秘要)라는 이름을 붙였다. 토역정명(討繹精明)하여 세상 사람들이 이 책을 중히 여겼다. 급사중(給事中) · 업군태수(鄴郡太守)를 역임했으며, 치적이 훌륭하여 그 무렵에 널리 알려졌다.'고 함. 저서에 『외대비요(外臺秘要)』 40권이 있음.

지 않더라도 단지 작은 지나침만 있을 뿐입니다. 그 원침(圓鍼)[44]을 내
버려둘 수 있겠습니까? 사람에게는 굳세거나 약함이 있고, 병에는 얕
거나 깊음이 있으며, 혈(穴)[45]에는 크거나 작음이 있는데, 그 날카롭고
가는 침만으로 통해 돌아다니게 할 수 있겠습니까? 온갖 병에 모두 찌
를 수 있다는 설명은 활간(活看)[46]에만 마땅하니, 집착하지 말아야 합
니다. 「소문(素問)」에 '크게 허로(虛勞)한 사람, 많이 굶주린 사람, 땀을
지나치게 많이 흘리는 사람, 열이 심한 사람에게는 찌르지 말라.'고 했
고, 「영추(靈樞)」에 '몸에 기(氣)가 부족하거나 아이를 낳고 피를 흘려
부족하면 찌르지 말라.'고 했습니다. 여기에서 내상(內傷)·허손(虛損)
에 함부로 쓸 수 없음을 볼 수 있으니, 단지 막히고 그친 실제 증상에
만 마땅합니다. 이씨(李氏)[47]가 이른바 '침술(鍼術)에 비록 보사(補瀉)의
방법이 있더라도, 사(瀉)란 것은 진실로 기를 거슬러 빼앗을 수 있는
것[48]이고, 보(補)란 것은 반드시 기를 눌러 머무르게 하는 것은 아니
다.'라 했는데, 이것은 진실로 확실한 논의입니다. 비유하면 감초(甘艸)
와 같은데, 주(註)에 '온갖 약(藥)의 독(毒)을 풀어준다.'고 말했지만, 비

---

44 원침(圓鍼): 옛날에 쓰던 9가지 침의 하나. 길이가 1치 6푼이고, 침 끝이 둥실하게 뭉툭
　 해 살갗을 뚫고 들어가지 않게 되어 있음. 사기(邪氣)가 근육 사이에 있는 비증(痺証)에
　 씀. 침을 혈 위에 대고 비비며 살갗 면만 자극함. 돌개침.

45 혈(穴): 기혈(氣血)이 신체 표면에 집합되어 있거나 순행해 들어가거나 혹은 통과하는
　 중점 부위. 침이나 뜸으로 자극을 줘 병을 치료하는 자리인 '침혈(針穴)'의 준말. 혈위(穴
　 位)·혈도(穴道)·기혈(氣穴).

46 활간(活看): 살아 있는 통찰력으로 멀리 바라보는 슬기.

47 이씨(李氏): 이시진(李時珍, 1518~1593). 명(明)대 의학자.

48 영이탈지(迎而奪之): 경맥(經脈)의 주행(走行)에 거슬러서 사법(瀉法)을 실시한다는
　 뜻. 기의 흐름에 대항해 기를 빼면 사법이라는 뜻.

(砒)⁴⁹를 먹었거나 독버섯을 먹은 사람도 감초만 한번 맛본 것으로 그
독을 풀 수 있다고 할 수 있겠습니까? 적(積)⁵⁰에 침을 씀에 오직 간적
(肝積)⁵¹에만 쓸 뿐입니다. '금(金)의 기운을 빌어 목(木)의 왕성함을 누
른다.'고 했으니, 울적(鬱積)⁵²이 트여 잠시 병이 낫는 것을 볼 수 있고,
또한 오래 동안 낫지 않는 어린아이의 학(瘧)⁵³ 덩이에 침을 많이 찌른
다는 것도 이러한 뜻인데, 모든 적취(積聚)에 이르면 찌르는 방법이 있
다 함을 듣지는 못했습니다. 찌르는 얕고 깊음은 혈(穴)의 얕고 깊음을
따르는데, 사이에 권변(權變)⁵⁴이란 것이 있어서 뚱뚱함과 야윔의 구별
을 지나치지 않고, 배의 혈은 2치로 하되, 깊은 사람도 겨우 1, 2치이
며, 손발의 혈은 2, 3푼으로 하는 것이 다수를 차지합니다.

그대 나라에서 배에 침놓는 깊이는 1, 2치이고, 손발에 침놓는 것은
깊이가 5, 6푼이라 하니, 어찌 지나치겠습니까? 옛 경서 외에 따로 다
른 사람의 근거할만한 설명이 있습니까? 그대 나라 사람들은 옛 사람

---

49 비(砒): 비소(砒素)의 화합물. 회백색의 금속광택을 가진 무른 결정(結晶)의 비금속 원
　소. 또는 비석(砒石)을 태워 얻는 백색의 독약. 비상(砒霜). 비상(礜霜). 백비(白砒).
50 적(積): 적취(積聚)의 하나. 배속에 생긴 덩이인데, 일정한 형태를 가지고, 고정된 위치
　에 있으며, 아픈 부위도 이동하는 일 없이 고착되어 있는 병증. 주로 5장과 혈분(血分)에
　생김.
51 간적(肝積): 5적(積)의 하나. 간과 관련되어 생긴 적. 간기(肝氣)가 잘 통하지 못하거나
　간에 어혈(瘀血)이 몰려 생김. '5적'은 5장에 생긴 적의 총칭으로, 간적·심적(心積)·비
　적(脾積)·폐적(肺積)·신적(腎積).
52 울적(鬱積): 기혈이 몰려서 생긴 적(積).
53 학(瘧): 학질(瘧疾). 학사(瘧邪)에 의해 생긴 전염병의 하나. 일정한 사이를 두고 오한
　전률(惡寒戰慄)과 발열이 엇바뀌면서 주기적으로 발작하는 병증. 주로 무덥고 습한 여름
　과 초가을에 풀과 숲이 무성하고 습한 지대에서 잘 생김.
54 권변(權變): 그때그때의 형편에 따라 둘러대는 수단. 임기응변(臨機應變).

과 비교해 도리어 훌륭함을 더할 수 있겠습니까? 이미 '『내경(內經)』을 살펴보니, 매우 깊이 찌르는 것인 듯하다.'고 말했는데, 어찌 억지로 그렇게 했겠습니까? 혈의 멀고 가까움, 찌르는 얕고 깊음은 모두 동신촌(同身寸)[55]을 쓰는데, 나라 자(尺)의 설명은 또 이해할 수 없습니다. 왕도(王燾)가 침을 논하며, 이른바 '죽은 사람을 살릴 수 없다.'고 말한 것은 저 또한 지나치다고 생각합니다. 그대의 가르침이 참으로 옳을 것입니다."

물음

"먼저 여쭈었던 침 치료법의 설명 중 그 말씀하신 것에 아직 다하지 못한 것이 있으니, 다시 설명해주십시오. 옛 사람은 열입혈실(熱入血室)[56]의 증세에 소시호탕(小柴胡湯)이 이미 늦었다면, 응당 기문(期門)[57]을 찌른다고 했는데, 이 증세라면 침 치료법이 뛰어난 것입니다. 또 삼음교(三陰交)[58]를 사(瀉)하고, 합곡(合谷)[59]을 보(補)하면, 추태(墜胎)[60]

---

55 동신촌(同身寸): 침구(針灸)에서 혈위(穴位)를 잡는 일종의 길이에 대한 표준. 모두 환자 각자의 체표(體表)에 일부 표식(標式)을 써서 측량의 단위로 삼음. 주로 중지동신촌(中指同身寸)·무지동신촌(拇指同身寸)·목횡촌(目橫寸)·부(夫)의 4가지 방법이 있음.

56 열입혈실(熱入血室): 여자가 월경기간 또는 해산(解産)한 뒤에 외사(外邪)를 감수(感受)하면, 사열(邪熱)과 혈(血)이 서로 엉키게 되는 증상이 나타나는 것.

57 기문(期門): 족궐음간경(足厥陰肝經)의 혈. 간의 모혈(募穴)이며, 족궐음·족태음(足太陰)·음유맥(陰維脈)의 회혈(會穴)임. 중쇄골(中鎖骨) 선상에서 6늑간(肋間)에 있음.

58 삼음교(三陰交): 족태음비경(足太陰脾經)의 혈. 족삼음경(足三陰經)의 교회혈(交會穴). 안쪽 복사뼈의 중심에서 3치 올라가 굵은 정강이뼈의 안쪽 후연과 긴발가락굽 힘살 사이에 있음.

59 합곡(合谷): 수양명대장경(手陽明大腸經)의 혈. 원혈(原穴)임. 엄지손가락을 둘째손

된다는 등의 설명은 바로 침술(鍼術)의 공(功)이라고 모두 여러 책에
크게 썼으니, 대개 침이란 것을 말하자면, 월인(越人)[61]은 거리가 멀 것
입니다. 송(宋)·원(元)의 사이에 이르러서 또한 그 사람을 버리지 않았
는데, 그대의 생각은 어떠합니까?"

대답

"열입혈실의 증세에 간(肝)의 모혈(募穴)[62]인 기문을 찌른다는 것은
달거리를 통하게 하고, 열을 사(瀉)하며, 약의 기세를 돕는 것이지, 깊
은 뜻은 없습니다. 추태(墜胎)의 방법에 삼음교(三陰交)를 사(瀉)하고,
합곡(合谷)을 보(補)한다는 논의는 경서에 없습니다. 서문백(徐文伯)[63]
으로부터 비롯되었지만, 문백 또한 풀이가 없었기 때문에 뒷사람들이
비록 조사해 행하더라도 그 뜻을 알 까닭이 없었습니다. 제 어리석은

가락에 붙일 때 생긴 금 끝에서 다시 제2손몸뼈 쪽으로 3푼 되는 곳에 있음.

60 추태(墜胎): 임신 3달 이후에 저절로 중절(中絶)되는 것. 즉, 자연유산(自然流産). 자
   연조산(早産). 반산(半産).

61 월인(越人): 편작(扁鵲)의 이름. 진월인(秦越人). 춘추(春秋) 때 명의.

62 모혈(募穴): 가슴과 배의 혈 가운데에서 장부(臟腑)의 기가 모여드는 혈. 12개 장부에
   1개씩 모두 12개가 있으며, 해당 장부가 위치하고 있는 가까이에 있음.

63 서문백(徐文伯): 자는 덕수(德秀). 남조(南朝) 때 송(宋) 염성현(鹽城縣) 사람. 의술에
   자세했고, 학행(學行)이 있었음. 『남사(南史)』〈장합전(張郃傳)〉에 다음과 같은 일화가
   전함. '송나라 태자(太子)가 의술에 밝았는데, 문백과 외출했다가 한 임신부를 만나 진
   찰하고 태아가 여자아이라 했다. 반면 문백은 진찰하고 남자와 여자인 쌍태아라 했다.
   성질 급한 태자가 배를 갈라 보려고 하니, 문백이 내가 침을 놓아 떨구겠다고 한 뒤, 침
   으로 삼음교 혈에는 사하고, 합곡 혈에는 보했더니 과연 태아가 떨어졌는데, 문백의 말
   과 같았다.'

의견이나마 말할 수 있지만, 그대가 옳다고 머리를 끄덕일 수 있을지 없을지 모르겠습니다. 대체로 포태(胞胎)[64]는 콩팥에 매여 있고, 콩팥은 곧 소음(少陰)[65]입니다. 간에 저장된 피는 그 태아를 기르고, 간은 곧 궐음(厥陰)[66]입니다. 배는 지라와 이어져 있고, 곧 태음(太陰)[67]입니다. 태음은 3음의 주(主)가 되고, 태아를 기르는 근본입니다. 이 혈(穴)은 3음이 서로 모이는 곳이 되므로 이름하기를 삼음교라 말합니다. 합곡은 곧 대장지원(大腸之原)[68]인데, 대장(大腸)은 배꼽 아래에 자리 잡았고, 곧 콩팥의 앞입니다. 태아는 비록 콩팥에 매여 있더라도 점점 자랍니다. 장(腸)[69]에 가득차면 밥통을 침범하는데, 합곡을 보한다는 것은 대장의 기(氣)를 끌어다가 그것을 들어 올리는 것이고, 삼음교를 사한다는 것은 3음의 기를 밀어 올려 그것을 눌러 내린다는 것입니다. 소음의 기를 사하면 그 꼭지를 흔들고, 궐음의 기를 사하면 그 피를 깨뜨리며, 태음의 기를 사하면 그 배를 흔듭니다. 대장의 기를 보하면 그것을 들어 올려 뒤흔듭니다. 꼭지를 흔들고, 배를 흔들며, 피를 깨뜨

64 포태(胞胎): ①임신(姙娠). ②자궁(子宮)과 태아(胎兒).
65 소음(少陰): 3음(陰)의 하나. 음기(陰氣)가 적다는 말. 태음(太陰)과 궐음(厥陰)의 중간에 있으므로 추(樞)에 해당함.
66 궐음(厥陰): 3음의 하나. 음기가 끝나는 마지막 단계에 이르렀다는 말. 가장 안쪽에 있고, 음이 끝나는 부위이므로 합(闔)에 해당함.
67 태음(太陰): 3음의 하나. 음기가 왕성해지기 시작한다는 말. 3개 음경의 겉 층에 있으며, 음경이 시작되는 부위이므로 개(開)에 해당됨.
68 대장지원(大腸之原): 대장의 하합혈(下合穴). 족양명위경(足陽明胃經)의 상거허(上巨墟) 혈을 이르는 말. 대장은 음식물을 운반하는 기관인데, 병이 생기면 대장지원에 침을 놓음.
69 장(腸): 소장(小腸)과 대장(大腸).

리고, 그것을 뒤흔드니, 태아가 어찌 떨어지지 않을 수 있겠습니까?
그러나 침에 솜씨가 좋은 사람은 곧 응함이 있습니다. 또 재주가 남만
못한 어리석은 사람은 할 수 있는 것이 아닙니다. 침술의 방법이여,
크도다! 옛사람은 이미 따라잡기 어렵지만, 우리나라에 허임(許任)[70]이
란 사람이 있었는데, 침 솜씨가 좋았습니다. 김중백(金中白)[71]이란 사람
이 그를 이었지만, 지금은 없으니 슬퍼할만하도다!"

물음

"일찍이 '부인 10명은 치료해도, 어린아이 1명은 치료하지 말라.'고
들었는데, 대개 옛날 속담입니다. 아과(啞科)[72]의 어려움은 예로부터
그러하고, 우리나라 또한 어린아이의 감질(疳疾)[73]은 그 증세가 다수를
차지합니다. 그 치료에 쓰는 것은 연전초(連錢艸)[74] · 선인초(仙人艸)[75] ·

---

70 허임(許任, 1570?~1647?): 조선 중기의 명의(名醫). 본관은 양천(陽川). 악공(樂工)
   억복(億福)의 아들. 상민 출신으로, 침구술에 뛰어나 선조 때 임금을 치료한 공로로 동반
   (東班)의 위계(位階)를 받았음. 1612년(광해군 4) 8월에 광해군이 해주에 머물러 있을
   때부터 남으로 내려올 때까지 시종하였으므로 3등공신과 의관록(醫官錄)에 기록되었고,
   1616년에는 영평현령(永平縣令)에 이어 양주목사(楊州牧使) · 부평부사(富平府使)를 지
   냈으며, 1622년에는 수년 동안 입시수침(入侍授鍼)한 공으로 남양부사에 특제되었음.
   저서에 『침구경험방(鍼灸經驗方)』 · 『동의문견방(東醫聞見方)』이 있음.
71 김중백(金中白): 호는 무구자(無求子). 허임으로부터 의학을 전수받은 조선 중기의
   명의.
72 아과(啞科): 소아과(小兒科).
73 감질(疳疾): 비위(脾胃)의 기능 장애로 몸이 야위는 병증. 젖이나 음식을 잘 조절하지
   못하거나 중증질병, 기생충, 6음(淫), 역독(疫毒) 등으로 비위가 상해서 생김.
74 연전초(連錢艸): 병꽃풀. 꿀풀과의 여러해살이풀. 풀 전체를 말려 조제한 것을 발한(發
   汗) · 이뇨(利尿) · 수종(水腫) · 해열(解熱) 등의 약으로 씀.

합환(合歡)[76] 가루 등을 한 가지만 먹거나, 이에 1, 2가지 벌레 죽이는 약을 빼거나 넣고 늘리거나 줄여 쓰게 됩니다. 또 만리어(鰻鱺魚)[77]를 먹게 하고, 심한 사람은 호침(毫鍼)으로 적(積) 덩이가 있는 배를 찔러 울체(鬱滯)[78]를 없애는 것과 장문(章門)[79]에 뜸을 뜨는데, 그 쑥의 크기가 큰 엄지손가락만하면 대부분 효과를 얻을 것입니다. 이러한 무리 중에 그만두고 치료받지 못하는 사람은 1, 2년이 지난 뒤에 죽을 것입니다. 청컨대, 이러한 증세에 그대가 비밀스러운 귀중한 처방을 내려 보여준다면, 매우 다행이겠습니다. 대체로 의원은 어짊으로써 가르침을 삼으니, 백성을 돕는 한 가지 방법도 어짊이 아니겠습니까?"

대답

"어린아이의 병은 진실로 어려울 것입니다. 그러나 그 원인을 살피고, 드러난 증세를 살피면, 오히려 의지할 수 있으니, 치료를 논의하는 것은 아과(啞科)에 아주 맡길 수 없습니다. 어린아이가 감병(疳病)[80]을

---

75 선인초(仙人艸): 으아리. 미나리아재비과의 여러해살이 덩굴풀. 뿌리를 말린 것도 '으아리'라 하는데, 풍습(風濕)을 없애고, 담(痰)을 삭이며, 기를 잘 돌게 하고, 통증을 멈춤. 허리와 무릎 아픈데, 팔다리마비, 배 속이 차고 아픈데, 각기(脚氣), 징가(癥瘕), 현벽(痃癖), 류마티스성 관절염, 신경통 등에 씀. 위령선(葳靈仙).

76 합환(合歡): 합환목(合歡木). 자귀나무. 함수초과의 낙엽 활엽 소교목. 나무는 세공재, 껍질은 약재로 씀.

77 만리어(鰻鱺魚): 뱀장어. 참장어과의 물고기.

78 울체(鬱滯): 기혈이나 수습 등이 퍼지지 못하고 한곳에 몰려 머물러 있는 것.

79 장문(章門): 족궐음간경(足厥陰肝經)의 혈. 비(脾)의 모혈(募穴)이며, 장회(臟會)·족소양(足少陽)·족궐음(足厥陰)의 교회혈(交會穴)임. 제11부늑골 끝에서 1cm 정도 앞에 있음.

앓는 것이 다수를 차지하는 것은 그 먹고 마심을 조절하지 못했기 때
문입니다. 기름지고 맛이 단 음식은 절제함이 지나치면 뱃속이 그득
하고 열이 나며, 뱃속이 그득하고 열이 나면 기(氣)가 몰려 통하지 못
하고 피가 탁해지며, 비위(脾胃)가 돌지 못해 여러 감질(疳疾)이 생겨납
니다. 그 치료법은 많아서 혹은 적(積)을 없애거나 괴(塊)를 없애고, 열
을 내리거나 부족함을 더하는데, 그 허증(虛証)과 실증(實証)을 따라 오
래 묵은 것과 새로운 것을 살핍니다. 각각 마땅한 바가 있어 일일이
논의하기도 어려운데, 그대가 깨우친 몇 가지 작은 처방으로 치료법
을 다했다 할 수 있겠습니까? 그대 나라 사람들을 가만히 살펴보면,
맛이 단 것만 바라서 맛보고, 먹고 마시는 것 외에 맛이 단 것 아님이
없으니, 어린아이들은 2배로 즐길 생각을 탐할 것임을 알 수 있을 것
입니다. 이것은 감병이 가장 많은 까닭인 것입니다. 감(疳)자는 병(病)
자와 감(甘)자를 따르니, 그 글자의 뜻을 알 수 있습니다. 그대의 뛰어
난 견해로 반드시 이치를 모르지는 않을 텐데, 어째서 지금 감질을 앓
는 집안에 단맛을 금지하지 않습니까? 옛말에 '의원은 사람들의 사명
(司命)[81]이다.'라 했습니다. 그대는 사명의 우두머리로서 태의원(太醫
院)[82]에 있는데, 왜 나라 안의 어린아이들로 하여금 단맛을 잃어버리

---

80 감병(疳病): 감질(疳疾)을 달리 이른 말.
81 사명(司命): ①생살권(生殺權)을 가진 것. ②의사(醫師). ③사람의 생명을 주관하는
  신(神).
82 태의원(太醫院): 궁중(宮中)에서 의약(醫藥)의 일을 맡은 관청. 원래 당(唐)대 지배층
  을 위해 봉사하던 의료보건기구로 태의서(太醫署)라 했음. 이 기구 내에는 의학의 각 과
  (科)가 설치되어 의료보건을 담당하는 이외에도 의학교육을 겸했음. 송(宋)대에 태의국
  (太醫局)이라 개칭했다가 명(明)·청(淸)대에 태의원이라 고쳤음.

게 하지 않습니까? 옛날 월인(越人)은 진(秦)나라를 지나다가 어린아이
를 사랑한다 함을 듣고 어린아이를 위한 의원이 되었습니다. 그대가
기쁘게 행함이 그와 같다면, 이 또한 지금 세상의 월인으로, 반드시
장차 온 나라를 들어 상을 받게 될 것이니, 그대의 공이 어찌 아주 작
다 하겠습니까? 비밀스러운 처방을 가르쳐달라 하신 것에 대해 저는
앞선 사람들의 책이 모두 비밀스러운 처방을 말했다고 생각하고, 다
만 아는 것이 없어 그 비밀을 찾을 수 없음을 한스러워하며, 늘 이로
써 근심을 삼았습니다. 어찌 다른 비밀스러운 처방이 있어서 받들어
맞이할 수 있겠습니까?"

물음

"기구맥(氣口脉)[83] 부위에 대한 설명은 여러분들이 논의한 실마리가
어지러워 나누지 못하겠는데, 모두 옛것을 본받지 않았기 때문입니다.
대체로 「영추(靈樞)」·「소문(素問)」에서 설명한 맥 짚는 방법은 많은데,
한 가지 방법이 곧 오장(五臟)·오부(五腑)[84]·삼초(三焦)·포락(包絡)[85]은

---

83 기구맥(氣口脉): 기구맥(氣口脈). 오른팔 촌구(寸口)에서 나타나는 맥. 『동의보감』에
   는 오른팔 촌구에서 뛰는 맥을 '기구맥'이라 하고, 왼팔 촌구에서 뛰는 맥을 '인영맥(人迎
   脈)'이라 하였음. '촌구'는 맥 보는 부위의 하나. 양 팔목의 요골경상돌기 안쪽 맥이 뛰는
   부위. 다시 촌(寸)·관(關)·척(尺)으로 나눔.
84 오부(五腑): 5장과 배합되는 5개의 부. 소장(小腸)·대장(大腸)·담(膽)·위(胃)·방광
   (膀胱). 동의 고전에 소장은 심(心)의 부, 대장은 폐(肺)의 부, 담은 간(肝)의 부, 위는
   비(脾)의 부, 방광은 신(腎)의 부라고 하였음.
85 포락(包絡): 포맥(胞脈). 자궁(子宮·胞宮)에 분포되어 있는 맥락(脈絡). 여기에는 충
   맥(衝脈)과 임맥(任脈)을 포괄하고 있음. 포맥의 주요 작용은 여자의 월경을 행하게 하고,
   포태(胞胎)를 자양(滋養)하는 것임.

손발에 12경(經)[86]의 동맥(動脉)[87]을 짚어보는 것입니다. 손발의 12경은 각각 오장·오부·삼초·포락에 속하기 때문입니다. 『난경(難經)』에 이르면, 손발의 12경으로 비롯하되 수태음폐경(手太陰肺經)[88]의 기구(氣口)[89]에서 요약합니다. 기구는 온갖 맥이 모이는 곳입니다. 기구는 『내경(內經)』에 나오는데, 다만 척(尺)·촌(寸)이란 이름은 있지만, 관(關)이란 이름은 없습니다.[90] 월인(越人)이 비로소 기구 1부분을 촌·관·척 3부분으로 나누어 만들고, 왼쪽과 오른쪽을 합해 6부분을 만들었는데,

---

86 12경(經): 십이경맥(十二經脈). 정경(正經). 인체 경맥의 한 종류이며, 체내의 기혈(氣血)이 운행되는 주요 통로임. 그 중에 수태음폐경(手太陰肺經)·수양명대장경(手陽明大腸經)·족양명위경(足陽明胃經)·족태음비경(足太陰脾經)·수소음심경(手少陰心經)·수태양소장경(手太陽小腸經)·족태양방광경(足太陽膀胱經)·족소음신경(足少陰腎經)·수궐음심포경(手厥陰心包經)·수소양삼초경(手少陽三焦經)·족소양담경(足少陽膽經)·족궐음간경(足厥陰肝經)의 12경을 포괄해서 '십이경맥'이라 함. 모든 경맥은 각각 체내의 일정한 장부와 직접 관련되고, 각 경맥 상호간에는 표리상합(表裏相合)의 관계가 있음.

87 동맥(動脈): 몸에서 경맥(經脈)의 박동이 손으로 느껴지는 곳을 말함.

88 수태음폐경(手太陰肺經): 12경맥의 하나. 그 순행하는 경로는 체내에서는 폐(肺)에 속하고, 태양(太陽)으로 연락되며, 위(胃)·후(喉)에 연결됨. 체표에서는 흉부의 외측 상부에서부터 팔의 내측을 따라 내려가 엄지손가락 끝에 이름.

89 기구(氣口): 촌구(寸口). 맥구(脈口). 양손의 요골부(橈骨部) 안쪽에 맥이 뛰는 부위. 장부경락학설(臟腑經絡學說)의 관점에 따르면, 기구는 수태음폐경(手太陰肺經)의 동맥(動脈)에 속하며, 폐(肺)는 기(氣)를 주관하고 백맥(白脈)이 모이는 곳임. 전신의 장부·경맥(經脈)·기혈(氣血)의 상황이 촌구의 맥에 나타남.

90 촌·관·척(寸·關·尺): 촌구(寸口)를 다시 셋으로 나눈 명칭. 요골경(橈骨莖)이 볼록하게 튀어나온 부위가 '관'이고, 관의 앞부분(팔목 쪽)이 '촌'이며, 관의 뒷부분(팔꿈치 쪽)이 '척'임. 촌·관·척의 맥동(脈動)은 각각 '촌맥(寸脈)'·'관맥(關脈)'·'척맥(尺脈)'이라 함. 왼손의 촌맥은 심(心)을 진단하고, 관맥은 간(肝)을 진단하며, 척맥은 신(腎)을 진단함. 오른손의 촌맥은 폐(肺)를 진단하고, 관맥은 비위(脾胃)를 진단하며, 척맥은 명문(命門)을 진단함.

매 부분마다 2경맥과 짝해 2에 6을 곱해서 12경이 모두 기구에 짝합니다. 그러므로 「일난(一難)」[91]에서 '12경에는 모두 동맥이 있는데, 독취촌구(獨取寸口)[92]로 오장육부와 사생길흉(死生吉凶)의 법을 결정한다는 것은 무엇을 말함인가?'라 했습니다. 『내경』에서 말하지 않았던 진맥법(診脈法)이 있기 때문입니다. 왕숙화(王叔和)[93]는 경맥(經脈)을 짝함이 바로 장부(臟腑)를 짝함인지 몰랐고, 여기에서 말미암아 비로소 여러 사람이 함부로 말하게 된 것입니다. 『난경(難經)』에 '맥에는 3부(部)가 있고, 부에는 4경(經)이 있다.'고 했습니다. 이른바 '맥에 3부가 있다.'는 것은 기구(氣口) 1부를 나누어 촌(寸)·관(關)·척(尺) 3부를 만든다는 말입니다. '부에 4경이 있다.'는 것은 1부가 각각 장(臟)과 부(腑) 2경을 짝하고, 왼쪽과 오른쪽을 합해 4경이 있다는 말입니다. 후세 사람은 경에 짝함을 모르고, 도리어 경이 없는 명문(命門)에 짝짓고, 경이 있는 포락(包絡)을 버려두었습니다. 어떤 사람은 삼초(三焦)를 1경이라 하여 왼쪽과 오른쪽 6부를 짝지었으니, 그 밖에 황당하게 이치에 어긋나고 뒤섞인 것

---

91 「일난(一難)」: 춘추 때 진(秦)의 명의 편작(扁鵲)이 저술한 『난경(難經)』의 편 이름. 촌구(寸口)만으로 진단하는 원리에 대한 내용임.

92 독취촌구(獨取寸口): 임상실제에 근거해 편진법(遍診法)을 간략화해서 일반적으로 단지 촌구맥(寸口脈)만을 살피는 것. 촌구맥을 촌·관·척의 삼부(三部)로 나누고, 매 부위를 각각 경(輕)·중(中)·중(重)하게 눌러서 맥상(脈象)을 나누니, 모두 구후(九候)가 됨.

93 왕숙화(王叔和, ?~?): 중국 후한(後漢) 말, 서진(西晉) 초의 의원. 진맥을 중심으로 하는 진단학(診斷學)의 원조. 진나라 태의령(太醫令)을 지냈음. 유일한 기록으로 고담(高湛)의 『양생론(養生論)』에 '왕숙화는 성질이 조용하고 저술을 좋아해 유문(遺文)을 조사해 밝혔고, 군론(群論)을 뽑아 가려 『맥경(脈經)』 10권을 편찬하였으며, 장중경(張仲景)의 『방론(方論)』을 순서에 따라 편집해 36권으로 만들어 세상에 널리 읽혔다.'는 구절이 있음. 저서에 『맥경』 10권, 『맥결(脈訣)』 4권, 『맥결도요(脈結圖要)』 6권, 『맥부(脈賦)』 1권 등이 있음.

들은 이루다 셀 수도 없습니다. 대체로 기구를 취해 오장육부를 살핀다
는 것은 『난경』에 근거함이 마땅한데도, 숙화(叔和)는 그것을 의심했습
니다. 『난경』을 근거삼지 않고, 「소문(素問)」 '맥요정미론(脉要精微論)'[94]
을 잘못 근거 삼았는데, 이른바 '척 안 양쪽' 또는 '척 밖과 척 속' 또는
'척의 왼쪽과 오른쪽, 위와 아래'는 모두 척부(尺膚)[95]의 진맥법(診脈法)
이 틀림없는데, 후세 사람은 기혈(氣血)이 통하는 길의 왼쪽과 오른쪽,
위와 아래로 잘못 간주(看做)했습니다. 왼쪽과 오른쪽, 위와 아래, 안과
밖, 양쪽 등의 글자가 어찌 각각 한 가닥 기혈이 통하는 길을 드러낼
수 있겠습니까? 숙화의 『맥경(脈經)』[96]은 오랜 세월 내려오면서 맥을
짚는데 본보기로 여겼기 때문에 후세 사람들이 감히 의심하지 않았습
니다. 잘못 전해졌고, 잘못 이해했으며, 오랫동안 더욱 어지러워졌습니
다. 그 맥 상태에 대한 설명 또한 억지로 끌어다 붙인 것은 이루다 말할
수 없습니다. 근세에 숙화의 상한(傷寒)[97] 예(例)가 잘못되었음을 논박
(論駁)한 사람은 있지만, 『맥경』의 허물을 바로잡은 사람은 없으니, 모

---

94 맥요정미론(脉要精微論): 「소문(素問)」 제17편의 편 이름.

95 척부(尺膚): 양손의 주관절(肘關節) 아래에서 촌구(寸口) 부위에 이르는 피부. 척부의
   진찰을 진척부(診尺膚)라 하는데, 고대 진단 내용의 하나이며, 윤택(潤澤)·조조(粗糙)·
   냉열(冷熱) 등의 진찰을 포괄하고, 전신의 증상 및 맥상(脈象) 등과 결합시켜 병세를 알아
   냄. 현재 이 진단법은 그다지 적용되지 않음.

96 맥경(脈經): 진(晉)대 왕숙화(王叔和)의 280년(?) 저작. 10권. 후한(後漢) 이전의 의학
   서적을 수집해 맥상(脈象) 24종을 상세히 기술함과 동시에 장부(臟腑)·경락(經絡)·병
   증(病證)·치료원칙·예후(豫後) 등을 논술함.

97 상한(傷寒): 넓은 의미에서 외감열성질병(外感熱性疾病)을 통틀어 이른 말. 중풍·상
   한·온병·열병·습온 등이 속함. 좁은 의미에서 풍한사(風寒邪)에 의해 생긴 외감병을
   말함. 풍사에 의해 생긴 중풍(태양중풍)과 한사에 의해 생긴 상한(태양상한증)이 속함.

두 옛것을 본받은 잘못입니다. 어리석은 제 견해가 이와 같지만, 그러나 그 속에 의심스러워 분간 못하는 것이 있으니, 그대는 어떤 설명으로 바로잡아 주시겠습니까? 그대가 어리석은 견해를 바로잡아 주신다면 다행이겠으니, 가르쳐 보여주시기를 바랄 뿐입니다."

대답

"맥 부위에 대한 설명은 『내경(內經)』이래로 월인(越人)이 자세할 것인데, 숙화의 논의는 일단 「소문(素問)」과 『난경』에만 근거했으니, 그 미루어 생각하고 설명한 바가 아직 경서의 뜻을 어긴 적은 없을 것입니다. 후세 사람들의 뒤섞여 어지러운 논의도 또한 어찌 『내경』을 축낼 수 있겠습니까? 다만 척·촌이란 이름만 있고, 관이란 이름은 없었는데, 월인이 나누어 촌·관·척을 만들어서 말하게 된 것은 다만 생각하지 못했을 뿐입니다. 『내경』에 '삼부구후(三部九候)'[98]라 했는데, 삼부는 척·관·촌 아닙니까? '독취촌구(獨取寸口)로 장부와 사생길흉(死生吉凶)을 결정한다.'고 말한 것 또한 관(關)·척(尺)을 아울러 말한 것입니다. 촌구(寸口)라 말하고, 맥구(脈口)라 말한 것도 또한 같은 것입니다. 『난경(難經)』에 '촌구 부위에서 뛰는 맥이 손에 길게 짚이는 사람은 정강이가 아픈 것이다.'라 했는데, 여기에서도 모두 널리 삼부(三部)를 볼 수 있습니다. 그대는 '숙화(叔和)가 경맥(經脈)을 짝함이 바로 장부(臟腑)를 짝함인지 몰랐다.'고 말했는데, 경맥과 장부는 다릅니까?

---

98 삼부구후(三部九候): 고대에 최초로 전신의 맥을 짚어보는 법. 인체를 머리·팔·다리의 삼부로 나누고, 다시 각 부마다 상·중·하로 나누어 이들 부위를 진맥하는 것.

장부에 짝함은 곧 경맥에 짝함이니, 어찌 숙화가 몰랐다고 말합니까? 명문(命門)은 곧 포락(包絡)이니, 명문에 짝함은 곧 포락에 짝하는 것입니다. 그 '경이 있는 포락(包絡)을 버려두고, 도리어 경이 없는 명문(命門)을 짝지었다.'고 말한 것은 나를 거의 시험함입니다. '삼초(三焦)를 1경이라 하여 왼쪽과 오른쪽 6맥을 짝지었다.'는 설명은 그렇다면 무슨 근거를 들 수 있습니까? 저는 그 설명을 아직 들어본 적이 없어서 대답을 올릴 수 없습니다. 「소문(素問)」에 이른바 '척 안 양쪽, 위와 아래'는 곧 모두 척의 맥을 짚는 방법이라 하고, 그대는 '후세 사람은 기혈(氣血)이 통하는 길의 왼쪽과 오른쪽, 위와 아래로 잘못 간주했다.'고 말했습니다. 또 '왼쪽과 오른쪽, 위와 아래가 어찌 각각 한 가닥 기혈(氣血)이 통하는 길을 드러낼 수 있겠습니까?'라 말했습니다. 만약 이와 같다면, 경서의 뜻에 크게 어긋난 것이니, 저는 그것을 받아들이거나 변론할 수 없습니다. 척맥(尺脈)은 안으로 콩팥을 살피고, 밖으로 콩팥 바깥과 외신(外腎)[99]을 살피며, 위로 배를 살피고, 아래로 발을 살피는데, 이것은 기혈이 통하는 길은 아니니, 어찌 척맥과 촌맥(寸脈)의 안으로 기혈이 통하는 길을 살피지 못하겠습니까? 장차 무엇으로 근거할 것입니까? 『내경(內經)』에 '상경상(上竟上)[100]이란 것은 가슴과 목구멍의 일을 살핌이고, 하경하(下竟下)[101]란 것은 허리·발의 일을 살피

---

99 외신(外腎): 고환(睾丸)·음낭(陰囊)·음경(陰莖) 등 남자의 외생식기(外生殖器).

100 상경상(上竟上): 촌부(寸部) 맥을 짚어 볼 때, 손바닥 쪽으로 더 내려가서 맥을 보는 것. 즉 어제(魚際) 혈(穴) 쪽으로 내려가면서 맥이 뛰지 않는 데까지 짚어보는 것. 예전에 가슴과 목구멍에 생긴 병을 진찰하는데 썼음.

101 하경하(下竟下): 아래로 몸이 끝나는 곳까지 내려가 맥을 짚어 보는 것.

는 것인데, 상경상이란 것은 기혈이 통하는 길이 어제(魚際)[102]에 넘치
는 것이고, 하경하란 것은 기혈이 통하는 길이 척택(尺澤)[103]을 덮는 것
이다.'라 했으니, 이것은 기혈이 통하는 길이 아니고 무엇입니까? 또
'안으로 횡맥(橫脈)[104]인 것은 염통과 배에 쌓이고, 밖으로 종맥(縱脈)인
것은 발에 비증(痺証)[105]이 있다.'고 했으니, 그 종맥과 횡맥은 기혈이
통하는 길이 아닙니까? 『내경』에 또 척부열(尺膚熱)·척부한(尺膚寒)의
진맥법이 있는데, 그대가 혹시 그것을 잘못 이해한 것은 아닌지요. 맥
은 비록 한 가닥의 작은 것이지만, 바야흐로 그것은 큰 실제입니다.
손가락에 가득차고, 살진 곳에 부딪히면, 마치 철사를 꼬아 만든 줄처
럼 단단하지만, 바야흐로 그 맥은 약해지고 가늘어집니다. 뱃속에 잠
기고, 뼛속에 숨으면, 마치 거미줄처럼 약하지만, 그러나 잘 있어서 살
펴보는 사람이 또한 구별할 수 있습니다. 재주가 보잘 것 없는 사람에
이르면, 비록 크기가 나뭇가지나 손가락과 같더라도 움직임은 마치
끈을 끄는 것과 같으니, 장차 무엇으로 그 서로 같음을 얻겠습니까?
'숙화(叔和)의 상한(傷寒) 예(例)가 잘못되었음을 논박(論駁)했다.'는 사

---

102 어제(魚際): ①혈 이름. 수태음폐경(手太陰肺經)에 속함. 형혈(滎穴)이고, 화(火)에
  속함. 제1손몸뼈 바닥의 앞. 노뼈쪽 손바닥 변연에서 단모지외전근과 손몸뼈 사이에 있
  음. ②손 발바닥의 흰 살과 손 발잔등의 벌건 살과의 경계 부위.
103 척택(尺澤): 혈 이름. 수태음폐경(手太陰肺經)의 합혈(合穴)이고, 수(水)에 속함. 팔
  굽 마디의 안쪽 가로 간 금에서 웃팔두머리살의 바깥쪽 우무러진 곳. 팔을 약간 굽히고
  잡음. 귀당(鬼堂). 귀수(鬼受).
104 횡맥(橫脈): 맥락이 가로 나간 것. 예컨대, 안쪽 복사뼈의 앞을 지나간 맥. 족태음비경
  (足太陰脾經)의 상구혈 부위를 말함.
105 비증(痺証): 뼈마디가 아프고, 저린감이 있으며, 심하면 부으면서 팔다리의 운동장애
  가 있는 병증.

람은 이 사람이 누구인지 모르겠으나, 그와 같이 논박했다면, 반드시
증명할 수 있는 바른 논의가 있을 것이니, 한 번 훑어볼 수 있을 듯합
니다. 저는 어리석고 노둔하니, 어찌 바른 의견이 있겠습니까? 그러나
「소문(素問)」과 『난경(難經)』이 아니면 그 근원을 찾을 수 없고, 숙화가
아니면 그 뜻을 넓힐 수 없으니, 그대의 뜻은 어떻다고 생각합니까?"

물음

"「소문」·「영추(靈樞)」는 『내경(內經)』에 '황제(黃帝)[106]와 6신하가 평
소에 묻고 답했던 글이다.'라 했습니다. 다행히 진(秦)나라 때 그것을
불태우지 않아 후세에 전해졌으니, 의술의 큰 법칙이자 본보기입니다.
「영추」란 이름은 당(唐)의 왕빙(王冰)에게서 비롯되었습니다. 『한지(漢
志)』[107]에 '『내경』은 18권인데, 한(漢)의 장중경(張仲景)[108]이 『내경』 18
권을 나누어 9권은 「소문」이라 이름 지었지만, 9권은 이름이 없다.'고
했습니다. 9권의 이름을 만든 것은 당의 왕빙에 이르러 「영추」란 이름

---

106 황제(黃帝): 전설상의 임금. 소전(少典)의 아들. 성(姓)은 공손(公孫). 헌원(軒轅)의
  언덕에 살았으므로 헌원씨라고도 하고, 희수(姬水)에 거주해 성을 희로 고쳤으며, 유웅
  (有熊)에 나라를 세워 유웅씨라고도 함.
107 『한지(漢志)』: 『한서(漢書)』, 「예문지(藝文志)」. '『한서』'는 24사(二十四史)의 하나
  로 후한(後漢) 때 반표(班彪)가 착수하고, 그의 아들 반고(班固)가 대성했으며, 8표(表)
  등 완결되지 못한 부분을 반고의 여동생 반소(班昭)가 보충했음. 유방(劉邦)부터 왕망(王
  莽) 때까지 230년간의 주요 사적을 기록했음. 12제기(帝紀)·8표·10지(志)·70열전(列
  傳)으로 구성됨. 120권. '「예문지」'는 역대 책의 목록을 모아 엮은 관사(官史)의 한 부분.
  한(漢)의 반고가 유흠(劉歆)의 『칠략(七略)』을 기본으로 해 지은 『한서』의 「예문지」가
  가장 최초임.
108 장중경(張仲景): 장기(張機, 150~219)의 자. 후한(後漢)대 의학자.

이 있게 되었고, 「소문」 제7권은 전국(戰國)시대에 없어져서 『갑을경(甲乙經)』·『수지(隋志)』¹⁰⁹에 모두 잃어버렸다는 말이 실려 있습니다. 전원기(全元起)¹¹⁰가 「소문」에 처음 주(註)를 냈고, 제7권은 없었는데, 왕빙이 잃어버린 「소문」 제7권을 얻었다고 거짓말해 자기의 올바르지 않은 말을 자랑하는 데 이롭게 했습니다. 만물에는 의심할 것이 있고, 의심할 수 없는 것도 있습니다. 진(晉) 감로(甘露)¹¹¹부터 당(唐) 보응(寶應)¹¹²까지 그 사이는 서로 거리가 600년 남짓인데, 잃어버린 책을 얻지 못하다가 왕빙만 홀로 그것을 얻었다니, 매우 의심할 만합니다. 얻었다 함을 의심하지 않더라도 성인(聖人)이 지은 책과 다름을 의심할 만하니, 음양(陰陽)의 큰 논의를 담은 글을 빌어 7편(篇)을 함부로 보충한 것입니다. 대체로 만물이 비게 되면 바르지 않음이 기회를 타니, 만약 「소문」을 잃어버리지 않았다면, '운기(運氣)'라는 올바르지 않은 말을 할 수 없었을 것입니다. 『내경』에는 원래 '5운6기(五運六氣)'라는 말이 없지만, 그 말은 「천원기론(天元紀論)」¹¹³에 처음 보이고, 「지진요론(至眞要論)」¹¹⁴에서 끝납니다. 『내경』에서 4시(四時)·5행(五行)을 설명했는

109 『수지(隋志)』: 『수서(隋書)』, 「경적지(經籍志)」. '『수서』'는 24사(二十四史)의 하나로 위징(魏徵) 등이 칙명(勅命)으로 편찬한 수대(隋代)의 정사(正史). 85권. '「경적지」'는 『수서』의 편으로 수나라까지 전래된 서책 명을 열거해놓은 것.
110 전원기(全元起): 중국 수(隋)대 의원. 소원방(巢元方)과 양상선(楊上善)의 학문을 계승했고, 의술의 바탕을 『내경(內經)』에 두었으며, 환자를 공경했음. 저서에 『내경훈해(內經訓解)』가 있음.
111 감로(甘露): 중국 삼국시대 오(吳) 오정후(烏程侯)의 연호(年號). 265~266.
112 보응(寶應): 중국 당(唐)대 대종(代宗)의 연호(年號). 762~763.
113 「천원기론(天元紀論)」: 「천원기대론(天元紀大論)」. 「소문(素問)」 제66편의 편 이름.
114 「지진요론(至眞要論)」: 「지진요대론(至眞要大論)」. 「소문(素問)」 제74편의 편 이름.

데, 사람에 미쳐도 5운6기의 설명은 다름이 없습니다. 『내경』에서는
심장으로 임금을 삼고, 허파로 왕을 돕는 재상을 삼았는데, 군화(君
火) · 상화(相火) 이화(二火)의 설명과 다름이 없습니다. 월인(越人)의 『난
경』, 중경의 『상한론(傷寒論)』[115] · 『금궤요략(金匱要畧)』[116], 숙화(叔和)의
『맥경(脉經)』, 황보밀(皇甫謐)[117]의 『갑을경(甲乙經)』 등의 책은 다 『내경
(內經)』의 뜻을 드러낸 책들이지만, 모두 5운(五運)의 설명이 없습니다.
장개빈(張介賓)[118]은 좋은 의원입니다. 그러나 5운이란 망령된 설명에
눈이 멀었으니, 매우 한탄할 만합니다. 대체로 『내경』이란 것은 법도
를 말하되 사람들로 하여금 변화를 알게 하는 책입니다. 5운6기(五運六
氣)라는 실제에 맞지 않고 망령된 설명을 베풀어 어찌 같은 날 논의할
수 있겠습니까? 이는 갓을 신발과 나란히 함이고, 마땅히 명주실을 뽑
으려 하는데 삼실이 섞임이며, 둥근 구멍에 모난 자루이니, 그것이 들
어갈 수 있겠습니까? 어떤 사람은 '『내경』이 한(漢)대 선비들의 손에서

---

115 『상한론(傷寒論)』: 219년 한(漢)대 장기(張機)의 저작. 『상한잡병론(傷寒雜病論)』의
상한(傷寒) 부분을 서진(西晉)의 왕숙화(王叔和)가 정리하고 편집해 제목을 '상한론(傷寒
論)'이라고 함. 육경변증(六經辨證)으로 급성 열병을 치료하는 방법을 논술함. 10권.
116 『금궤요략(金匱要畧)』: 『금궤옥함경(金匱玉函經)』. 한(漢)대 장기(張機)의 저작. 3
권. 북송(北宋)의 왕수(王洙)는 『금궤옥함요략방(金匱玉函要略方)』 3권을 기록해 전하
는데, 상권은 상한변증(傷寒辨證)이고, 중권은 잡병(雜病)에 대해 논했으며, 하권은 그
처방을 실었을 뿐 아니라, 부인병(婦人病)의 치료를 논했음. 임억(林億)은 『금궤옥함방
론(金匱玉函方論)』의 잡병과 관련있는 처방을 취해 『금궤요략방론(金匱要略方論)』을
편집했음. 내용은 내과잡병(內科雜病) · 부과(婦科) · 구급(救急) · 음식금기(飲食禁忌) 등
25편이며, 262가지 처방을 포괄하고 있음.
117 황보밀(皇甫謐): 중국 진(晉)대 의원. 자는 사안(士安). 각종 의서(醫書)를 두루 섭렵
했고, 풍비(風痺) 질환에 밝았음. 저서에 『갑을경(甲乙經)』과 『침경(鍼經)』 등이 있음.
118 장개빈(張介賓): 중국 명(明)대 의원.

나왔다.'고 하는데, 가령 후세에 이루어졌다면, 음양(陰陽)의 변화, 경락(經絡), 장부(臟腑)를 논의한 것은 평범한 말이 아니니, 아마도 그러한 사람은 바로 뒤에 황제(黃帝)라 일컬어진 사람일 것입니다. 그러므로 의술의 큰 법칙이자 본보기입니다. 음양의 변화, 경락, 장부를 논의한 것은 평범한 말이 아니고, 구절과 글자마다 작든 크든 다 성인의 말입니다. 만물이 의심스러우면 의심하고, 의심스럽지 않으면 의심하지 말아야 하니, 의심할 만한 것이 있고, 의심할 수 없는 것도 있습니다. 『내경』은 옛 책이니, 연문(衍文)[119] · 착간(錯簡)[120]이 매우 많아 풀이할 수 있는 것이 있고, 풀이할 수 없는 것도 있는데, 풀이할 수 없는 것은 억지로 풀이할 수 없습니다. 이것이 옛 책을 읽는 큰 법칙입니다. 의술은 『내경』에서 이루고, 『내경』에서 그만둔다는 것은 비유컨대 마치 좀벌레가 나무에서 생겨나면, 도리어 나무를 먹는다는 것과 같은 그러한 뜻은 아닙니다. 대체로 「소문(素問)」·「영추(靈樞)」는 말이 평범하지만, 사람들로 하여금 변화를 알게 하는 책입니다. 어리석은 제 의견은 이와 같고, 5운6기의 설명은 치료에 해로움이 매우 많습니다. 그대 나라에도 5운6기의 설명을 쓰지 않는 사람이 있습니까? 그대는 이 설명을 씁니까? 가르침을 보여주신다면 얻고자 할 뿐입니다."

대답

"옛 선비들이 「소문」을 논의함은 전국시대에 나왔으니, 옛 『내경』이

---

119 연문(衍文): 베껴 쓰거나 판목을 새길 때, 잘못해 군더더기로 들어가 낀 글자나 문구.
120 착간(錯簡): 뒤섞인 죽간(竹簡). 책의 자구나 지면의 전후가 뒤바뀌어 있는 일.

아닙니다. 후세 사람들이 어떤 경로를 통해 그것이 그렇지 않음을 알
겠습니까? 그러나 의원의 준칙을 구한다면, 「소문」을 버리고는 가능하
지 않으니, 「소문」이 아니라면 제가 따르고 의지할 것이 무엇이겠습니
까? 제7권이 없어졌다는 논의와 왕빙(王冰)이 함부로 보충했다는 설명
은 상고해 연구할 수 없을 따름입니다. 이렇듯 진술한 의견은 반드시
억지로 말함이 아니고, 운기(運氣)의 설명에 이르면, 비록 이것이 왕빙
스스로 지어낸 말일지라도 진실로 법 받을 만하니, 소홀히 할 수 없습
니다. 「천원기론(天元紀論)」 등의 편에는 운기에 흥성함과 쇠퇴함을 더
한 설명이 있는데, 말은 비록 간략하지만 이치는 가득 갖추었으니 어
찌 운기에 대한 논의가 아니라고 말할 수 있겠습니까? 여러 『주역(周
易)』들에 비유하면, 오랜 옛날 다만 하도낙서(河圖洛書)[121]의 몇 가지만
있었으나, 그 뒤로 문왕(文王)[122]이 8괘(八卦)[123]를 덧붙였고, 주공(周
公)[124]이 단전(彖傳)[125] · 상전(象傳)[126]을 지었으며, 공자(孔子)[127]가 10익

---

121 하도낙서(河圖洛書): '하도'와 '낙서'. 각각 『주역(周易)』의 8괘와 『상서(尙書)』, 「홍
    범구주(洪範九疇)」의 기원이 됨.
122 문왕(文王): 주(周) 무왕(武王)의 아버지. 이름은 창(昌).
123 8괘(八卦): 음(陰) · 양(陽)을 근본으로 만들어진 『주역(周易)』의 8가지 부호. 복희씨
    (伏羲氏)가 지었다고 전해짐. 건(乾) · 태(兌) · 이(離) · 진(震) · 손(巽) · 감(坎) · 간(艮) ·
    곤(坤). 이 8괘를 2개씩 조합해 모두 64개의 대성괘(大成卦)가 만들어졌으며, 자연 현상
    과 사회 현상의 발전 · 변화를 상징적으로 나타냄.
124 주공(周公): 주(周) 문왕의 아들이며, 무왕(武王)의 동생. 성은 희(姬), 이름은 단(旦),
    시호는 원(元). 무왕을 도와 은(殷)의 주왕(紂王)을 쳐서 주 왕조를 세우고 노(魯)에 봉해
    졌음. 무왕이 죽은 뒤 섭정하면서 관숙(管叔) · 채숙(蔡叔)의 반란을 평정해 왕실의 기초
    를 다졌으며, 제도와 예악을 다졌음.
125 단전(彖傳): 역전(易傳)의 하나. 상단(上彖)과 하단(下彖)으로 나누어 64괘(六十四
    卦)의 괘명(卦名) · 괘사(卦辭)의 뜻을 해석했음. 본래 1편으로 구성되어 『역경(易經)』의

(十翼)[128]을 만든 뒤에 후세 사람들이 이야기와 의견을 주고받게 되었
지만, 가장 뛰어난 지혜의 재주가 아니면, 또 끝낼 수 없음과 같습니
다. 운기(運氣)는 『주역』에서 이름이 비록 다르지만, 이치는 같습니다.
음양(陰陽)에서 5운(五運)이 생겨나고, 5운에서 6기(六氣)가 변하는데,
운기는 바로 하늘과 땅 사이에 흘러 다니는 기(氣)입니다. 사람은 하늘
과 땅을 닮았는데, 운기를 버린다면 장차 어디에서 구하겠습니까? 중
경(仲景)이 상한(傷寒)을 말하고, 사안(士安)[129]이 『갑을경(甲乙經)』을 지
은 것 또한 일찍이 운기에 근본하지 않음이 없는데, 하필 '사천재천(司
天在泉)'[130]을 더해서 말하고, 그런 뒤에 비로소 운기를 말했겠습니까?

뒤에 붙어 있었으나, 현행 주소본(注疏本)에는 64괘의 뒤에 각각 나뉘어 붙어 있음.

126 상전(象傳): 『주역』 10익(十翼) 중 괘명·괘상(卦象)·효상(爻象)을 풀이하는 말. 한
괘의 상을 전체적으로 풀이한 것을 대상(大象), 한 효의 상을 풀이한 것을 소상(小象)이
라 함.

127 공자(孔子, B.C. 551~B.C. 479): 춘추(春秋) 때 노(魯) 사람. 이름은 구(丘), 자는
중니(仲尼). 춘추 말의 대사상가·정치가·교육가로서 유가(儒家)의 학설을 집대성했음.
인(仁)을 사상의 핵심으로, 예(禮)를 인을 행하는 수단으로 삼아, 여러 나라를 주유하며
치국의 도를 행하려다가 68세에 노로 돌아와서 시(詩)·서(書)·예(禮)·악(樂)·역(易)·
춘추 등 6경(六經)을 산술했음. 제자들이 엮은 『논어(論語)』에 그의 언행과 사상이 잘
나타나 있음.

128 10익(十翼): 공자가 지었다는 『역경(易經)』 중의 10전(十傳). 「상단전(上象傳)」·「하
단전(下象傳)」·「상상전(上象傳)」·「하상전(下象傳)」·「상계사전(上繫辭傳)」·「하계사
전(下繫辭傳)」·「문언전(文言傳)」·「서괘전(序卦傳)」·「설괘전(說卦傳)」·「잡괘전(雜
卦傳)」.

129 사안(士安): 중국 진(晉)대 의원 황보밀(皇甫謐)의 자.

130 사천재천(司天在泉): 운기(運氣) 술어. 사천(司天)과 재천(在泉)을 같이 이르는 말.
'사천'은 위에 있음을 상징하고, 상반년(上半年)의 기운(氣運) 상태를 주관하며, '재천'은
아래에 있음을 상징하고, 하반년(下半年)의 기운 상태를 주관함. 예를 들면, 자오년(子午
年)은 소음군화(少陰君火)가 사천하므로 양명조금(陽明燥金)이 재천하고, 묘유년(卯酉
年)은 양명조금이 사천하므로 소음군화가 재천함. 사천과 재천으로 1년 중 세기(歲氣)의

왕빙(王冰)의 뒤로 안도(安道)[131]·동원(東垣)[132]·수진(守眞)[133]을 가릴 것
없이 여러 선생들이 미루어 그것을 넓히고 전해서 오늘에 이르렀으나,
책들에 쌓인 뜻은 사람들이 대부분 깨닫지 못했고, 이 때문에 헐뜯는
사람들과 배척하는 사람들이 일어나서 다들 법 받을 수 있는 것이 없
다고 여기니, 이들은 모두 성인이 지은 책을 업신여기며, 옛날의 어질
고 지혜로운 사람을 헐뜯음이 심한 자들입니다. 5운 6기에 주기(主
氣)·객기(客氣)[134]가 있는데, 주운(主運)[135]·주기(主氣)는 그 평상시를
말함이고, 객운(客運)[136]·객기(客氣)는 그 변함을 말함이며, 그 변함에
이르면 시행역려(時行疫癘)[137] 등의 병이 생겨납니다. 시행역려는 운기
(運氣)가 아니라 병을 생겨나게 하는 것이니, 어째서 단계(丹溪)가 역려
를 논의하면서 '운기를 미루어 그것을 치료함이 마땅하다.'고 했겠습

대체적 상황과 운기의 영향에 따라 질병이 발생하는 관계를 추산할 수 있음. 『소문(素問)』,
「지진요대론(至眞要大論)」에서 '궐음(厥陰)의 경우, 사천은 풍화(風化)가 되고, 재천은
산화(酸化)가 된다.'고 했음.

131 안도(安道): 왕리(王履, 1332~1391)의 자. 명(明)대 의원으로 곤산(崑山) 사람. 호는
기옹(奇翁)·기수(畸叟)·포독노인(抱獨老人). 주진형(朱震亨)에게 의술을 배웠음. 저서
에 『소회집(泝洄集)』 21편, 『백병구원(百病鉤元)』 20권, 『의운통(醫韻統)』 100권, 『표
제원병식(標題原病式)』 1권, 『의사보전(醫史補傳)』 등이 있음.

132 동원(東垣): 금(金)대 의학자 이고(李杲, 1180~1251)의 호.

133 수진(守眞): 금(金)대 의원 유완소(劉完素)의 자.

134 객기(客氣): ①천기(天氣). 하늘에서의 3음 3양의 기. ②병인(病因)이 되는 외사(外邪).

135 주운(主運): 5운에 맞춰 1년을 봄, 여름, 늦은 여름(長夏), 가을, 겨울 등 5계절로 나누
어 놓은 것.

136 객운(客運): 객기(客氣).

137 시행역려(時行疫癘): 계절성을 띠고 돌림을 일으키는 전염병. 시행한역(寒疫)과 시행
온역(溫疫)이 있음.

니까? 단계가 어찌 저를 속인 것이겠습니까? 장개빈(張介賓)에 대해서 저는 그가 어떠한 사람인지 모르겠습니다. 저 또한 일찍이 그 책을 두루 읽었는데, 대체로 개빈(介賓)의 보양(補陽)[138]에 대한 설명이 널리 유행함으로부터 음허(陰虛)한 사람들은 대부분 도움 받지 못했습니다. 저는 깊이 근심스럽게 여기는데, 힘이 아주 약하고 소견이 얕아 그 폐단을 고칠 수 없으니, 오히려 한스럽게 생각합니다. '양은 남음이 있고 음이 부족하다.'고 함은 단계(丹溪)가 처음 만든 말이 아니라, 바로 『내경(內經)』의 설명입니다. 개빈이 그것을 저버리고 음양(陰陽)의 보사(補瀉)만 했을 뿐이니 큰 잘못일 것입니다. 이것이 제가 개빈이란 사람에게 의지하지 않는 이유입니다. 그대는 도리어 끌어다가 증거를 삼겠습니까? '허파로 왕을 돕는 재상을 삼았다.'고 함은 재상을 삼았다 함이 아닙니다. 폐는 위쪽에 머무르며 음식을 받아 위(胃)에 전하고, 위의 정기(精氣)[139]가 위쪽으로 허파에 도달하면, 허파는 다시 여러 장부에 널리 퍼뜨립니다. 그러므로 '서로 전한다.'고 한 것이니, '부(傅)'자는 바로 '전(傳)'자가 잘못된 것입니다. 『내경』이 한(漢)대 선비들에게서 나왔다는 설명은 참으로 망령됩니다. 월인(越人)의 『난경(難經)』은 『내경』에 근본하고 넓혀지었는데, 월인 이전의 책이 어떻게 한(漢)대에 나왔다고 말할 수 있습니까? 『내경』의 연문(衍文)·착간(錯簡)된 곳은 정말 억지로 풀이할 수 없습니다. 근세 운기를 쓰지 않는 사람들은 틀림없이 운기를 이해 못하는 자들의 설명입니다. 그대는 미혹되지

---

138 보양(補陽): 양허증(陽虛證)을 치료하는 방법. 주로 신양허(腎陽虛)를 보(補)하는 것.
139 정기(精氣): 생명활동을 유지하는데 필요한 정미(精微)로운 물질과 그 기능.

마십시오."

물음

"감히 묻습니다. 『내경』에 이른바 중풍(中風)¹⁴⁰과 후세의 중풍은 다를 것입니다. 후세의 중풍은 내상(內傷)에 연관되고, 『내경』의 중풍은 외감(外感)¹⁴¹에 연관됩니다. 중경(仲景)의 『상한론(傷寒論)』에 이른바 중풍이란 것은 또한 『난경』, 「상한(傷寒)」편에 있는 5가지 중 첫 번째 병증이니, 외감의 병입니다. 『금궤요략(金匱要略)』에 이른바 중풍은 비록 후세의 중풍과 비슷하지만, 또한 외사(外邪)¹⁴²로 그것을 논의한다면 내상이 아님은 분명할 것입니다. 소씨(巢氏)¹⁴³의 『병원후론(病源候論)』¹⁴⁴과 손씨(孫氏)¹⁴⁵의 『천금방(千金方)』¹⁴⁶에 거의 이르러 정확하게 말한 것은

---

140 중풍(中風): ①'내풍(內風)'을 말함. 뇌혈관이 장애된 질환. '졸중(卒中)'이라고도 함. 즉 갑자기 나타나는 풍증(風證). 증상에 따라 '유중풍(類中風)'과 '진중풍(眞中風)'으로 나눔. ②'외풍(外風)'을 말함. 외부의 풍사(風邪)를 감수해 발생하는 병증으로, 열이 나고 머리가 아프며, 땀이 나고 맥이 뜨고 이완되는 듯한 느낌이 있는 등의 증상을 나타냄.
141 외감(外感): 병인과 병증의 분류에서 6음(六淫)·역려지기(疫癘之氣) 등의 외사(外邪)를 받은 것. 이들 병사(病邪)는 먼저 인체의 피부를 침범하거나, 코나 입으로 먼저 흡입되기도 하고, 동시에 병이 발생되기도 함.
142 외사(外邪): 사기(邪氣).
143 소씨(巢氏): 소원방(巢元方, ?~?). 중국 수(隋)·당(唐)대 의원. 610년에 중국 의학의 고전 『제병원후론(諸病源候論)』을 편찬한 병인증후학(病因症候學)의 대가. 그와 관련한 유일한 기록은 당대 한악이 편찬한 『개하기(開河記)』에 '개하도호대총관(開河都護大總管) 마숙모(麻叔謀)가 풍역(風逆)을 앓아 일어날 수 없게 되었는데, 수나라 양제(煬帝)가 태의령(太醫令) 소원방에게 왕진시켰다.'는 것임.
144 『병원후론(病源候論)』: 소원방(巢元方)의 저술 『제병원후론(諸病源候論)』. 전체 50권인데, 67문(門)으로 나누어 증후 1,700여조를 들어 병원(病源)·병상(病狀)에 대해 기술하고 있으나, 처치·약방(藥方)에 대해서는 실려 있지 않음.

바로 후세의 중풍입니다. 이렇게 되자 후세 사람들은 드디어 진중풍(眞

中風)[147]·유중풍(類中風)[148]이란 명칭을 세웠는데, 시궐(尸厥)[149]·식궐(食

厥)[150]·담궐(痰厥)[151] 또는 중서(中暑)[152]·중한(中寒)[153] 등 대체로 혼궤(昏

---

145 손씨(孫氏): 손사막(孫思邈). 중국 수(隋)·당(唐)대 의원. 섬서성(陝西省) 요현(耀縣)
사람. '손진인(孫眞人)'이라고도 함. 음양·천문·의약에 정통했고, 수나라 문제(文帝),
당나라 태종과 고종이 벼슬을 주려 했으나 사양하고 태백산에 은거했음. 어려서 풍증에
걸려 가산을 탕진했기 때문에 평생 의학서를 존중하고 가까이했음. 그는 여러 약방문을
모아 보기 쉽고 알기 쉽게 『비급천금요방(備急千金要方)』 30권을 편찬했음. 저서에 『섭
생진록(攝生眞錄)』·『침중소서(枕中素書)』·『복록론(福祿論)』·『천금익방(千金翼方)』
등이 있음.

146 『천금방(千金方)』: 당(唐)대 손사막(孫思邈)이 650년 무렵에 저술한 의학서. 원제는
『비급천금요방(備急千金要方)』이며, 중국에서 체계적으로 편찬된 가장 오래된 의학전서
임. '인명(人命)은 소중해 천금(千金)의 가치가 있으며, 하나의 처방으로 인명을 구한다
는 것은 덕이 천금을 초월하는 것과 같다.'는 데서 책이름이 붙여졌음. 30권인데, 대개는
출전(出典)이 기록되어 있지 않고, 대부분 당시의 처방을 수록했음. 이 책은 당대부터
송(宋)대에 걸쳐 널리 이용되었으며, 후에 보충을 위해 『천금익방(千金翼方)』 30권이 저
술되었음.

147 진중풍(眞中風): '진중풍'은 유중풍의 증상 외에 초기에 열이 나고 바람을 싫어하는
등의 증상이 있는데, 일설에 따르면 잠시의 지각상실상태로, 깨어난 후에 반신불수나 구
완와사 등의 증상이 없는 기궐(氣厥)·식궐(食厥)·혈궐(血厥) 등의 질병을 일컬음.

148 유중풍(類中風): 졸도(卒倒)·혼미(昏迷)·구완와사(口眼喎斜)·반신불수(半身不遂)
·언어장애 등의 증상을 나타내고, 뇌출혈·뇌전색(腦栓塞)·뇌혈전형성(腦血栓形成)·
뇌실질(腦實質)과 뇌신경의 일부 병증도 포괄함.

149 시궐(尸厥): 갑자기 쓰러져 인사불성이 되어 마치 죽은 것과 같은 상태가 되고, 호흡이
미약하며, 맥이 극히 가늘고 약해 거의 반응이 없어 언뜻 보기에 죽은 사람과 같은 증상.

150 식궐(食厥): 궐증의 하나. 음식을 지나치게 먹거나 독이 있는 것을 잘못 먹는 것 등으
로 위기(胃氣)가 아래로 내려가지 못하고 갑자기 거슬러 올라가 생김.

151 담궐(痰厥): 궐증의 하나. 담이 성해서 생긴 궐증. 팔다리가 싸늘하고 숨결이 거칠며,
혀에 하얗고 기름때 같은 이끼가 낌.

152 중서(中暑): 여름철의 무더운 기후로 서사(暑邪)에 손상되어 발생하는 병증. 갑자기
졸도하는 증상이 있음.

153 중한(中寒): 한사(寒邪)에 손상된 것. 평소 양기(陽氣)가 부족한데 갑자기 한사의 침

憒)[154] · 졸도(卒倒)[155]에 이르는 것들은 모아서 유중풍이라 이름했으니, 유중풍은 후세의 중풍과 구별됩니다. 후세의 중풍 역시 유중풍인지 전혀 모르겠습니다. 대체로 혼궤 · 졸도하여 정신을 잃고 의식이 없는 것은 그 원인을 물을 것 없이 모두 『내경(內經)』에 이른바 궐증(厥症)[156]입니다. 풍(風)과 더불어 서로 관련은 없을 것입니다. 후세의 중풍과 같은 것은 유하간(劉河澗)[157]이 말하기를 '적당한 휴식과 섭생을 잃고, 심화(心火)는 몹시 성하며, 신수(腎水)가 매우 약해 심화를 억제할 수 없다면, 음(陰)은 비게 되고 양(陽)은 가득 차서, 열기(熱氣)가 몰려 답답하고, 정신이 흐려져서 졸도한다.'고 했던 그 말이 정말 옳습니다. 이동원(李東垣) 또한 말하기를 '중풍이란 것은 밖에서 들어온 풍사(風邪)가 아니라, 본래 있던 기(氣)로부터 생기는 병이다. 대체로 사람의 나이가 40세를 넘어 기가 약해지는 즈음이나, 또는 근심과 기쁨, 몹시 성내는 것이 그 기를 해치면, 대부분 이 병이 있다. 장년일 때에는 없으나, 만약 살지고 원기 왕성한 사람이라면 간혹 그 병이 있으니, 역시 몸은 성하지만 기가 약해 이러한 병이 있게 될 뿐이다.'라 했으니, 그 말이 뜻을 얻었다 할 것입니다. 이것은 하간(河澗)이 언급하지 못했던 바를 다한 것입니다. 그런데 두 사람이 중부(中腑)[158] · 중장(中臟)[159] · 육경(六經)[160]에 나타

범을 받게 되면, 사지(四肢)가 차게 되고, 6맥(六脈)이 가라앉고 경미하거나 느리며, 팽팽해지는 증상이 나타남.

154 혼궤(昏憒): 의식이 혼미한 상태에 있어서 사리를 분간하지 못하는 증상.

155 졸도(卒倒): 갑자기 정신을 잃고 넘어지는 것.

156 궐증(厥症): 일반적으로 갑자기 정신을 잃고 쓰러져 인사불성이 되고 사지(四肢)가 차며, 잠시 후에 깨어나는 병증.

157 유하간(劉河澗): 금(金)대 의원 유완소(劉完素). '하간'은 유완소의 호.

나는 병증을 논의한 것은 바르지 않습니다. 중부(中腑)·중장(中臟)·육
경(六經)에 나타나는 증상이란 것은 외사(外邪)이니, 후세의 중풍은 아닐
것입니다. 주단계(朱丹溪)는 말하기를 '서북(西北) 두 지방은 참으로 풍
(風)을 맞게 된 사람이 있으나 다만 매우 적을 뿐이고, 동남(東南) 지방의
사람에게는 많은데, 이것은 습기(濕氣)가 담(痰)을 생기게 하고, 담은 열
(熱)을 생기게 하며, 열이 풍을 생기게 함이다.'라 했으니, 그 말은 또한
병증을 나누지 않는다는 것과 같습니다. 서북 두 지방에서 풍을 맞게
된다는 것은 『내경(內經)』에 이른바 진중풍(眞中風)이니, 유중풍(類中風)
은 아닐 것입니다. 또 습기가 담을 생기게 하고, 담은 열을 생기게 하며,
열이 풍을 생기게 한다는 것은 『난경(難經)』에 '자식[火]이 성(盛)하면,
어미[木]로 하여금 가득 차게 할 수 있다.'고 말함이 맞습니다. 그런데
담은 화(火)의 성함을 따라 움직이니, 담이 열을 생기게 함은 아닐 것입
니다. 대체로 세 분이 설명한 것은 모두 후세의 중풍이 밖으로부터 침입
한 풍사(風邪)에 맞은 것이 아님을 알았는데, 그 치료법에 미치면 제일
먼저 본래 의술에서는 속명탕(續命湯)¹⁶¹·방풍통성산(防風通聖散)¹⁶²·삼

---

158 중부(中腑): 중풍의 증후 유형 중 하나. 갑자기 쓰러져 깨어난 후에는 반신불수·구안
　　와사·언어곤란 혹은 가래와 침이 많고 말을 하지 못하며, 대소변을 가누지 못하거나 대
　　소변이 막히게 되는 증상 등이 나타남.
159 중장(中臟): 중풍의 증후 유형 중 하나. 임상 상 졸도·혼미를 특징으로 하고, 폐증(閉
　　證)과 탈증(脫證)의 두 가지로 나눔.
160 육경(六經): 태양경(太陽經)·양명경(陽明經)·소양경(少陽經)·태음경(太陰經)·소
　　음경(少陰經)·궐음경(厥陰經)의 합칭. 고대에는 임상 상 육경의 명칭과 그것이 표현하는
　　증후의 특징으로, 질병부위와 질병의 발전단계를 설명했으며, 상한(傷寒) 등 급성질병의
　　진찰과 치료 시에 변증론치(辨證論治)의 강령 즉, '육경변증(六經辨證)'으로 삼았음.
161 속명탕(續命湯): 재료는 계피나무 가지, 건강, 살구 씨, 인삼, 감초, 당귀, 궁궁이.

화탕(三化湯)[163] 등을 먼저 늘어놓는데, 무엇 때문입니까? 만일 강활(羌活)[164] · 방풍(防風)[165]이라면 그것을 조금 도와서 경맥(經脉)을 막힘없이 흐르고 통하게 하며, 간사(肝邪)[166]를 흩어져 나가게 함이 맞습니다만, 마황(麻黃)[167] · 대황(大黃)[168]은 어째서 여러 내상(內傷) · 중풍에 쓸 수 있습니까? 대체로 내상 · 졸도(卒倒) · 담천(痰喘)이 심하게 몰려 뭉친 사람은 인삼(人參) · 죽력(竹瀝)[169] · 강즙(姜汁) 등으로 열어줌이 마땅합니다. 점점 되살아나기를 기다린 이후에 인삼 · 황기(黃耆)로 보기(補氣)[170]하거

풍비(風痺)로 몸을 잘 쓰지 못하면서 정신이 똑똑치 못하고 말이 굳으며, 팔다리가 가늘어지고 눈과 입이 비뚤어지거나 몸 관절을 쓰지 못하는 데, 기침이 나고 숨이 차서 편안히 눕지 못하며, 얼굴이 붓는 데 씀.

162 방풍통성산(防風通聖散): 재료는 곱돌, 감초, 석고, 속 썩은 풀, 도라지, 방풍, 궁궁이, 당귀, 메함박꽃 뿌리, 대황, 마황, 박하, 연교(連翹), 망초, 형개, 흰 삽주, 치자, 생강. 중풍 또는 풍열로 말을 못하거나 목이 쉰 데, 경풍 · 파상풍을 비롯한 여러 가지 풍증으로 경련이 일어나는 데, 풍열 또는 풍습으로 생긴 헌 데와 버짐, 삼초가 모두 실해 오한이 나면서 높은 열이 나고 어지러우며 눈에 피가 지고 아프며, 입 안이 쓰고 목안이 아픈 데, 가슴이 그득하고 기침을 하거나 구역질이 나며 숨이 차고 뒤가 굳으며 오줌색이 벌겋고 잘 누지 못하는 데 씀.

163 삼화탕(三化湯): 재료는 후박, 대황, 지실, 강활. 대소변이 막혀 잘 나가지 않는 데 씀.

164 강활(羌活): 미나리과에 속하는 여러해살이풀의 뿌리를 말린 것. 땀이 나게 하고 풍습을 없애며 아픔을 멈춤. 풍한표증 · 머리 아픔 · 풍한습비 등에 씀. 강활(羌活). 강호리.

165 방풍(防風): 미나리과의 다년생풀. 어린 싹은 식용, 뿌리는 약용함.

166 간사(肝邪): 5장 사기(邪氣)의 하나. 간에 있는 사기. 양 옆구리가 아프고 비위가 허해지며 차지는데, 속에 나쁜 피까지 몰리면 걸을 때 다리 마디가 켕기고 붓는 증상이 나타남.

167 마황(麻黃): 마황과의 상록 관목인 풀마황, 쇠뜨기마황, 중마황의 줄기를 말린 것. 발한(發汗) · 이뇨(利尿) · 숨찬 것을 멈추는 등에 씀.

168 대황(大黃): 장군풀. 또는 그 뿌리와 뿌리줄기. 변비(便祕) · 조열(潮熱) · 어혈(瘀血)에 약재로 씀.

169 죽력(竹瀝): 참대의 줄기를 불에 구워서 나오는 즙액을 약재로 이르는 말.

170 보기(補氣): 보법(補法)의 하나. 보기약(補氣藥)으로 기허증(氣虛證)을 치료하는 방

나 당귀(當歸)¹⁷¹ · 지황(地黃)으로 보음(補陰)¹⁷²하여 풍기(風氣)와 화기(火氣)를 물리치니, 이것이 그 치료법입니다. 근세에 명문(命門)의 화(火)를 돕는다는 설명은 거듭 행하여 계지(桂枝) · 부자(附子) 보기는 음식처럼 예사롭게 하고, 황금(黃芩) · 황련(黃連) 보기는 뱀 · 전갈처럼 두려워하는데, 중풍(中風) · 졸도(卒倒)에 반드시 삼부탕(參附湯)¹⁷³을 쓰되, 인삼이 빠질 수 없음과 같고, 부자도 선택하지 않을 수 없음과 같지만, 신음(腎陰)¹⁷⁴이 부족하거나 쇠약하고 심화(心火)가 갑자기 심한 사람은 마땅한 바가 아닐 것입니다. 대체로 중풍의 병증을 논의하고 치료법을 베풂은 뒤섞여 복잡해 분명하지 않은데, 모두 병의 갈래로 나눌 수 없는 진중풍(眞中風)과 유중풍(類中風) 때문임이 옳을 것입니다. 어찌 조심하지 않을 수 있겠습니까? 어리석은 제 의견은 이와 같은데, 그대 나라 또한 유중풍이란 것이 다수를 차지하고 진중풍이란 것이 적어서 치료할 수 없음이 대강 이와 같습니까? 밝은 가르침 듣기를 바랍니다."

법. 익기(益氣).

171 당귀(當歸): 미나리과에 속하는 여러해살이풀인 당귀의 뿌리를 말린 것. 보혈(補血) · 활혈(活血)에 쓰이는 약재. 승검초 뿌리.

172 보음(補陰): 보법의 하나. 음허증(陰虛證)을 치료하는 방법. 익음(益陰) · 양음(養陰) · 육음(育陰) · 자음(滋陰).

173 삼부탕(參附湯): 재료는 인삼 · 부자 · 생강. 추위를 많이 타거나 저혈압, 양허성(陽虛性) 발작 등에 씀.

174 신음(腎陰): 원음(元陰) · 진음(眞陰) · 신수(腎水) · 진수(眞水). 신양(腎陽)과 상대되는 말. 신장(腎臟)의 음액(陰液, 신장에 저장된 정(精)을 포괄)을 말하며, 이는 신양의 기능 활동에 물질적 기초가 됨. 만약 신음이 부족하면, 신양이 극도로 거세져 상화망동(相火妄動)의 병리현상을 나타냄.

대답

"중풍을 이른바 진중풍과 유중풍으로 구별함은 우단(虞摶)의 논의가 자세할 것입니다. 저는 우단의 설명이 옳다고 여기는데, 비록 다시 말하고자 해도 더할 것이 없을 것입니다. 동원(東垣)은 기허(氣虛)[175]를 따라 풍(風)을 맞는다 했고, 하간(河澗)은 화(火)가 왕성함을 따라 풍을 맞는다 했으며, 단계(丹溪)는 습기(濕氣)가 몰려 뭉침을 따라 풍을 맞는다 했는데, 모두 각각 그 원인된 바를 말했을 뿐입니다. 어찌 세 분 선생이 다만 기와 화와 습을 따름만 알고, 외중(外中)[176]을 모른 채 말할 수 있었겠습니까? 기허를 따른 중풍이란 것은 한갓 풍을 없앨 것만 알고 보기(補氣)를 모름이니, 풍은 스스로 물러나지 않습니다. 화의 왕성함을 따른 중풍이란 것은 한갓 풍을 몰아낼 것만 알고 사화(瀉火)[177]를 모름이니, 병이 무슨 이유로 안정되겠습니까? 이 때문에 병에는 표본(標本)[178]이 있고, 치료에는 먼저 할 것과 나중에 할 것이 있습니다. 화나 습을 따르는 내상(內傷) 등의 증세가 전혀 없고, 풍에 의한 외중이며, 육경(六經)에 병이 퍼져 중장(中臟)과 중부(中腑)의 구별이 있는 것 같은 사람은 또 어찌 세 선생의 설명을 의지하겠습니까? 다만 풍은 사람을 해치되 반드시 그 허(虛)를 틈타기 때문에 저 세 선생이 이론을 세워 글을 썼을 것입니다. 의원은 단지 기허한 중풍을 만난다면 동원의

---

175 기허(氣虛): 기가 허하거나 부족한 것. 원기가 부족하거나 약해진 것.
176 외중(外中): 외사(外邪)에 의해서 중풍(中風)이 된 것.
177 사화(瀉火): 치료법의 하나. 성질이 찬 약으로 열이 심해 생긴 화를 사(瀉)하는 방법.
178 표본(標本): 말단과 근본. 한의학에서 질병의 외부 증세와 근본 성질을 이르는 말.

논의를 따를 수 있지만, 하간·단계는 나도 모르겠습니다. 화가 왕성한 중풍이라면 하간의 논의를 따를 수 있지만, 단계·동원은 나도 모르겠습니다. 내상 등의 증세가 없고, 다만 풍에 의한 외중이라면 동원·단계·하간은 나도 모두 모르겠으나, 일단 외치(外治)[179]를 따릅니다. 또 하필 얽매여서 활투법(活套法)을 받아들이지 않겠습니까? '식궐(食厥)·담궐(痰厥)·중서(中暑)·중한(中寒) 등의 증세도 유중풍이라 말할 수 없다.'고 말씀하심은 그대가 말씀하셨던 풍과 함께 서로 방해하지 않는 것이니 참으로 옳습니다. 근세 장경악(張景岳)[180]은 비풍(非風)[181]이란 설명을 했는데, 저는 이것이 세상을 속이는 논의라고 생각합니다. 내상을 따르는 중풍이란 것은 내상임이 틀림없고, 중풍에는 내상이 없으며, 중풍이란 것은 다만 외사(外邪)를 맞는 것임이 옳습니다. 저 식궐·담궐·중서·중한은 습과 화를 따르고, 풍사(風邪)는 전혀 없는 것이니, 바로 각각 저절로 다른 병을 만드는 것인데, 또한 어떻게 중풍과 논의할 수 있겠습니까? 경악(景岳)이 그것을 내놓지 못했고, 이전 사람들 모두 비풍(非風)을 몰랐으니, 뒤섞여 구별하지 못했습니까? 이것은 모르겠습니다. 세 선생이 치료법을 논의함에 곧바로 속명탕(續命湯) 등을 늘어놓은 것은 어찌 의심함이 있겠습니까? 화(火)와 기(氣)와 습(濕)을 따른다는 것은 그 원인이라는 말이고, 속명탕을 소홀

---

179 외치(外治): 치료방법의 일종. 약물이나 수법을 선택하며 혹은 적당한 기계를 배합해 체표나 구규(九竅) 등의 부위에 사용함으로써 각 과(科)의 질병을 치료하는 것.

180 장경악(張景岳): 중국 명(明)대 의원인 장개빈(張介賓). '경악'은 그의 자.

181 비풍(非風): 내상으로 오는 중풍. 외감중풍과 구별하기 위해 내상중풍을 '비풍'이라 함. 중풍이 외감으로 생기는 풍증이 아니라는 뜻에서 붙인 이름.

히 하지 않은 것은 그 풍(風)의 치료를 논의한 것이니, 비록 각각 그 원인된 바만 밝혔으나 외중(外中)의 뜻도 소홀히 하지 않았음을 특히 볼 수 있을 것입니다. 부자(附子)·계지(桂枝)로 화를 돕는다는 설명은 경악으로부터 이후로 세상에 크게 행해졌는데, 그것을 의심함이 심한 사람은 그 허실(虛實)과 한열(寒熱)을 논의하지도 않고, 먼저 계지·부자를 주로 하여 처방전만 늘어놓으며, 봄·여름·가을·겨울과 무년(戊年)[182]·오년(午年)[183]에 받아들이지 않는 약이 없고, 먹지 않는 날이 없으며, 뜻하지 않게 일찍 죽는 사람이 서로 이어져도 살피는 바가 없으니, 참으로 슬퍼할 만합니다. 대체로 제가 비록 어리석어 보고 들은 바는 적더라도 그대가 말씀하신 것을 시험해보겠습니다. 저 경악의 보양(補陽)에 대한 설명은 양(陽)은 살리고 음(陰)은 죽이며, 하늘의 운행은 굳건하고 땅은 쇠퇴하지 않는다는 뜻을 주로 하는데, 다만 양은 남고 음은 부족한 데 현혹되니, 음정(陰精)[184]은 수명을 받드는 것이고, 양정(陽精)[185]이 아래로 내려감은 일찍 죽는 이치입니다. 『주역(周易)』에 '하늘은 가득차고, 땅은 비었다.'고 했는데, 땅의 겉은 비록 단단한 것 같아도 하늘의 기(氣)는 땅 속에 널리 퍼져, 비록 쇠붙이와 돌이라도 뚫고 지나가니, 그 하늘이 가득 찼다는 괘상(卦象)을 알 수 있습니

---

182 무년(戊年): 60갑자(六十甲子) 가운데 천간(天干)이 '무(戊)'로 된 해.
183 오년(午年): 60갑자(六十甲子) 가운데 지지(地支)가 '오(午)'로 된 해.
184 음정(陰精): ①생식지정(生殖之精). 생식의 기본 물질. 생명의 발생·성장·발육·노쇠 등과 밀접한 관계가 있는 물질. ②음액(陰液). 정(精). 혈(血)·진액(津液) 등 체액(體液)을 통틀어 이른 말. 체액은 음에 속한다는 뜻에서 붙인 이름.
185 양정(陽精): 하늘과 땅 사이 온열(溫熱)의 정기(精氣).

다. 음정이 받드는 곳은 높은 땅이고, 높은 땅은 서북(西北) 지방이며, 서북 지방은 응달입니다. 부족한 음을 가지고 응달에 살더라도 그것을 도움과 함께 양이 고르게 된다면 그 수명을 얻습니다. 물속에 있는 물고기에 비유하면, 매우 짧은 고요함도 없이 움직임은 양의 기(氣)입니다. 그러나 물이 없다면 움직일 수 없는 것은 하늘이 굳건하다는 작용이 의지해 가까이할 곳이 없기 때문입니다. 풀과 나무에 비유하면, 비가 내릴 때 뿌리와 씨는 습하고 지척지척합니다. 그런 뒤에 양기(陽氣)를 북돋우면 자라고 싹틉니다. 만약 겨울 새벽이라도 날씨가 덥다면 강이나 호수의 물은 마르니, 비록 양이 올라가는 기가 있더라도 몹시 애태우지 않을 사람은 드물 것입니다. 양은 살린다는 설명은 혼자 행할 수 있겠습니까? 오직 사람의 삶이니, 풀과 나무와 벌레와 물고기에 견줄 수 있는 것이 아닙니다. 남녀 간의 욕정은 정(精)을 줄어들게 하고, 깊은 생각은 마음을 태우게 하며, 선천지기(先天之氣)[186]는 줄어들지 않고, 후천지기(後天之氣)[187]가 먼저 없어지는데, 이러한 때를 만나서 양만 도와 음을 더욱 없어지게 함이 옳겠습니까? 그렇지 않다면 장차 음을 도와 한쪽으로 치우친 근심을 없게 함이 옳겠습니까? 『내경(內經)』에 '하늘은 사람에게 5기(五氣)[188]를 먹여주고, 땅은 사람에게 5미(五味)[189]를 먹여준다.'고 했습니다. 물은 음(陰)이니, 보음(補陰)하는

---

186 선천지기(先天之氣): 선천지정(先天之精). 신(腎)에 있는 생식의 정. 생식기능·성장·발육·노쇠와 밀접한 관계가 있는 물질.
187 후천지기(後天之氣): 후천지정(後天之精). 수곡지정(水穀之精). 음식물을 소화해 흡수한 정미(精微)로운 영양물질. 몸의 성장발육과 생명활동을 유지하는데 필요한 기본물질.
188 5기(五氣): 온(溫)·양(涼)·한(寒)·조(燥)·습(濕)의 5가지 기운.

사물입니다. 만약 병이 없고 양(陽)은 가득한 사람이 며칠 물을 끓는다 면, 양만 가득 찼다고 온전할 수 있겠습니까? 없겠습니까? 이 때문에 음기(陰氣)¹⁹⁰만 가득차도 양 또한 숨으니, 양만 홀로 살지 못하고, 음 만 홀로 자라지 못하는데, 어찌 양만 거듭 돕고, 음을 거듭 모자라게 할 수 있습니까? 제가 풀지 못한 것이 이것입니다. 졸도(卒倒)에 인삼 (人參)·부자(附子)를 쓴다는 것은 기허(氣虛)한 사람을 위해 씀이고, 신 병(腎病)에 부자를 쓴다는 것은 하한(下寒)¹⁹¹한 사람을 위해 씀이지만, 풍(風)과 화(火)에 대해서는 참으로 논의가 부족합니다. 아마도 중풍(中 風)은 병으로 여겼지만, 외중(外中)이란 것은 매우 적어서 모두 내상(內 傷)을 따라 그것을 이어받았으니, 『내경(內經)』에 이른바 '바르지 않음 은 빈 기회를 탄다.'는 것이 이것입니다. 그대 나라와 우리나라에 무 슨 차이가 있겠습니까?"

물음

"우리나라의 어른과 어린아이와 늙은이들은 서로 공통되게 평소 병 없는 날이나 춘분(春分)¹⁹²과 가을 절기의 추위와 더위가 바뀔 때, 반드 시 고황(膏肓)¹⁹³·격유(鬲兪)¹⁹⁴·비유(脾兪)¹⁹⁵·담유(膽兪)¹⁹⁶에 뜸을 뜨

---

189 5미(五味): 신(辛)·산(酸)·함(鹹)·고(苦)·감(甘)의 5가지 맛.
190 음기(陰氣): 음(陰)의 속성을 가진 기(氣).
191 하한(下寒): ①몸 아랫도리가 찬 것. ②하초(下焦)에 한사(寒邪)나 찬 기운이 있는 것.
192 춘분(春分): 24절기(二十四節氣)의 넷째. 경칩(驚蟄)과 청명(淸明)의 중간으로, 양력 3월 21일 경. 밤낮의 길이가 같게 됨.
193 고황(膏肓): 혈 이름. 족태양방광경(足太陽膀胱經)에 속함. 제4, 제5 흉추극상돌기

고, 어린아이는 신주(身柱)¹⁹⁷ · 천추(天樞)¹⁹⁸에 14장을 뜨는데, 이것이
양생(養生)¹⁹⁹의 아주 큰 방법이 될 것입니다. 어린아이는 가장 허약하
여 감질(疳疾)을 두려워하니, 때를 기다리지 않고 늘 뜸을 뜹니다. 비
록 그러하나 병 없는 날에만 미리 이렇게 기르고, 오직 나라 풍속으로
하는 것인데, 무슨 책에 근거하는가를 듣지 못했습니다. 제가 살펴보
건대, 어린아이가 아파서 울부짖음이 지극하면 마음을 움직이도록 하
거나 놀라게 합니까? 저는 이와 같은 한 방법 중 누가 옳은지 모르겠
습니다. 선생의 의견을 빌어 결정함이 마땅하니, 가르침 보여주시기를

사이에서 양 옆으로 각각 3.5치 나가 있음. 기관지염 · 천식 · 늑막염 · 폐결핵 · 신경쇠약 ·
식은땀 · 건망증유정 · 열격 · 반위 등에 씀. 고황유(膏肓兪).

194 격유(膈兪): 족태양방광경(足太陽膀胱經)의 혈. 8회혈의 회혈. 제7, 제8 흉추극상돌
기 사이에서 양 옆으로 각각 2치 나간 곳임. 혈병에 쓰는 기본혈로써 어혈과 출혈, 빈혈
등에 쓰며, 심장병 · 난산 · 애역 · 구토 · 열격 · 반위 · 두드러기, 라력 · 월경통 · 어린이 감
질 · 기관지염 · 당뇨병 · 늑막염 · 등과 옆구리 아픈 데 등에 씀.

195 비유(脾兪): 족태양방광경(足太陽膀胱經)의 혈. 비의 배유혈. 제11, 제12 흉추극상돌
기 사이에서 양 옆으로 각각 2치 나가 있음. 비병에 의한 소화 장애 · 소변 장애 · 통혈기능
장애 등에 씀.

196 담유(膽兪): 족태양방광경(足太陽膀胱經)의 혈. 담의 배유혈. 제10 흉추극상돌기의
아래에서 양옆으로 각각 2치 나가 있음. 황달 · 입이 쓰고 목이 아픈 데 · 옆구리 통증 · 겨
드랑 밑이 붓는 데 · 한숨을 자주 하고 무서워하는 등 담병 증상과 구토 · 위장염 · 담낭염 ·
설사 등에 씀.

197 신주(身柱): 독맥의 혈. 제3, 제4 흉추극상돌기 사이에 있음. 어린이들이 목을 뒤로
젖힐 때 어깨 사이의 가로 간 금과 뒤 정중선과의 교차점에서 위치를 잡음. 어린이 폐렴
예방을 비롯한 어린이병 대부분의 예방에 필수적인 혈.

198 천추(天樞): 족양명위경(足陽明胃經)의 혈. 대장의 모혈. 배꼽 중심으로부터 2치 옆에
있음. 이질 · 곽란 · 설사 · 변비 · 헛배 부르기 · 복통 등 대소 장병과 월경부조 · 동통성 월경
곤란증 · 불임증 · 배뇨장애 · 산기 · 분돈증 등 비뇨생식기 병에도 씀.

199 양생(養生): 규칙적 생활과 적절한 영양 섭취로 건강하게 장수하도록 함.

엎드려 청합니다."

대답

"등에 뜸뜨는 방법을 어떤 사람이 전해주고 행하여 오늘에 이르렀는지 모르십니까? 탈 없이 평안한 사람으로 하여금 공연히 그 등을 태우고 뜸을 행하는 것이 심하니, 그 마땅하다는 것을 말하지 않음이 차라리 좋지 않겠습니까? 옛 사람이 '음식은 교화(教化)와 같고, 약석(藥石)²⁰⁰은 형벌(刑罰)과 같다.'고 했는데, 침과 약은 병이 없는데 함부로 쓸 수 없으니, 또한 형벌도 죄 없는 사람에게 함부로 베풀 수 없는 것과 같습니다. 우씨(虞氏)²⁰¹는 '병이 없는데 약을 먹음은 벽 속에 기둥을 보탬과 같다.'고 했고, 『내경(內經)』에 '약은 5미(五味)²⁰²와 4기(四氣)²⁰³를 갖추지 못해서 오래 먹으면 반드시 지나치게 치우치는 근심이 있다.'고 했으니, 약도 오히려 그러한데 하물며 침질과 뜸질이겠습니까? 이러한 병이 있다고 이러한 혈(穴)에 뜸을 뜸이 옳겠습니까? 이러한 병이 없다고 이러한 혈에 뜸을 뜸이 옳겠습니까? 등은 오장(五臟)이 이어져 관계된 매우 중요한 곳인데, 어찌 함부로 뜸을 뜰 수 있습니까? 양허(陽虛)한 사람도 같지만, 혹은 할 수 있을 것입니다. 음허(陰

---

200 약석(藥石): 병을 치료하는 약과 돌침. 인신해 약물(藥物)의 총칭.
201 우씨(虞氏): 명(明)대 의원 우단(虞搏).
202 5미(五味): 5가지 맛. 신(辛·매운맛)·산(酸·신맛)·함(鹹·짠맛)·고(苦·쓴맛)·감(甘·단맛).
203 4기(四氣): 음양(陰陽)의 변화로 인한 4시(四時)의 기운. 온(溫)·열(熱)·냉(冷)·한(寒).

虛)하거나 혈조(血燥)[204]한 사람은 차라리 마르는 근심을 면합니다. 하물며 어린아이의 순수한 양(陽)의 기(氣)에 화(火)를 가지고 도우면, 한갓 이로움이 없지는 않습니다. 여러 열병(熱病)은 없음을 따라서 생겨나니, 삼가지 않을 수 있겠습니까? 저는 길 위에서 벌거벗은 사람들을 보았는데, 뜸뜬 흔적이 등에 두루 퍼졌고 상처 없는 피부가 전혀 없어 마음이 매우 괴이했습니다. 지금 그대의 말을 들으니 과연 그렇군요.

그대 나라의 양생(養生)은 첫째 방법입니다. 양허하거나 하한(下寒)한 사람은 그 배꼽에 뜸을 떠서 배꼽을 단단하게 하지만, 음(陰)이 부족하거나 화조(火燥)[205]한 사람에게는 그 삶에 도리어 해로움과 같습니다. 팔이 시큰거리거나 다리가 마비된 사람은 그 관절(關節)을 통하게 하고 막힌 것을 통하게 하지만, 피가 줄어들었거나 모자란 사람은 도리어 연벽(攣躄)[206]에 이르는데, 하물며 허실(虛實)을 묻지 않고 옳고 그름을 살피지 않은 채 사람을 보면 꼭 뜸을 뜹니다. 뜸뜨기를 반드시 등에 두루 퍼지게 함이 한 마을에 전해지고 온 나라가 그것을 좇으니, 몹시 어리석은 듯 보이고 일반적 규칙 같지만, 사람으로 하여금 이러함을 듣게 해 슬프고 불쌍함을 이기지 못하겠습니다. 바라건대, 그대는 습관과 풍속에 물들지 말고, 근거 없는 잘못된 처방을 빨리 떨어버

---

204 혈조(血燥): 혈이 점조해진 것. 혈분에 열이 성하거나 병을 오랫동안 앓거나 늙으면 생김.
205 화조(火燥): 조증(燥證)이 화(火)에 속한 것. 이 병증은 열(熱)이 속에서 복(伏)하여 진액을 소모하기 때문에 나타나며, 기육고고(肌肉槁枯)·모초(毛焦)·순건(脣乾)·조고(爪枯) 등의 여러 가지 질환이 나타남. 이때는 양영탕(養榮湯)을 사용함.
206 연벽(攣躄): 손발이 오그라들어 펴지지 않음. 또는 앉은뱅이.

리십시오. 어찌 오직 그대 한 사람 뿐이겠습니까? 그대 나라 백성들이 그 은혜를 두루 받아야 하니, 그대는 그것만 생각하십시오."

물음

"의술 관련 서적에서 논의한 시역(時疫)[207]과 후세 시역은 다릅니다. 지금 시역이라 일컫는 것은 역(疫)[208]이 아닐 것입니다. 역이란 것은 산람장기(山嵐瘴氣)[209], 물과 흙의 더러운 기(氣)에 사람이 감염된 병인데, 그 기는 반드시 봄과 여름의 사이에 돌아다닐 것이고, 서로 전염되어 옮겨 가면 집안이 망함에 이르기도 합니다. 지금 시역이라 일컫는 것은 그렇지 않습니다. 서로 전염되는 사람이 없고, 그 병은 반드시 봄과 여름의 사이에 돌아다니지 않으며, 비록 가을과 겨울일지라도 병에 걸립니다. 이로 말미암아 그것을 살펴보건대, 역(疫)이 아님은 분명할 것입니다. 비록 그러하나 저는 학식이 얕고 견문이 좁아 그 이름을 감히 바르게 고칠 수 없기 때문에 풍속을 의지해 따라서 시역(時疫)이라 일컫는데, 시역과 상한(傷寒)은 서로 비슷할 것입니다. 그런데 어떤 사람은 비슷하다 하고 어떤 사람은 비슷하지 않다고 하니, 상한이란 것은 풍한(風寒)이 가는 털을 따라 영위(營衛)[210]에 들어오면, 영위가 사기(邪氣)를

---

207 시역(時疫): 철따라 생기는 질병. 유행병. 전염병.
208 역(疫): 염병. 유행성 급성 전염병의 총칭.
209 산람장기(山嵐瘴氣): 장독(瘴毒). 더운 지방의 산림지대에서 습열(濕熱)이 증울(蒸鬱)해 생기는 일종의 병사(病邪)이며, 자연의 유행성 전염병의 성질에 속하는데, 보통 학질(瘧疾)을 말함.
210 영위(營衛): '영'과 '위'를 합해 이른 말. 모두 음식물의 정미(精微)한 물질에서 생겨

받기 때문에 오한(惡寒)하고, 영위에 풍한이 겹쳐서 막혀 통하지 않으면,
몸 겉 부위의 양(陽)도 막혀 통하지 않고 열을 일으키기 때문에 발열(發
熱)합니다. 마황탕(麻黃湯)²¹¹·계지탕(桂枝湯)²¹² 두 탕약(湯藥)으로 몸 겉
부위를 통하게 하고 고르게 하면, 사기와 땀이 함께 나와서 병이 나을
것입니다. 시역과 같은 것은 땀 냄을 크게 금하고 꺼립니다. 오한과
같다면 진액(津液)²¹³을 없애고, 병열(病熱)²¹⁴이 더욱 성(盛)해지는데, 이
증세는 대부분 오한이 없으니, 영위에 관련되지 않을 것입니다. 또 온병
(溫病)²¹⁵과 더불어 서로 비슷할 것입니다. 그런데 어떤 사람은 비슷하다
하고 어떤 사람은 비슷하지 않다고 하니, 대체로 온병이란 것은 「금궤진
언론(金匱眞言論)」²¹⁶에서 이른바 '겨울에 정기(精氣)를 간직하지 못하면,
온병을 앓는다.'고 함이 이것입니다. 겨울에 정기를 간직하지 못한다는

'영'은 혈맥 속으로 온몸을 순환하면서 영양작용을 하고, '위'는 혈맥 밖에서 분육(分肉)
사이를 순환하면서 외사(外邪)의 침입을 막는 기능을 하는데, 영은 위의 보호를 받고,
위는 영의 영향을 받는 관계에 있음.
211 마황탕(麻黃湯): 약재는 마황·계피 나뭇가지·감초·살구 씨·생강·파 흰 밑. 한사
(寒邪)가 태양경(太陽經)에 침습해 오슬오슬 춥고, 열이 나며, 땀은 나지 않으면서 머리
와 온몸의 뼈마디가 아프고, 기침을 하며, 숨이 찬 데 씀.
212 계지탕(桂枝湯): 약재는 계피나무 가지·집 함박꽃 뿌리·감초·생강·대추. 태양병으
로 오싹오싹 춥고, 바람을 싫어하며, 열이 나고, 머리가 아프며, 때없이 저절로 땀이 나
고, 코가 메며, 팔다리가 아픈 데 씀.
213 진액(津液): ①일반적으로 체내의 모든 수액(水液). ②음식물의 정미(精微)가 위(胃)
·비(脾)·폐(肺)·삼초(三焦) 등의 공동작용을 통해 발생된 영양물질.
214 병열(病熱): 신열(身熱). 병 때문에 생기는 몸의 열.
215 온병(溫病): 4계절의 각기 다른 온사(溫邪)를 받아서 야기되는 여러 가지 급성 열병의
총칭.
216 「금궤진언론(金匱眞言論)」: 『황제내경(黃帝內經)』, 「소문(素問)」 제4편의 편 이름.

것은 진음(眞陰)이 먼저 줄어들고 양만 홀로 일을 처리하면, 드디어 음허
화왕(陰虛火旺)²¹⁷의 몸이 된다 함입니다. 「음양응상론(陰陽應象論)」²¹⁸·
「생기통천론(生氣通天論)」²¹⁹에 또한 '겨울에 한사(寒邪)²²⁰에 상하면, 봄
에 반드시 온병에 걸린다.'고 했으니, 이는 겨울에 춥고 차가움이 사람
몸 겉의 양기(陽氣)를 상하면, 삼초(三焦)에 울화(鬱火)²²¹하여 퍼져 나갈
수 없고, 울화가 열을 만들어냅니다. 열이 왕성(旺盛)하면 음이 약해지
니, 이 또한 음허화왕(陰虛火旺)의 몸이 됨입니다. 비록 그러하나 병이
아직 발생하지 않은 사람은 겨울에 찬물의 차가움으로 그것을 도울 수
있습니다. 차가운 봄날 양기가 일어나는 때에 이르면, 양기(陽氣)의 열
(熱)이 몸속에서 몸 겉으로 나와 마침내 춘온(春溫)²²²의 병을 만듭니다.
중경(仲景)이 '태양병(太陽病)²²³에 발열(發熱)하고 갈증이 있지만 오한(惡

---

217 음허화왕(陰虛火旺): 음정(陰精)이 손상되어 허화(虛火)가 항성해지는 병리변화. 성
   욕이 항진되고, 가슴이 답답하며, 쉽게 화를 내고, 얼굴이 붉어지며, 입안이 마르고, 해혈
   (咳血) 등의 증상이 나타남.
218 「음양응상론(陰陽應象論)」: 「음양응상대론(陰陽應象大論)」. 『황제내경(黃帝內經)』,
   「소문(素問)」 제5편의 편 이름.
219 「생기통천론(生氣通天論)」: 『황제내경(黃帝內經)』, 「소문(素問)」 제3편의 편 이름.
220 한사(寒邪): 6음의 하나. 추위나 찬 기운이 병을 일으키는 사기(邪氣)로 된 것. 음사
   (陰邪)에 속하는데, 양기를 쉽게 상하고 기혈순환을 장애함.
221 울화(鬱火): 일반적으로 양기(陽氣)가 뭉치고 적체(積滯)되어 나타나는 내장내열(內
   腑內熱)의 증상.
222 춘온(春溫): 봄철에 발생하는 온병(溫病). 처음부터 이열(裏熱) 증상이 발생해 열이
   높고 갈증이 나며, 가슴이 답답하고 초조하며, 소변이 붉은 증상 등이 나타나는 것이 임상
   상의 특징임.
223 태양병(太陽病): 6경(六經)병의 하나. 주된 증상은 목이 뻣뻣하고 두통이 나며, 한기
   (寒氣)를 느끼고 맥이 뜨는 등이며, 이는 풍한(風寒)을 감수하므로 영위(營衛)가 실조되
   어 나타남.

寒)이 없는 것은 온병(溫病)이 된다.'고 했는데, 이것입니다. 열이 왕성해 전경(傳經)²²⁴된다고 함도 그것을 말함입니다. 열병(熱病)은 「소문(素問)」 열병론(熱病論)에 '사람이 한사(寒邪)에 상하면 열이 나고 병이 되는데, 열이 비록 심하더라도 죽지는 않을 것이다.'라 했습니다. 시역(時疫)과 같다면 열이 심한데 죽지 않는 사람이 있겠습니까? 시역은 전경도 없을 것입니다. 대체로 열병의 치료법은 『내경(內經)』에 자법(刺法)²²⁵이 있어 서 더욱 자세하니, 「자열편(刺熱篇)」²²⁶이 이것입니다. 그 가운데 치료법 의 한 조목(條目)이 있는데, '여러 열병의 치료는 찬물을 마시게 하고, 침을 놓는다. 반드시 옷을 얇게 입혀서 서늘한 곳에 있게 하면 몸이 식고 열이 그칠 것이다.'라 했습니다. 시역에 이 방법을 쓰면 병이 나을 수 있습니까? 없습니까? 대체로 시역과 열병이 서로 비슷한 까닭은 열이 생기는 원인은 같기 때문인데, 병이 발생하는 원인은 다릅니다. 시역과 온병의 열은 모두 삼초(三焦)에 울화(鬱火)해 발생합니다. 그런데 시역은 외사(外邪)의 습격(襲擊)을 따라 병이 발생하지만, 온병은 따뜻한 봄날에 발동해 병이 저절로 발생합니다. 그러므로 온병은 외사를 갖지 않지만, 시역은 외사를 가지니, 이것이 그 차이라고 여기는 것입니다.

시역과 감모(感冒)²²⁷는 근원이 똑같은데, 오직 가볍거나 무거운 구

---

224 전경(傳經): 상한병(傷寒病)이 어느 경(經)에서 다른 경으로 옮겨지는 것. 어느 한 경 의 증후에서 다른 한 경의 증후로 변천하는 것.
225 자법(刺法): 침법(針法)·침자(針刺). 금속제의 침을 써서 인체의 일정한 체표 부위를 자극함으로써 치료목적에 도달하는 것. 고대에는 9침(九針)이 있었으나, 현재 주로 사용 되는 것으로는 호침(毫針)·삼릉침(三稜針)·피내침(皮內針)·매화침(梅花針) 등임.
226 「자열편(刺熱篇)」: 『황제내경(黃帝內經)』, 「소문(素問)」 제32편의 편 이름.
227 감모(感冒): 외감(外感)병의 일종. 풍한사(風寒邪)나 풍열사(風熱邪)를 받아서 생김.

분만 있을 뿐입니다. 가벼우면 감모가 되고, 무거우면 시역이 됩니다. 시역의 사기(邪氣)가 상초(上焦)에 침입하고, 중초(中焦)·하초(下焦)까지 미치면 큰 열이 나서 온몸이 불지옥처럼 됩니다. 의원이 맛이 쓰고 성질이 찬 약을 잘못 쓴다면, 죽는 사람이 많을 것입니다. 맛이 쓰고 성질이 찬 약으로 치료할 수 있는 것이 아니라, 도리어 뜨거운 불같은 기세를 억누르려면 맛이 쓰고 시며 땀을 내는 약으로 그 열과 건조한 기운을 도와야 하니, 치료하기 어려운 것입니다. 저는 옛 사람들처럼 육미지황탕(六味地黃湯)[228]에 동변(童便)[229]을 더해 치료하는 경우가 매우 많습니다.

이 병은 여름철과 겨울철에 서로 차이가 있는 것인데, 여름철은 잠복(潛伏)한 음(陰)이 안으로 상초에 있다가 밖에서 들어온 음사(陰邪)[230]가 아래로 내달리면, 삼초의 화(火)가 사기(邪氣)를 이루고, 드디어 상한하열(上寒下熱)[231]의 증세를 만듭니다. 중경(仲景)의 「변맥법(辯脉法)」[232]에

풍사가 겨울에는 한사, 여름에는 열사와 함께 몸에 침입해 생김. 머리가 아프고 재채기가 나며, 코가 막히고 콧물을 흘리며, 춥고 열이 남. 땀을 내 표(表)에 있는 사기를 없애는 방법으로 치료함.

228 육미지황탕(六味地黃湯): 약재는 숙지황·산수유·건산약(乾山藥)·택사·백복령·목단피. 음이 허해 밤에 잠을 자면서 식은땀을 많이 흘리고, 오후에 낮은 열이 나며, 입안이 마르고, 입술이 타며, 혀가 붉고, 맥이 가늘며 빠르게 느껴지는 데 씀.

229 동변(童便): 12살 아래 남자아이의 소변.

230 음사(陰邪): 6음(六淫)의 병사(病邪) 중 한(寒)·습(濕)의 사기(邪氣). 이들은 병을 일으켜 양기(陽氣)를 손상하기 쉽고, 기화(氣化)활동을 지체시키므로 음사라 함.

231 상한하열(上寒下熱): 몸 윗부분에는 한증(寒症) 증상이 나타나고, 아랫부분에는 열증(熱症) 증상이 나타나는 것.

232 「변맥법(辯脉法)」: 『상한론(傷寒論)』 제1편의 편 이름.

이른바 '청사(淸邪)[233]가 상초에 침입하면 깨끗한 증세라 이름한다.'고
했는데, 잠복(潛伏)한 음(陰)이 안에 있기 때문입니다. 겨울철은 잠복한
양(陽)이 안으로 상초에 있다가 밖에서 들어온 음사(陰邪)가 아래로 내
달리면, 또한 삼초의 화(火)가 중초(中焦)로 거슬러 올라 흉격(胸膈)에
조열(燥熱)[234]·훈증(薰蒸)[235]하고, 밖에서 들어온 음사(陰邪)는 울화(鬱
火)가 되는데, 변한 것이 마침내 어찌 이런 일[236]을 일으키겠습니까?
잠복한 양이 안에 있기 때문입니다. 그러므로 입안이 마르고, 혀가 타
며, 진액(津液)이 메말라 모두 심한 열증(熱症)을 이루는데, 치료법은 맛
이 쓰고 성질이 찬 약으로 화해(和解)시킴이 마땅합니다. 의원이 성질
이 더운약으로 땀을 내거나 허한증(虛寒症)을 돕는데 잘못 쓰면, 해됨이
많을 것입니다. 여름철과 겨울철을 말할 것도 없이 병을 얻어 하루 이
틀 하리(下痢)[237]가 있는 사람은 음사가 아래로 내달려 하규(下竅)[238]로
나오는데, 음증(陰症)[239]으로 잘못 여겨 죽는 사람이 매우 많을 것입니

---

233 청사(淸邪): 공간에 있는 안개·이슬 등이 병을 일으키는 사기(邪氣)로 된 것.
234 조열(燥熱): 조화(燥火). 조기(燥氣)를 감수해 진액(津液)이 손상됨으로써 열이나 화
　　로 화생(化生)되는 것. 대개 눈의 충혈과 잇몸이 붓고, 목구멍의 통증·귀울림·코피·마
　　른기침·각혈 등의 증상이 나타남.
235 훈증(薰蒸): 이열증(裏熱証) 때 땀이 많이 나는 등 사열(邪熱)이 진액을 덥혀서 발산시
　　키는 것.
236 어찌 이런 일: 오유(烏有). '어찌 이런 일이 있을 것인가?'란 뜻으로, 허황되거나 존재
　　하지 않음을 일컬음.
237 하리(下痢): 옛날에 설사와 이질(痢疾)을 통틀어 부르던 이름. 하리(下利).
238 하규(下竅): 전음(前陰)의 요도(尿道)와 후음(後陰)의 항문(肛門).
239 음증(陰症): 일반적 질병의 임상변증(臨床辨證)에서 음양(陰陽)의 속성에 따라 음증
　　과 양증(陽證)으로 분류하는데, 음증은 만성이고, 정적(靜的)이며, 허약하고, 억제하는
　　특성이 있으며, 기능이 저하되고, 대사가 감퇴되며, 후퇴하는 성질이 있고, 내부로 침투

다. 겨울철에 어떤 사람은 상한삼음(傷寒三陰)[240]의 한증(寒証)[241]이 나타
나는 경우가 있는데, 겨울철 찬 기운의 차가움이 지나치게 왕성해 하초
(下焦)의 양(陽)이 패함이니, 이것은『상한론(傷寒論)』중 '양을 도와 소
음(少陰)을 패하게 한다.'는 따위와 같습니다. 찬 기운의 차가움이 지나
치게 왕성해 곧바로 창자와 위(胃)에 들어가면, 양쪽 콩팥 사이의 양이
그것을 막을 수 없기 때문에 당설(溏泄)[242]하고, 어떤 사람은 손발 끝이
조금 차가운 증세 등이 나타나는데, 치료법은 생강(生薑) · 육계(肉桂) ·
부자(附子)를 써서 그것을 치료하는 경우가 많습니다. 어떤 사람은 외
한(外寒)[243]이 속에 들어가 양쪽 콩팥 사이의 양이 받아들이지 못하면,
위로 심포락(心包絡)[244]에 올라가 입안과 혀가 메마르고 마음이 어두워

하는 성질의 증후에 속하는 것임.
240 상한삼음(傷寒三陰): 3개의 음경(陰經)에 생긴 병증. 태음병(太陰病) · 소음병(少陰
病) · 궐음병(厥陰病) 등 3개의 음병(陰病). 모두 이허한증(痢虛寒証)에 속함. 태음병은
비위의 허한증, 소음병은 심신의 허한증, 궐음병은 궐열승복증(厥熱勝復証)과 상열하한
증(上熱下寒証)으로 나눔.
241 한증(寒証): 한사(寒邪)로 인해 야기되거나, 양기(陽氣)의 쇠약 · 음기(陰氣)의 지나
친 왕성으로 인해 신체의 기능과 대사활동이 쇠퇴하고 저항력이 감소됨으로써 나타나
는 증후.
242 당설(溏泄): 목당(鶩溏) · 압당(鴨溏) · 목설(鶩泄). 설사하는 대변에 물과 대변이 섞이
고, 색깔이 청흑색으로 마치 오리 똥과 같음을 형용한 것. 소변이 맑고 맥이 가라앉으며
느림. 이는 한습증(寒濕證)에 속하며, 비기(脾氣)가 허하고, 대장(大腸)에 찬 기운이 있
기 때문에 나타남. 당설은 설사가 단지 묽고 냄새만 나는 대변임. 설리(泄利).
243 외한(外寒): 외감(外感)의 한사(寒邪). 한사가 기부(肌膚)를 침입해 양기(陽氣)가 소
통되지 못하므로 오한 · 발열 · 두통 · 신경통이 생기며, 땀이 나지 않고 맥이 뜨며 긴장된
맥부긴(脈浮緊) 등의 증상이 나타남.
244 심포락(心包絡): 심포(心包). 심장의 외막(外膜)이며, 기혈(氣血)이 지나는 통로인 낙
맥(絡脈)이 연결되어 있음. 심포와 심(心)은 함께 중추신경활동과 관계가 있음. 외사(外
邪)가 심장을 침범하면 먼저 심포가 영향을 받음.

져 헛소리를 하는데, 비록 양증(陽証)[245]과 비슷하더라도 양명(陽明)[246] · 위실(胃實)[247]하여 헛소리 하는 것과는 다르니, 저는 옛 사람들처럼 그 증세를 치료합니다. 모든 마을 집집마다 앓는 병은 모두 같습니다. 제가 또한 함께 그 치료함을 살펴보니, 의원들이 양증(陽症)이라 여기고 치료를 베풀어 다 죽었습니다. 저는 옛 사람들처럼 삼음(三陰) · 당설(溏泄)의 증세라 여기고, 사역탕(四逆湯)[248] · 부자이중탕(附子理中湯)으로 모두 병이 낫게 할 수 있었습니다. 입안과 혀가 메마르는 것 등은 음성격양(陰盛隔陽)[249]의 증세입니다. 이 증세는 드물게 있는 것인데, 겨울철 한열(寒熱)은 매우 비슷한 사이이니, 맥(脉)으로 음양(陰陽)을 구별함이 마땅합니다. 양증은 병을 얻은 초기에 우척맥(右尺脉)에 힘이 있으나, 음증(陰症)은 맥이 비록 빠르고 잦지만 우척맥에 힘이 없으니, 뚜렷하게 증명할 수 있을 것입니다.

---

245 양증(陽証): 일반적 질병의 임상변증(臨床辨證)에서 음양(陰陽)의 속성에 따라 음증과 양증(陽證)으로 분류하는데, 양증은 급성이고 동적이며, 강하고 흥분성이 있으며, 기능이 항진되는 것이고, 대사가 활발하며 위로 치미는 성질의 증후에 속하는 것임.

246 양명(陽明): 3양(三陽)의 하나. 양기가 가장 왕성하다는 말. 태양과 소양이 합쳐져서 양기가 가장 왕성해지고, 3양이 끝나는 부위이므로 합(闔)에 해당함.

247 위실(胃實): 증후 명칭. 위장(胃腸)에 열이 쌓여 성하므로 진액이 손상되고, 위기(胃氣)가 막혀 통하지 않는 증후. 주요 증상은 배가 더부룩하고 아프며, 트림이 나고 대변이 배설되지 않거나, 가슴이 답답하고 불안하며 열이 나는 등임.

248 사역탕(四逆湯): 약재는 부자 · 건강(乾薑) · 감초(甘草). 급한 경우에 표증(標證)을 치료하는 처방인 급방(急方) 중 온법(溫法)에 쓰는 탕약.

249 음성격양(陰盛隔陽): 격양(格陽). 체내에 음한(陰寒)이 지나치게 강성해 양기(陽氣)를 외부에서 거절하므로, 내부는 진한(眞寒)이고, 외부는 열인 거짓 증상이 출현하는 것.

시역(時疫) 여러 증세에 대한 요점

처음 증세에 반드시 발열(發熱)・두통(頭痛)이 있어 태양병(太陽病)과 비슷하지만, 오한(惡寒)은 없습니다. 도리어 소변이 붉고 갈증 등의 이증(裏証)[250]이 있거나 가령 오한이 조금 있다면, 또한 허파가 밖에서 들어온 한사(寒邪)를 두려워하기 때문에 그러함일 것인데, 그러한 오한은 한두 시간이 지나지 않아 곧 그칠 것입니다. 사기(邪氣)가 영위(營衛)에 있지 않고, 흉격(胸膈)에 있는 것입니다.

처음 병을 얻었을 때, 맥을 짚어 손에 경련이 있는 것은 삼초(三焦)의 화(火)가 왕성해 간풍(肝風)[251]을 부채질한 것입니다. 병을 얻은 지 2, 3일이면 혀 위에 미끈미끈한 백태(白胎)가 끼는 것은 위열(胃熱)[252]이 아니니, 중경(仲景)의 「변맥법(辯脉法)」에 '혀 위에 미끈미끈한 백태(白胎)가 끼는 사람은 가슴 속에 한사(寒邪)가 있고, 단전(丹田)에 열사(熱邪)가 있다.'고 했는데, 이것입니다. 구조(口燥)[253]・신열(身熱)[254]하고, 대변이 통하지 않음은 양명병(陽明病)[255]과 비슷하지만, 양명(陽明)

---

250 이증(裏証): 6음(六淫)・7정(七情) 등의 병인(病因)이 장부(臟腑)・혈맥(血脈)・골수(骨髓) 등에 영향을 미쳐 야기되는 증후.
251 간풍(肝風): 병리변화의 과정에서 현기증・경련・무의식적 요동 등의 증상이 나타나는 것. 이는 병리변화의 표현에 속하므로 외감풍사(外感風邪)와 구별하기 위해 간풍내동(肝風內動)이라 함. 풍기내동(風氣內動).
252 위열(胃熱): 위중열(胃中熱). 위가 열사(熱邪)를 받거나 더운 음식 및 건조한 음식을 지나치게 섭취해 발생되며, 목이 마르고 입에서 냄새가 나며, 먹어도 배가 고프고 소변이 붉으며 대변이 딱딱해지는 등의 증상이 나타남.
253 구조(口燥): 입안이 마른 것. 물을 많이 마시려고 하는 구갈(口渴)과는 다름. 구건(口乾).
254 신열(身熱): 발열(發熱).
255 양명병(陽明病): 6경(六經)병의 하나. '경증(經證)'과 '부증(腑證)'으로 나뉨. '경증'의

은 아니기 때문에 사기가 장부(臟腑)에 들어간 증세가 없으면, 그 갈증 또한 끓어 뒤섞인 물은 좋아하지만 냉음(冷飮)[256]은 싫어하니, 격상(膈上)[257]에 한사가 있는 것입니다. 대변을 안 보고[258] 헛소리하게 됨은 진액(津液)이 바짝 말라 태양(太陽)[259]이 마르기 때문입니다. 그러므로 비록 10 며칠 대변을 못 봐도 괴로울 것은 없습니다.

이롱(耳聾)[260]의 어떤 증세는 소양병(少陽病)[261]과 비슷하지만, 한열왕래(寒熱往來)[262]는 없는데, 겉에서 들어온 한사(寒邪)가 아니기 때문

주요 증상은 몸에 열이 나고 땀이 흐르며, 갈증이 나고 답답하며, 맥이 홍대(洪大)하고 힘이 있음. '부증'의 주요 증상은 배가 아프고 대변이 통하지 않으며, 열이 불규칙적으로 오르고 심하면 헛소리를 하며, 맥이 침실(沈實)하고 힘이 있음. 이는 열이 성(盛)해 진액을 상하고, 위장에 열이 맺혀 나타나는 것으로 실열리증(實熱裏證)에 속함.

256 냉음(冷飮): 찬 음식을 먹으려 하는 것. 양(陽)이 왕성하면 표(表)에 열이 있고, 음(陰)이 허하면 리(裏)에 열이 있는데, 속과 겉에 다 열이 있으면 숨이 차면서 갈증이 생겨 찬물을 마시려고 함.

257 격상(膈上): 횡격막(橫膈膜) 위의 가슴통 부분.

258 대변을 안 보고: 불경의(不更衣). '경의(更衣)'는 의복을 갈아입는 것. 고대 상류계급들은 휴식 시에 옷을 갈아입은 후에 화장실에 갔으므로, 화장실에 가는 것을 경의라고 함. 그러므로 장중경(張仲景)의 『상한론(傷寒論)』에서 '불경의'라 한 것은 대변을 안 본다는 뜻임.

259 태양(太陽): 경맥(經脈)의 명칭. 양기(陽氣)가 왕성하다는 뜻이 있음. 신체의 가장 표면층에 있고, 외사(外邪)의 영향을 받은 후 가장 먼저 발병하는 경맥이므로 '태양위개(太陽爲開)'라고도 함.

260 이롱(耳聾): 소리를 잘 듣지 못하는 증. 난청(難聽)을 말함. 농외(聾聵).

261 소양병(少陽病): 6경(六經)병의 하나. 임상에서 주로 나타나는 증상은 입이 쓰고 목이 건조하며, 눈앞이 아찔하고 한(寒)과 열(熱)이 교체되며, 가슴과 옆구리가 답답하고 결리며, 구토가 나고 식욕이 없으며, 맥이 거문고 줄처럼 팽팽함.

262 한열왕래(寒熱往來): 오한(惡寒)을 느낄 때에는 열이 나지 않고, 열이 날 때에는 오한을 느끼지 않으며, 오한과 발열이 교대로 나타나는 상황. 소양병(少陽病)으로 정기(正氣)와 사기(邪氣)가 서로 다투기 때문에 나타나는 것임.

이니, 「경맥편(經脉篇)」[263]에 '삼초(三焦)가 움직이면, 이롱으로 혼혼돈돈(渾渾焞焞)[264]하고 목구멍이 붓거나 후비(喉痺)[265]한다.'고 함이 이것입니다. 더욱이 삼초・콩팥・간의 화(火)가 거슬러 올라 왕성해짐에 있어서겠습니까? 권와(踡臥)[266]의 어떤 증세는 상한가(傷寒家)[267]들이 소음(少陰)・장한(臟寒)[268]의 증세로 여겼습니다. 시역(時疫)이 코로 들어간 사기(邪氣)는 뇌(腦) 아래로 흘러 콩팥에 재빨리 도달하니, 뇌는 콩팥과 통하기 때문입니다. 대체로 권와는 상한가들에게 있어서 흉한 증후로 여겨졌는데, 시역 또한 그러할 것입니다.

치은(齒齦)[269]에 진액(津液)과 피가 엉겨 뭉쳐 마치 옻칠 같은 사람은 양명경(陽明經)[270]의 피가 조열(燥熱)해 바짝 졸아든 곳에 어혈(瘀血)[271]이 생긴 것이니, 양혈(涼血)[272]・생진(生津)[273]하는 약이 마땅합니다.

---

263 「경맥편(經脉篇)」: 『황제내경(黃帝內經)』, 「영추(靈樞)」 제10편의 편 이름.

264 혼혼돈돈(渾渾焞焞): 귀가 잘 들리지 않아 반응이 둔해진 것. 습담(濕痰)이나 간담(肝膽)의 열이 성하거나 신(腎)이 허해 정기가 위로 올라가지 못해 생김.

265 후비(喉痺): '비(痺)'는 막혀서 통하지 않는 것. 이는 인후(咽喉)부에 기혈이 정체되어 막히는 병리변화임. 목안이 부어오르고 아픈 감이 있는 모든 병을 통칭하는 것.

266 권와(踡臥): 몸을 구부리고 눕는 것.

267 상한가(傷寒家): 한(漢)대 장중경(張仲景)이 『상한론(傷寒論)』을 저술한 이후, 후세 의학가들이 주석을 가한 것이 100여 가지나 되어 장중경의 학설을 발전시켰음. 온병(溫病)학설이 발생하자 상한과 온병에 대한 논쟁이 많았는데, 이중 외감열병(外感熱病)의 진단과 치료에 대해 장중경의 학설을 존중한 사람들이 북송(北宋) 말기에 이룬 학파.

268 장한(臟寒): 뱃속이 찬 것. 비위가 허한(虛寒)한 것.

269 치은(齒齦): 잇몸. 이 뿌리를 싸고 있는 점막.

270 양명경(陽明經): 경맥(經脈) 이름. 족양명위경(足陽明胃經)과 수양명대장경(手陽明大腸經)이 속하는데, 일반적으로 위경(胃經)을 말함. 태음경(太陰經)과 표리관계임.

271 어혈(瘀血): 체내의 혈액이 일정한 장소에 엉겨 정체된 병증.

272 양혈(涼血): 양혈산혈(涼血散血). 혈분(血分)의 열사(熱邪)를 제거하는 방법. 열성병

시일이 오래되어 어혈이 내려가 마치 돼지 간 같은 것은 치료를 못합니다.

소변이 막힌 사람은 신음(腎陰)이 이미 없어졌음이 원인이니, 대부분 치료를 못합니다.

위에 나누어둔 어떤 증세들은 우리나라에 매우 많지만, 치료할 수있는 것들은 매우 적습니다. 제가 재주 없음을 돌아보지도 않고 어리석은 의견을 올리니, 엎드려 높은 가르침을 바랍니다. 오직 또한 비록 만서(萬緖)[274]의 현로(賢勞)[275]를 돌아보지 못한 것 같은데, 정말 좋은 인연은 늘 있기가 어렵기 때문입니다."

대답

"옛날의 병과 지금의 병이 어찌 다르겠습니까? 시역(時疫)이란 것은 4계절 운기(運氣)가 변해 바뀐 바르지 않은 기(氣)로 병에 걸린 것입니다. 장기(瘴氣)[276]란 것은 어떤 지방의 기에 닿은 것이지, 전염되는 것

(熱性病)의 열사가 혈분에 침입해 피를 토하거나 코피를 쏟고 대변에 피가 섞이며, 혀색깔이 암자색을 띠는 증상 등이 나타나는 경우에 적용함. 서각지황탕(犀角地黃湯)을 씀.

273 생진(生津): 양진액(養津液). 열성병(熱性病)에서 열이 여러 날이 되어도 내리지 않아서 진액이 손상되는 것. 환자에게 열이 나고 입이 마르며, 갈증이 나고 혀가 진한 적색을 띠고 입술이 바짝 마르는 등의 증상이 있으면, 현삼(玄蔘)·맥문동(麥門冬)·생지황(生地黃)·석곡(石斛) 등 진액을 자양시키는 약물을 써서 열을 제거하고 진액을 자양시킴.

274 만서(萬緖): 여러 가지 얼크러진 일의 실마리.

275 현로(賢勞): 여러 사람 중에서 홀로 힘써 수고함.

276 장기(瘴氣): 산람장기(山嵐瘴氣)의 준말.

은 아닙니다. 기후나 풍토의 병은 오로지 비위(脾胃)를 주관하니, 시역 등의 병과 논의할 수 없습니다. 운기가 거듭 이르고 변해 바꿔어 시역이 되니, 4계절이 똑같은 듯하고, 그 전염되지 않는 것은 시기(時氣)[277]가 아닌데, 감모(感冒)의 무거운 것에 지나지 않습니다.

열병(熱病)에 침놓는 방법은 침을 잘 놓는 사람도 있지만, 잘못 놓는 사람을 말하자면, 쓸데없이 진기(眞氣)를 잃어버리고, 열병은 변해 역려(疫癘)[278]로 거듭 이르면, 살피기는 더욱 어렵습니다.

시역과 감모는 같지 않으니, 시역은 틀림없이 운기가 변해 바뀐 바르지 않은 기에 닿은 것이고, 감모는 틀림없이 4계절 풍한(風寒)·서습(暑濕)[279]에 정기(正氣)가 상한 것입니다. 섞어서 논의할 수 없습니다.

큰 열이 나는 증세에 맛이 쓰고 성질이 찬 약을 씀은 확실히 대립된 치료인데, 왜 할 수 없겠습니까? 그러나 열이 왕성해 진기가 약한 사람은 맛이 쓰고 성질이 찬 약과 열사(熱邪)가 서로 다투는데, 승부가 판가름 나지 않은 즈음에 원기(元氣)는 막을 수 없고, 따라서 스스로 힘이 다함이지, 실제로 맛이 쓰고 성질이 찬 약이 열병에 마땅하지 않아서 그러함은 아닙니다. 이로써 큰 열이 나는 병에 오히려 서늘한 약을 의지할 수 있다는 것의 뜻을 알 수 있습니다. 『내경(內經)』에 '진기로 가득 찬 사람에게는 약을 쓰기 쉽다.'고 했으니, 참으로 도리에 합당한 말이로다!

---

277 시기(時氣): 시행(時行)·시행여기(時行戾氣). 유행중인 전염성이 강한 병사(病邪).
278 역려(疫癘): 전염병. 돌림을 일으키는 전염성 질병의 총칭.
279 서습(暑濕): 서사(暑邪)와 습사(濕邪).

육미탕(六味湯)에 동변(童便)을 더해 치료한다는 것은 매우 좋습니다. 그러나 청열(淸熱)[280]·양혈(凉血)의 약은 오직 어떤 경우에만 쓸 수 있을 것이고, 숙호(熟芐)[281]·산약(山藥)[282]의 따위에 이르면, 격(膈)·위(胃)에만 얽매어 마침내 익수(益水)[283]해 열을 억누르기 어려우며, 비록 동변에 열을 내리고 없애는 성질이 있더라도 끝내 열병에 그것을 시험하기는 어렵습니다.

겨울철과 여름철에 대한 논의는 대강 그렇지 않을 것입니다. 안개와 이슬이 상초(上焦)에 침입한 사람은 그 병이 얕고, 몸이 허(虛)한데 하초(下焦)에 침입한 사람은 그 병이 깊습니다. 다만 사람의 허실(虛實)로 병이 가볍거나 무겁게 되고, 위아래의 구별이 있으니, 시역의 침입과 함께 논의할 수 없습니다. 잠복(潛伏)한 음(陰)과 양(陽)에 대한 설명은 더욱 논의할 수 없습니다. 그 증세는 울(鬱)[284]이 있어 열(熱)이 왕성한 것이고, 허(虛)함이 있어 직중(直中)[285]한 것이니, 상한직중(傷寒直中)[286]

---

280 청열(淸熱): 성질이 찬 약으로 열을 내림.
281 숙호(熟芐): 숙지황(熟地黃). '호'는 현삼(玄蔘)과의 다년생 약초인 '지황'의 다른 이름.
282 산약(山藥): '마(薯)'의 다른 이름. 강장제로 몽설(夢泄)·대하(帶下)·요통(腰痛) 등에 씀. 산저(山藷).
283 익수(益水): 치료법의 하나. 신수(腎水)를 보하는 것. 자신(滋腎).
284 울(鬱): 울증(鬱證). 마음이 편하지 않고, 기기(氣機)의 울결(鬱結)로 인해 일어나는 병증. 허실(虛實)의 구분이 있음. 실증(實證)에는 간기울결(肝氣鬱結)·기울화화(氣鬱化火)·담기울결(痰氣鬱結)이 있고, 허증(虛證)에는 구울상신(久鬱傷神)·음허화왕(陰虛火旺)이 있음.
285 직중(直中): 병사(病邪)가 3양경(三陽經)을 거치지 않고, 직접 3음경(三陰經)을 침범하는 것. 병의 발생 시에 3양경의 증후는 없고, 3음경의 증후가 나타나는 것. 직중3음(直中三陰).
286 상한직중(傷寒直中): 외부의 찬 기운이 몸에 들어와 비위(脾胃)의 운화(運化)기능을

과 함께 서로 비슷한데, 온열(溫熱)의 약이 어째서 빠질 수 있습니까?
열이 몹시 왕성해 하리(下痢)를 이룬 사람은 진실로 열약(熱藥)[287]을 쓸
수 없습니다. 만약 중한(中寒)·비신허(脾腎虛)[288]해 하리는 희고, 소변은
맑으며, 배꼽 아래는 차고, 맥이 깊게 느껴지며 가늘고 작은 사람에게는
온열약을 쓸 수 없는데, 어째서입니까?

맥으로 음증(陰症)과 양증(陽症)을 구별함은 단지 척맥(尺脉)으로만
진단하지 못합니다.

처음부터 오한(惡寒)이 일어나는 사람 중 어떤 사람들은 외사(外邪)
를 가지고 있습니다.

영위(營衛)·흉격(胸膈)으로 표증(表證)[289]과 이증(裏證)을 나누면, 영
위는 표증이 되고, 흉격은 이증이 되는데, 혀 위에 미끈미끈한 백태(白
胎)가 끼는 사람은 둘 다 가졌습니다. 사기(邪氣)가 속으로 들어가지
않았는데 흰 사람은 치료가 쉽지만, 음양(陰陽)이 도리어 막혀 통하지
않는 증세에 미끈미끈한 백태가 끼거나, 하리가 잦고, 먹을 수 없으며,

못하게 한 상태. 음식을 먹고 시간이 지나면, 배가 은은히 아프면서 속이 메스껍고 구토가
동반되기도 하며, 설사가 일어남. 열은 없지만, 으슬으슬 춥고 한기를 느끼며, 어린이나
노약자의 경우 장의 경련으로 극심한 복통을 수반하기도 함.

287 열약(熱藥): 건강(乾薑)·부자(附子)와 같이 성질이 더운 약. 열제(熱劑).
288 비신허(脾腎虛): 비와 신의 양기(陽氣)가 다 같이 허해진 증세. 신양(腎陽)이 허해 비
양(脾陽)을 온양(溫養)하지 못하면 비양이 허해지고, 비양이 허해 음식물의 정기를 신에
넉넉하게 보내주지 못하면 신양이 허해짐.
289 표증(表證): 표부(表部)에 있는 병증. 6음(六淫)의 사기(邪氣)가 인체를 침범할 때 먼
저 피부 및 경락(經絡)을 침범하거나 입과 코를 통해 폐위(肺衛)로 침입해 오한·발열·두
통·신경통·코 막힘·해소·부종(浮腫)·희고 엷은 설태(舌苔)가 끼는 증상 등을 나타내
는데, 이들 증상 중 오한과 맥이 부(浮)한 것이 표증의 특징임.

명치가 막힌 듯한 사람은, 이것이 바로 중경(仲景)이 이른바 '치료 못한다.'는 것입니다.

끓어 뒤섞인 물은 좋아하지만 차가움을 싫어한다는 것은 열이 왕성하지 않음이니, 증세가 오히려 겉에 있고, 격상(膈上)에 한사(寒邪)가 있다고 말한 것은 그것이 겉에 있지만, 표증은 오히려 풀지 못한다는 말입니다.

시역(時疫)과 열병(熱病)은 열이 장부(臟腑)에 들어간 것으로, 또한 많이 있는데, 하필 상한(傷寒)의 열만 홀로 양명(陽明)에 들어가고, 더위와 여름 더위의 열은 양명을 해치지 못하겠습니까?

권와(踡臥)는 정말 흉증(凶症)290인데, 몸을 펴고 눕는 것 또한 꺼립니다.

소변 막힘은 치료에 쉽거나 어려운 구별이 있는데, 열이 뜨겁고 물이 마른 사람은 어렵지만, 열이 아래에 쌓였으나 콩팥이 상하지 않은 사람은 쉬울 따름입니다.

시역의 치료가 대부분 잘못된 것은 그 운기(運氣)의 변해 바뀜과 거듭 이름과 왕성함이나 쇠퇴함을 깊이 연구하지 않기 때문입니다. 만약 운기에 근거하기 어렵다면, 우단(虞摶)의 『의학정전(醫學正傳)』291을 근거할 수 있을 것입니다. 7, 8일 열이 심하고, 설황(舌黃)292인 사람은

290 흉증(凶症): 병의 예후(豫後)가 나쁜 증상.
291 『의학정전(醫學正傳)』: 1515년 명(明)대 우단(虞摶)의 저작. 문(門)으로 나눠 증(證)을 논증한 것으로, 주진형(朱震亨)의 학설을 위주로 하고, 장중경(張仲景)·손사막(孫思邈)·이고(李杲)의 학설을 참고하는 동시에 자신의 견해를 결합했음. 8권.
292 설황(舌黃): 설황풍(舌黃風). 설옹(舌癰)의 하나. 혀에 생긴 누런색을 띤 옹.

우황(牛黃)[293] 1, 2푼을 월경수(月經水)[294]에 갈아 1, 2번 먹으면, 땀을 내고 풀기 가장 쉽습니다.

8, 9일 열이 몹시 심하고 혀가 검은 사람은 매우 위태롭습니다. 인분(人糞)에 진황토(眞黃土)[295]를 합해 진흙을 만들어 불 위에 굽고, 건갈(乾葛)[296]·소엽(蘇葉)[297]을 달인 탕약에 그것을 담그면, 맑은 액체를 얻는데, 튼튼한 사람에게는 1번에 1, 2잔, 어떤 사람에게는 3, 4잔이면 자연히 땀을 내고 풀립니다. 허약한 사람에게는 갑자기 인분을 쓰기 어려우니, 양격산(凉膈散)[298]에 익원산(益元散)[299]을 합하고, 우황고(牛黃膏)[300] 2, 3알을 갈아 2, 3첩 먹으면 가장 좋습니다.

또한 노인에게는 양격산 따위를 쓰기 어려운데, 단계(丹溪)의 처방 중에 인중황환(人中黃丸)[301]을 동변(童便)에 갈아 30~50알을 15번 먹으

---

293 우황(牛黃): 소의 쓸개에 생긴 결석(結石). 약재로 쓰임.

294 월경수(月經水): 월경혈(月經血). 달거리 때 나오는 피.

295 진황토(眞黃土): 땅위에서 약 1m 밑에 있는 깨끗한 진흙.

296 건갈(乾葛): 갈근(葛根). 칡뿌리'를 한방에서 이르는 말. 열을 내리고 땀을 내는 데, 갈증·두통·요통·항강(項强) 등에 씀.

297 소엽(蘇葉): '차조기' 잎. 차조기는 꿀풀과의 1년초. 자소(紫蘇). 계임(桂荏).

298 양격산(凉膈散): 약재는 천대황(川大黃)·망초(芒硝)·연교(連翹)·담황금(淡黃芩)·감초·치자 씨·박하 잎. 온병(溫病)·표리실열(表裏實熱)·심화(心火)가 성한 데 등에 씀.

299 익원산(益元散): 약재는 곱돌·구감초. 더위에 상해 열이 나고 얼굴이 붉으며, 가슴이 답답하고 목이 마르며, 토하고 설사하거나 피곱이 섞인 대변을 보면서 오줌이 잘 나가지 않는 데 씀.

300 우황고(牛黃膏): 약재는 주사·울금·우황·모란뿌리 껍질·감초·용뇌. 해산 뒤 혈실에 열이 침습해 아랫배, 옆구리가 단단하면서 그득하고 낮에는 별일이 없다가 밤이면 열이 나고 조급증이 생기는 등의 증상에 씀.

301 인중황환(人中黃丸): 약재는 대황·황련·속 썩은 풀(황금)·인삼·도라지(길경)·삽주(창출)·방풍·곱돌(활석)·향부자. 4계절 역려(疫癘)를 치료함.

면 좋아집니다.

옛 처방 중 이러한 몇 가지 처방은 소홀히 할 수 없는 것이고, 그 나머지는 증세를 따라 허실(虛實)의 보사(補瀉)를 형편에 따라 처리하는데, 말로 전하기 어려우니 탄식할 만합니다.

누치(漏痔)[302]를 치료하는 처방

운모산(雲母散) 꿀에 담갔다 구운 노봉방(露蜂房)[303] 5돈, 초초(炒焦)[304] 한 천산갑(穿山甲)[305] 3돈, 용골(龍骨)[306] 1돈, 인아(人牙)[307] 1돈 또는 5푼, 운모[308] 1돈, 경분(輕粉)[309] 5푼, 사향(麝香)[310] 3푼, 유향(乳香)[311] 5푼, 섬소(蟾酥)[312] 2푼, 고백반(枯白礬)[313] 5푼, 구워 말린 충저(虫蛆)[314] 3푼. 함께

---

302 누치(漏痔): 치루(痔瘻·痔漏). 항문(肛門) 직장(直腸) 주위에 누공(瘻孔)이 생긴 병증. 치핵(痔核)과 치열(痔裂)이 헐거나 항문옹(肛門癰)이 터진 뒤 창구(瘡口)가 아물지 않아서 생김.

303 노봉방(露蜂房): 말벌 집.

304 초초(炒焦): 약제법의 하나. 약재의 겉면은 밤색이 되고, 속은 누렇게 되도록 볶는 것.

305 천산갑(穿山甲): 천산갑과의 포유동물. 장강(長江) 이남 및 월남 등지에 살며, 온몸이 비늘로 덮여 있고, 혈거(穴居)하며 개미를 잡아먹음.

306 용골(龍骨): 큰 포유동물의 뼈화석(化石).

307 인아(人牙): 사람 치아(齒牙).

308 운모(雲母): 규산염광물의 일종. 광택이 있고, 여러 격지(隔紙)로 되어 있어서 물고기의 비늘처럼 얇게 잘 갈라짐. 돌비늘. 운사(雲沙). 운정(雲精).

309 경분(輕粉): 수은을 원료로 만든 약으로 염화 제1수은을 주성분으로 하는 수은화합물.

310 사향(麝香): 사향노루 사향주머니의 분비물. 말려서 향료나 약재로 씀.

311 유향(乳香): 감람과(橄欖科)에 속하는 유향수(乳香樹)에서 낸 즙액(汁液)을 말려 만든 수지(樹脂). 종기나 복통 등에 약으로 씀.

312 섬소(蟾酥): 두꺼비 진(津). 두꺼비의 이선(耳腺) 및 피부 샘의 흰 분비물. 독이 있으며

고운 가루로 만들어 조금씩 보살피려 할 때마다 창구(瘡口)[315]에 넣고, 하루가 지나면 다시 바꿔 넣으며, 오지탕(五枝湯)[316]으로 씻는다. 먹는 약은 익원탕(益元湯)을 쓴다. 염수초(鹽水炒)[317]한 황기(黃耆) 1돈, 주세(酒洗)[318]한 당귀(當歸) 1돈, 백작약(白芍藥)[319] 1돈, 인삼(人參) 1돈 또는 사삼(沙參)으로 대신한다. 그러나 될 수 있다면 인삼을 쓴다. 괴각(槐角)[320] 1돈, 볶아서 거유(去油)[321]한 천궁(川芎)[322] 1돈, 거양(去瓤)[323]한 지각(枳殼)[324] 7푼, 감초(甘艸) 대 5푼. 1첩을 만들어 2 큰 잔의 물이 반으로 졸게 달여 공심(空心)[325]에 30~50첩을 먹는다."

말려서 약재로 씀.

313 고백반(枯白礬): 명반(明礬)을 불에 구워 결정수(結晶水)를 없앤 흰빛의 분말(粉末). 건조제(乾燥劑)로 씀.

314 충저(虫蛆): 저충(蛆蟲). 구더기.

315 창구(瘡口): 종기가 곪아 터져서 생긴 구멍.

316 오지탕(五枝湯): 약재는 홰나무가지·버드나무가지·뽕나무가지·조피나무가지·오수유나무가지. 풍독(風毒)으로 손발이 몹시 아픈 데 씀.

317 염수초(鹽水炒): 염제(鹽製)의 하나. 약재를 소금물에 불려 볶는 것.

318 주세(酒洗): 수제(水製)의 하나. 약재를 술에 씻는 것.

319 백작약(白芍藥): 작약과의 다년초. 꽃은 검붉으며, 말린 흰 뿌리는 보혈(補血)·진정(鎭靜)의 효과가 있음. 부인과·외과의 한약재로 쓰임.

320 괴각(槐角): 콩과의 낙엽 활엽 교목인 홰나무의 열매를 말린 것.

321 거유(去油): 약제법의 하나. 씨 약재에서 독성이나 부작용을 나타내는 기름을 짜버리는 것.

322 천궁(川芎): 궁궁이. 미나리과의 다년초. 뿌리는 혈액 순환을 돕는 한약재로 쓰임.

323 거양(去瓤): 약재 가공방법의 하나. 열매 약재에서 약으로 쓰지 않는 속을 파버리는 것.

324 지각(枳殼): 탱자. 약재로 쓰이는데, 어린 것을 '지실(枳實)', 말린 것을 '지각'이라 함.

325 공심(空心): 빈속. 소화가 다 되어 위 내용물이 소장, 대장으로 내려가고 위속이 빈 때.

글로 써서 거듭 묻다

"높은 가르침을 받들어 예전의 의혹은 하루아침에 얼음처럼 녹았으나, 깨닫기 어려운 것을 감히 거듭 묻습니다. 그대는 제가 호침(毫鍼)만 예로 들었을 뿐이라고 이상하게 여겼지만, 이것은 틀림없이 우리나라 의원들이 호침을 써서 대부분 효험 있었음을 아뢴 것이지, 호침에만 한정함은 아닙니다. 작든 크든 각각 차이가 있고, 의원들은 좋아하는 바를 따라 그것을 쓰니, 비록 삼릉침(三稜鍼)을 쓰는 사람들이 있더라도 차이는 매우 적을 것입니다. 이것이 그대가 이른바 '우리나라에만 이로움이 있다.'고 한 것입니다.

보내오신 글[326]에 '간적(肝積)에는 금(金)의 기운을 빌어 목(木)의 왕성함을 누른다.'고 했는데, 제가 그대도 얻지 못한 것을 살폈습니다. 대체로 침을 가지고 적울(積鬱)[327]을 여는 것은 모두 경락(經絡)·수혈(兪穴)[328]에 근거하는데, 어찌 침의 금기(金氣)[329]를 빌어 간목(肝木)[330]을 누른다는 뜻을 펼 수 있겠습니까? 5행(五行)이 생극(生剋)[331]하는 이치는 진실로 여기에 있으니 관계가 없습니다. 또 나라 자(尺)를 말한 것은 침의 길거나 짧음이니, 수혈의 멀고 가까움은 동신촌(同身寸)을 씀이 당연할 것입니다.

---

326 보내오신 글: 내유(來諭). 남이 보내온 편지에 대한 경칭.
327 적울(積鬱): 오래된 울증(鬱証).
328 수혈(兪穴): '침혈(針穴)'을 일반적으로 이르는 말.
329 금기(金氣): 5행(五行) 중 금(金)의 기운.
330 간목(肝木): 간(肝). 간을 5행의 목(木)에 소속시켜 부른 이름.
331 생극(生剋): 5행(五行)의 상생상극(相生相剋).

그대는 허파에 대해 말하면서 '상부(相傅)³³²가 아니다.'라 했는데, 이러한 설명이 정말 있습니까? 저는 얻지 못했습니다. 대체로 염통과 허파란 것은 격상(膈上)에 자리하는데, 염통이란 것은 임금이고 허파란 것은 재상이며, 재상은 상부(相傅)이니 그러한 것입니다. 그러므로 영위(營衛)를 잘 돌게 함은 '전신의 기기(氣機)를 조절한다.'³³³고 말하는 것입니다. 『내경(內經)』에 '식기(食氣)³³⁴가 위(胃)에 들어가면, 탁기(濁氣)³³⁵가 염통으로 돌아가서 맥(脉)에 정(精)을 음(淫)³³⁶한다.'고 했으니, 음식이 위에 들어가면 가득 찬 정기(精氣)를 돌아다니게 해, 위로는 지라로 나르는데, 비기(脾氣)³³⁷는 정을 흩어 위로는 허파로 돌아가고, 통조수도(通調水道)³³⁸하며, 아래로는 방광(膀胱)으로 나르는데, 수정(水精)³³⁹이 사방 오경(五經)³⁴⁰에 퍼져 둘이 함께 잘 돌게 되니, 음

---

332 상부(相傅): 상부지관(相傅之官). 폐주치절(肺主治節). 「소문(素問)」 '영란비전론(靈蘭秘典論)'에서 '肺者, 相傅之官, 治節出焉. (허파란 것은 왕을 보좌하는 재상과 같아 전신의 기기(氣機)를 조절한다.)'고 하였음. 여기서 '상부'는 왕을 보좌하는 관직의 명칭이고, '심(心)'이 군주지관(君主之官)이므로 심에 상대해 이렇게 칭한 것임. 이는 장부 활동 중에서 심폐기능의 협조가 매우 중요하며, 인체의 장부가 일정한 규율에 따라 활동하는데 불가결의 요소임을 나타낸 말임. 즉, 심은 화(火)로써 모든 일을 자꾸 추진해 나아가려고만 하고, 이에 반해 폐는 금(金)으로써 심의 작용을 억제하는 기능이 있다는 것. 예컨대, 여름에 자라기만 하던 식물이 가을이 되면 성장을 멈추고 씨를 맺는 것이 바로 금기의 작용임.
333 전신의 기기(氣機)를 조절한다: 치절출(治節出).
334 식기(食氣): 수곡(水穀)의 기운.
335 탁기(濁氣): 음식물의 정화(精華) 농도가 진하고 맑지 않은 부분.
336 음(淫): ①지나치게 많아서 몸에 해를 주는 것. 차고 넘치는 것. ②스며들다 · 배어들다 · 침습하다 · 퍼지다 등 여러 가지 뜻으로 쓰임.
337 비기(脾氣): 비(脾)의 기능. 운화(運化)기능. 승청(勝淸)작용.
338 통조수도(通調水道): 소변을 통하게 해 조화롭게 함.

식이 위에 들어가기도 전에 허파가 먼저 그것을 받아들인다 함은 듣지 못했습니다. '부(傅)'자와 '전(傳)'자의 분별에 대한 높은 깨우침을 거듭 청할 뿐입니다."

대답 조숭수

"적(積)에 침(鍼)을 씀은 제가 어찌 모르겠습니까? 일찍이 침으로 적을 치료하는 것을 보았는데, 효험을 보기가 어려웠고, 쓸데없이 진기(眞氣)만 잃어버렸을 뿐입니다. 이 때문에 간적(肝積) 외에는 쓸 수 없으니, 침으로 적울(積鬱)을 연다는 말은 이를 따른 것이고, 적(積) 덩어리에 침을 놓는다는 것은 그러한 설명이 아닙니다. 저는 이 때문에 할 수 없다고 말한 것입니다."

대답 카와무라 슌코

"높은 깨우침을 거듭 얻어 의혹이 풀렸습니다."

아룀 조숭수

"음식이 처음 들어가면, 그것이 허파를 지나 거치지 않습니까? 음식의 정액(精液)[341]은 가득 찬 위(胃)로부터 다시 위(上)로 허파에 도달하

---

339 수정(水精): 진액(津液). 물과 정미(精微)로운 영양물질을 합해서 이르는 말.
340 오경(五經): 어린이 안마 수혈(兪穴)의 하나. 다섯 손가락 끝마디의 지문(指紋). 주로 어린이의 병을 치료할 때 적용함.

고, 허파로부터 다시 여러 장부(臟腑)에 널리 퍼지기 때문에 '서로 전한다.'고 말했습니다. '치절' 두 글자로는 그것을 풀지만, '상부'로는 풀 수 없습니다. '상(相)'이란 것은 명령을 받들어 행하는 것인데, 치절이 상으로 하여금 어떻게 그것을 주관케 하겠습니까? 「소문(素問)」주(註)의 논의는 매우 많은데, 어떤 사람은 '상전(相傳)'이라 하고, 어떤 사람은 '상부(相傅)'라 하니, 지금까지 뒤섞여 어지러운 것이 이것입니다. 상부란 것은 임금을 도와 나라를 다스린다는 말이니, 금기(金氣)인 허파가 어떻게 임금을 도와 나라를 다스릴 수 있습니까? 화(火)가 금(金)을 만나면, 일어나 그것을 이기는데, 도리어 그 기운을 잃어버리고 어떻게 재상이라는 뜻이 있겠습니까?"

카와무라 슌코

"높은 깨우침은 삼가 알겠습니다.[342] 그대의 말과 같다면, 이른바 '전신의 기기(氣機)를 조절한다.'는 것은 무엇 때문입니까? 폐금(肺金)[343]이 전신의 기기를 조절한다는 설명은 가르쳐 보여주시기를 청합니다."

---

341 정액(精液): 물건의 정기를 뽑은 액체. 진액(津液).
342 근실(謹悉): 글에서 (남의 의견·형편·소식 등을) '삼가 알다.'는 뜻으로, 상대편을 높여 이르는 말.
343 폐금(肺金): '폐(肺)'. 폐를 5행의 금(金)에 소속시켜 부른 이름.

조숭수

"치절(治節)이란 것은 여러 기(氣)가 흩어져서 퍼져 있음을 이르는 말입니다."

대답 카와무라 춘항

"밝은 가르침을 한 가지 얻으니, 의혹이 얼음처럼 녹았습니다. 그러나 사람의 마음은 얼굴과 같아서 각각 향하는 바가 있습니다. 운기(運氣)의 설명 같은 것은 제가 한 가지 의론만 있다 함을 믿지 못해 마음에 두고 있습니다. 그러나 돌아갈 때가 다가온 듯하고, 차마 번로(煩勞)[344]케 못하겠습니다. 가령 온갖 대답이라도 또한 이로움이 있겠습니까? 진실로 견백이동(堅白異同)[345]에 다투는 마음이 있겠습니까?"

대답 조숭수

"그것에 대한 논의는 강과 바다로도 다 쓰지 못하니, 구악(九岳)도 그 치료법보다 높지는 않습니다. 온갖 실마리가 마음속에 깊이 간직되어 있는데, 비록 여러 앞선 사람들이라 하더라도 또한 무엇이 다르

---

344 번로(煩勞): ①피곤해 지침. ②근심하고 걱정함. ③귀찮게 함. 성가시게 함.
345 견백이동(堅白異同): 견백동이(堅白同異). 전국(戰國) 때 명가(名家)인 공손룡(公孫龍)의 '이견백(離堅白)'과 혜시(惠施)의 '합동이(合同異)'의 설. '堅白石(단단하고 흰 돌)'이란 하나의 명제를 놓고, 공손룡은 사물의 차별성을 과장하고 통일성을 무시하였으며, 혜시는 사물의 차이와 구별을 인정하되 전체를 동일시해야 한다고 해 차별적인 객관적 존재를 부정했음. 두 학설이 모두 사물의 일면만을 강조하고, 그 밖의 다른 면을 부정했음.

겠습니까? 말과 치료는 각각 향하는 바가 있으니, 대강의 요점만 말할
수 없습니다. 그대는 밝게 살펴 어찌 도모하지 않습니까?"

연향(延享)[346] 무진(1748) 여름 6월 10일
제상한의문답후

    대체로 의원의 일은 넓게 멀리 미칠 것이다. 대개 헌기(軒岐)[347] 아
래로 오랫동안 사방에서 일어났고, 넓고 크게 책에 실렸다. 그것을 살
펴본 사람들 중 어떤 사람은 작은 성취에 편안해하거나 한갓 지류(支
流)만 찾는데, 그 깊고 맑은 근원을 하소연 하는 듯한 사람은 정말 외
롭고 쓸쓸한가? 또 저 우러러보는 사람들은 그 끝없음에 놀라 탄식하
고, 눈을 부릅뜨며 혼잣말할 뿐이다. 그러한 어려움은 명목(名目)이 되
어 온 세상이 여기까지 끊임없이 흘러왔다. 지금 연향(延享) 무진(戊辰)
년에 조선에서 수빙(修聘)[348]해 왔다. 카와무라 군 자승(子升)과 뛰어난
의관(醫官) 조숭수란 의원, 두 주부(主簿)[349]가 필담으로 배우고 서로
예물을 주고받아 깊고 맑은 바다를 헤엄치는 듯했다. 그 뒤섞여 끝없
음을 살펴보니, 대개 치승(淄澠)[350]의 좋은 맛에 이른다. 속여 말하는

---

346 연향(延享): 일본 제116대 고모모조노(桃園) 천황의 연호. 재위 1747~1762.
347 헌기(軒岐): 헌원씨(軒轅氏)와 기백(岐伯). 모두 전설적인 의술의 개조(開祖). 인신해
   뛰어난 의술.
348 수빙(修聘): 서로 불러 길을 틈. 인사를 닦음.
349 주부(主簿): 한약방을 차리고 있던 사람을 이르는 말.
350 치승(淄澠): 산동성(山東省)에 있는 치수(淄水)와 승수(澠水). 두 강의 물맛이 전혀

맑은 소리와 흐린 소리도 그러한 경지에 이르지 못하니, 참과 거짓을 분별하기 어려울 만큼 높다. 어떤 사람을 시켜서 그 사람을 알도록 하였으나, 그 말을 듣고도 먼 곳의 바깥만 분별할 수 있었다. 비록 그러하나 스스로 바다를 살펴보지 못한 것이니, 누가 마땅히 이것을 열어줄 것인가? 시나 글 같은 것은 한 때 제멋대로 속여, 조선 사람들로 하여금 눈을 닦고 자세히 보게 했던 것이니, 어찌 연꽃이 높고 깊을 뿐이겠는가? 다만 대체로 우러러보고, 저 나라 사람들에게 힘을 빌어 뜻을 이루려 말함이니, 우물 안 개구리는 바다에 대해 말할 수 없음을 비유함이다. 카와무라 군의 물음은 깊고 맑은 바다를 찾을 만하다고 말할 수 있는가? 내 동료 강서효(岡胥傚)란 사람은 카와무라 군의 선배이고, 창주선생(滄洲先生)의 친구이다. 역시 뛰어난 조(趙)의원을 방문하고 글을 써 보내 그 뜻을 남겼는데, 글로 깊이 인정해 '조선 손님들이 눈을 비비고 자세히 보게 한다.'고 했으며, 또한 창주선생의 집안에 대대로 전해 내려오는 학문은 높이 드날려 더욱 넓다고 할만하다. 서효란 사람은 참된 선배로 신양(信陽) 사람인데, 뒤에 북월(北越)[351] 마을 위로 옮겨갔고, 나와 함께 여러 해 사귀어 온 집안이다. 카와무라 군은 내게서 고생했고, 또한 서효를 따라서 다행히 함장(函丈)[352]의 자리를 얻었으니, 뜻은 고칠 수 없지만, 마음에 부족하나마 그런대로 한마

다르나, 섞으면 그 맛을 구별해 내기가 어렵다는 데서, 성질이 전혀 다른 두 가지 사물의 비유.

351 키타고에(北越): 일본 니가타(新潟)현 니가타시 지역.

352 함장(函丈): ①스승과 자기의 자리 사이에 일장(一丈)의 간격을 두는 일. ②학문을 강론하는 자리.

디 말을 열어 세상의 그득한 사람들에게 알린다. 한가롭게 거닐거나
헤엄치는 어떤 사람들에게 급히 달려 나가거나 맑고 깊은 사이로부터
느끼는 치승의 좋은 맛은 적지만, 경위(涇渭)[353]의 맑거나 흐림은 분별
할 수 있다. 앞서 눈을 부릅뜨며 혼잣말함에 이른다고 말한 것은 바다
속의 좁쌀 한 알과 같으니, 어떻게 글을 가지고 이보다 높게 말할 수
있겠는가?

관연(寬延)[354]으로 연호를 고친 해(1748) 가을
도호토(東都)의 준득(浚得)이 바로 기록하다.
벗 봉안(澤安)이 직접 쓰다.

---

353 경위(涇渭): 경수(涇水)와 위수(渭水). 경수는 흐리고, 위수는 맑다고 여긴 데서, 사물
　　의 진위(眞僞)·시비(是非) 및 인품의 우열·청탁(淸濁)의 비유.
354 관연(寬延): 일본 제116대 고모모조노(桃園) 천황의 연호. 재위 1747~1762.

桑韓醫問答

桑韓醫問答卷之下

問　　　　日本 醫官 河春恒

　敢問. 正德中, 貴國之諸賢來聘焉. 濃州 大垣之醫有春圃者, 見奇斗文醫伯於濃州賓館, 因呈問目數條. 內及勞瘵・傳尸, 奇生答, 以中古多有 而今無有. 僕意去正德壬辰三十年于今矣, 病有變化, 藥亦萬變. 傳尸之症, 貴國今有耶? 猶無邪? 治法以何等事爲大法?

答　　　　朝鮮 楊州 趙崇壽

　勞瘵之疾, 幣邦鄉曲間, 或有之, 而大抵遘斯疾者, 未嘗問乎醫. 醫者亦厭避之, 故病者不得見治, 而醫者未能試治. 勢固然矣. 蓋染此疾者, 皆酒色過度, 心腎虧損之人, 自虛而損, 自損而勞, 勞而瘵, 久而成蟲, 極而死. 死而傳染, 曰傳尸, 曰飛尸, 曰遁尸者也. 同氣連枝, 以氣相染, 甚至於滅門者有之, 而傳染之理, 昧者惑焉. 夫孰知癘疫之氣大, 則偏行天下, 以氣相染也? 行乎天地, 則天下染之, 行乎室中, 則一家染之, 氣之相感, 無或怪矣. 若論治法, 則殺其蟲, 以絶其患而已. 丹溪・登父[1], 尙以爲難焉. 況不及於登父[2]・丹溪者乎?

問

又問. 有一疾, 其病, 面色靑白, 而浮腫, 心下常痞, 爪色變. 飮食行步如常, 步遠則呼吸短息. 田野卑賤者最多矣. 醫爲黃胖, 治以蕨粉爲君, 加鐵粉・硫黃等藥, 多得效. 輕者七八日, 重者十餘日愈, 大便下黑物爲證. 貴國有此疾否?

答

黃胖之疾, <u>岷廣</u>所謂砂病, <u>秦氏</u>所謂靑筋之類, 而實非黃胖也. 黃胖, 卽脾胃濕熱之所生, 脾胃濕熱之病, 飮食其能如常乎? 因其症而推詳, 則是肝肺相薄之候也. 心下痞者, 肝邪鬱也. 步遠喘息者, 肺氣逆也. 爪者肝之應, 而面色靑白者, 肝肺之色. 飮食如常者, 病不在脾也. 治以鐵紛之屬, 下黑物而愈者, <u>墜</u>下其惡血頑涎, 而肺氣以之而順, 肝鬱以之而伸, 病自解矣. 然非獨鐵粉之屬爲可, 一切重墜之藥, 皆可採用. 是皆卑下嵐瘴之鄕, 觸冒不正之氣, 而先于於肺, 氣滯血壅, 肝氣鬱而痞, 前所謂肝肺相薄者, 此也. 幣邦海邑, 亦間有之, 依此治之, 而或有效.

問

我國, 湯液家之外, 有針醫者, 其法, 卽用素問所謂毫鍼者. 癲疝・癥痕・血積・頭痛・胸背・手足, 凡百病皆刺之, 爲運榮衛通經之事矣. 原夫[1]鍼法者, 出於靈樞・難經及甲乙經等, 諸家附註委詳矣. 然見今奏功者, 壓磨堅積, 疏動痞塞之外, 至手足之疾及內傷・外濕等症, 則有試其驗者, 最所罕見也, 異古經所說矣. 貴國此等症用鍼也? 否? 亦或尋

---

1 원문에는 '夫'이지만, '父'의 오기(誤記)인 듯해 바로잡았음.
2 원문에는 '夫'이지만, '父'의 오기(誤記)인 듯해 바로잡았음.

其堅積之所在, 而直刺之歟? 我國用鍼者, 腹部刺深一二寸, 用國尺.
手足亦五六分. 考之古經, 則刺甚深矣. 王燾, 論鍼曰 不能活死人者,
一偏之見虞搏之論當矣. 足下所慮與貴邦所行之鍼法, 詳示之幸甚.

答

古之明醫, 何嘗有藥醫·鍼醫之別哉? 近世以來, 才分漸下, 多不能
專焉, 而術業之寖微, 更無餘地良可歎也. 善於湯液者, 豈不知鍼, 而昧
於鍼者, 亦何由, 而知湯液之理也? 鍼之不及, 治之以藥, 藥之不及, 治
之以鍼. 二者相須, 不可相離, 未嘗聞塞於此, 而通於彼者也. 且鍼之類
非止一二, 而獨擧毫鍼何也? 抑有以偏利於東方, 而然耶? 四方之治,
雖各不同, 而只有微甚而已. 其可廢圓鍼歟? 人有強弱, 病有淺深, 穴
有大小, 其能以尖細之鍼, 通而行之乎? 百病皆可刺之說, 當活看, 不可
泥也. 素曰 無刺大勞人·大飢人·大汗人·大熱人. 靈曰 無刺形不足
氣·不足新産下血. 於此, 可見其不敢用於內傷·虛損, 而只宜於壅遏
實症. 李氏所謂, 鍼雖有補瀉之法, 而瀉者, 固可迎而奪之, 補者, 未必
按而留之, 此誠確論也. 譬如, 甘艸註曰 解百藥毒云, 而服砒飲菌者,
亦可以甘艸一味, 能解其毒乎? 積之用鍼, 惟肝積而已. 借金之氣, 制
木之盛, 鬱積得開, 時暫見愈, 亦不永瘥, 小兒瘧塊, 多刺之者, 亦此意,
而至於一切積聚, 未聞有刺法也. 刺之淺深, 隨穴之淺深, 而間有權變
者, 不過肥瘦之別, 而腹部之穴, 爲二寸, 深者才一二, 手足之穴, 爲二
三分者, 居多.

貴國之刺腹部, 深一二寸, 刺手足者, 深五六分, 何其過也? 古經之
外, 別有他可據之說乎? 貴國之人, 比古人, 反有加厚耶? 旣曰 考之內
經, 則刺甚深矣, 而何強爲之也? 穴之遠近, 刺之淺深, 皆用同身寸, 而
國尺之說, 又未可曉也. 王燾論鍼, 所謂不能活死人云者, 僕亦以爲過

焉. 足下之教, 誠是矣.

問

先所問鍼治之說, 有未盡其言者, 再述焉. 昔人, 熱入血室之症, 小柴胡湯已遲, 則應刺期門, 此症, 則鍼治之尤者也. 又瀉三陰交, 補合谷, 則墜胎等說, 鍼術之卽功, 皆大書於諸書, 蓋謂鍼者, <u>越人</u>邈矣. 至<u>宋元</u>之間, 亦不乏其人, 足下所見如何?

答

熱入血室之症, 刺肝募期門者, 通其經, 瀉其熱, 助其藥勢, 非有深意也. 墜胎之法, 瀉三陰交, 補合谷之論, 於經無之. <u>自徐文伯始, 文伯</u>亦無註釋, 故後之人, 雖按而行之, 莫由知其意也. 僕有愚見可論, 而未知足下能頷可之否也. 夫胞胎繫於腎, 腎卽少陰也. 肝血養其胎, 肝卽厥陰也. 腹屬脾, 卽太陰也. 太陰爲三陰之主, 而養胎之本也. 是穴爲三陰交會之地, 故名曰 三陰交. 合谷, 卽大腸之原, 而大腸, 盤據乎臍下, 卽腎之前也. 胎雖繫於腎, 而其漸長也. 滿于腸, 侵于胃, 補合谷者, 引大腸之氣, 而舉之也, 瀉三陰交者, 推三陰之氣, 而降之也. 瀉少陰之氣, 搖其蔕, 瀉厥陰之氣, 破其血, 瀉太陰之氣, 撼其腹. 補大腸之氣, 舉而掀之. 搖之, 撼之, 破之, 掀之, 胎安得以不墜也哉? 然善鍼者, 卽有應焉, 又非庸工所可爲也. 鍼之道, 其大矣哉! 古人已難攀, 吾東有<u>許任</u>者善焉. 有<u>金公中白</u>者繼之, 今也則亡, 可悲也夫!

問

嘗聞治十婦人, 勿治一小兒, 蓋古諺也. 啞科之難, 自古然, 我邦, 亦小兒疳疾, 其症居多焉. 其治所行, 則連錢艸・仙人艸・合歡霜等單服,乃以一二之殺蟲之藥, 出入增減爲之用. 又令鰻鱺魚食之, 甚者, 則以毫鍼, 刺腹部積塊所在, 以輪鬱滯, 及灸章門, 其艾大如大栂指, 多得效. 此類又有絶不治者, 經一二年, 而後斃矣. 請此症, 足下所秘金方示賜焉, 則幸甚. 夫醫以仁爲敎, 救民之一術, 亦非仁乎?

答

小兒之病, 誠難矣. 然審其所因, 察其顯症, 猶有可據, 而論治者, 不可全然委之於啞科也. 小兒之疾疳病居多者, 以其不節食飮故也. 肥甘過節, 則中滿而熱, 中滿而熱, 則氣壅血濁, 脾胃不運, 諸疳之疾生焉. 其治多端, 或消其積, 磨其塊, 淸其熱, 補其不足, 隨其虛實, 審其久新. 各有攸宜, 難以枚論, 而足下所諭, 數條小方, 其能盡治法乎? 竊見 貴國之人, 味尙甘, 食飮之外無非甘物, 小兒之一倍耽嗜想可知矣. 此所以疳病之最多者也. 疳字從病從甘, 其字義可知也. 以足下之高明, 必無不知之理, 何不令病疳之家, 禁其甘味也? 古語曰 醫者爲人之司命. 足下以司命之主, 處太醫院, 何不使國中小, 損甘味也? 昔越人過秦, 聞愛小兒, 爲小兒醫. 足下若悅而行之, 則是亦今世之越人, 必將擧一國, 而受祿, 足下之功, 豈淺淺也哉? 所敎秘方, 僕以爲前人之書, 皆謂之秘方, 而獨恨無知識, 不能探其秘, 常以是爲病焉. 豈有他秘方, 可以奉副者哉?

問

氣口脈部位之說, 諸賢所論, 絲緖紛然不分, 皆不師古故也. 夫靈·素所說之診脈法多端, 而其一法, 乃五臟·五腑·三焦·包絡, 候之於手足十二經之動脈. 手足十二經, 以各屬于五臟·五腑·三焦·包絡故也. 至于難經, 肇以手足十二經, 約于手太陰肺之一經氣口. 氣口所以爲百

脈朝會之地也. 氣口在于內經, 只有尺·寸之名, 未有關之名. 越人昉
以氣口一部, 分作寸·關·尺三部, 左右合爲六部, 每部配二經, 而二六
十二經, 皆配于氣口焉. 故一難曰 十二經皆有動脈, 獨取寸口, 以決五
腸六腑死生吉凶之法, 何謂也? 以內經所未言之診法故也. 王叔和不知
配經, 直配臟腑, 是酒諸家妄說, 所由起也. 難經曰 脈有三部, 部有四
經. 所謂脈有三部者, 謂分氣口一部, 以作寸·關·尺三部也. 部有四經
者, 謂一部各配臟與腑二經, 左右合有四經也. 後人不知配經, 反配無
經命門, 遺有經包絡. 或以三焦一經, 配左右六部, 其佗謬妄混淆不可
勝數焉. 凡欲取氣口, 以診五臟六腑者, 宜據難經, 叔和疑之. 不據難
經, 誤據于素問脈要精微論, 所謂尺內兩傍, 或尺外尺裏, 或尺之左右
上下, 皆是尺膚之診法, 而後人誤爲脈路之左右上下也. 左右上下內外
兩傍等字, 豈可施諸一線之脈路哉? 叔和之脈經, 千百年來以爲診脈之
軌範, 故後人不敢疑焉. 以訛傳訛愈久愈紊焉. 說其脈狀, 亦牽强附會,
不可勝論焉. 近世有駁叔和傷寒例之非者, 未有繩脈經之愆者, 皆不師
古之謬也. 愚見如此, 然疑惑在其中, 君以何說爲是哉? 幸正愚見, 冀
示教耳.

答

　脈部位之說, 內經以來, 越人詳矣, 而叔和之論, 一據乎素·難, 其所
推衍, 未嘗有背經旨者. 後人紛紛之論, 亦何足傷內經? 只有尺·寸之
名, 未有關之名, 越人分作寸·關·尺云者, 特未之思耳. 內經曰 三部
九候, 三部非尺·關·寸乎? 獨取寸口, 以決臟腑死生吉凶云者, 亦兼
關·尺而言也. 曰寸口, 曰脈口者, 亦一也. 難經曰 寸口脈, 中手長者,
足脛痛, 於此可見其摠該三部也. 足下言, 叔和不知配經, 直配臟腑, 經
與臟腑, 其異乎? 配臟腑, 卽配經也, 何謂叔和不知也? 命門卽包絡也,

配命門, 卽所以配胞絡也. 其曰 遺有經包絡, 反配無經命門云者, 殆試
我也. 三焦一經, 配左右六脈之說, 抑有何可據? 僕未嘗聞其說, 不能
以仰答也. 素問, 所謂尺內兩傍上下, 卽尺診之法, 而足下言, 後人誤爲
脈路之左右上下也. 又曰 左右上下, 豈可施諸一線之脈路哉? 若如是,
則大悖經旨, 僕不容不辯之也. 夫尺脈, 內以候腎, 外以候腎外, 以候外
腎, 上以候腹, 下以候足, 此非脈路, 而何尺寸之內, 不審脈路? 將何所
據乎? 經曰 上竟上者, 胸喉中事, 下竟下者, 腰·足中事, 上竟上者, 脈
路之溢, 於魚際者, 下竟下者, 脈路之覆, 於尺澤者, 此非脈路而何? 又
曰 橫於內者, 心腹積也, 縱於外者, 足有痺也, 其縱與橫, 非脈路乎? 經
又有尺膚熱·尺膚寒診法, 足下或錯認之歟. 脈雖一線之微, 方其大實
也. 滿于指, 衝于肥, 强如鐵索, 方其沈細也. 潛于裡, 伏于骨, 弱如蛛
絲, 然在善, 診者, 亦足以別焉. 至於庸工, 雖大如枚指, 動如牽索, 將
何以得其彷彿也? 駁叔和傷寒例之非者, 不知是何人, 如其駁之, 則必
有正論之, 可以爲證者, 可得以一覽歟. 僕之愚鹵, 豈有正見? 然非
　素·難, 無以尋其源, 非叔和. 無以廣其意, 足下之意以爲如何?

　問

　素問·靈樞, 謂之內經, 黃帝與六臣, 平素問答之書也. 幸秦不燒之,
而傳後世, 醫大經宗法也. 靈樞之名, 起唐王氷. 漢志云, 內經十八卷,
漢張仲景, 分內經十八卷, 以九卷名素問, 九卷無名目也. 以九卷爲名
目[3], 至唐王氷, 有靈樞之名也, 而失素問第七於戰國之時, 甲乙經·隋
志, 皆載亡失之言也. 全元起初註素問, 而無第七卷, 王氷詐言, 得素問
第七亡失之卷, 而便於賣自己邪說. 物有可疑者, 有不可疑者也. 晉甘

---

3 원문에는 '耳'이지만, '目'의 오기(誤記)인 듯해 바로잡았음.

露, 至唐寶應, 其間相去, 六百有餘歲, 無有得亡失之卷, 王氷特得之, 可疑甚也. 非疑得之, 疑於異聖經, 卽假陰陽大論之文, 妄補七篇也. 凡物虛, 則邪乘焉, 若無素問之亡失, 則不能爲運氣之邪說也. 經本無五運六氣之言, 其言始見天元紀⁴論, 而終至眞要論. 經說四時五行, 以及人, 殊無五運六氣之說也. 經以心爲君主, 肺爲相傳, 殊無君 · 相二火之說也. 越人難經, 仲景傷寒論 · 金匱要畧, 叔和脈經, 皇甫謐甲乙經等書, 悉發經義之書也, 竝無五運之說也. 張介賓善醫者也. 然盲於五運之妄說, 可嘆之甚也. 夫經者語常, 而使人知變之書也. 與五運氣之迂遠妄說, 豈可同日而論焉? 此乃以冠比履, 將絲厠麻, 方柄圓鑿, 其可入乎? 或曰 內經出於漢儒之手, 假令成於後世, 論陰陽變化經絡臟腑, 非尋常之言, 蓋其人, 則後之爲黃帝者也. 故醫之大經宗法也. 論陰陽變化經絡臟腑, 非尋常之言, 句句字字小大, 悉聖人之言也. 物疑則疑, 不疑則無疑也, 有可疑者, 有不可疑者. 內經古書也, 衍文錯簡甚多, 有可解者, 有不可解者, 不可解者, 不可强解. 此讀古書之大法也. 成醫於經, 而廢經, 譬猶蠹生於木, 還食木, 非其義也. 夫素問 · 靈樞語常, 而使人知變之書也. 愚見如此, 五運六氣之說, 甚有害於治. 貴國有斥五運六氣之說者乎? 君用此說乎? 欲得示教耳.

答

先儒論素問, 出於戰國時, 非古經也. 後之人, 何由知其不然也? 然求醫家之準的, 則舍素問, 而不可, 非素問, 吾何所適從乎? 第七亡失之論, 王氷妄補之說, 無可稽考已. 是陳言不必强辯, 而至於運氣之說, 雖是王氷自撰之辭, 固可法, 而不可忽也. 元紀⁵論等篇, 有運氣加臨盛衰

---

4 원문에는 '氣'이지만, '紀'의 오기(誤記)인 듯해 바로잡았음.

之說, 則辭雖畧, 而理實備, 豈可謂之不論於運氣耶? 譬諸易, 上古只有
河洛之數, 而其後文王演八卦, 周公述象象, 孔子作十翼, 然後後之人,
得以談論, 而如非上智之才, 又不能究竟焉. 運氣之於易也, 名雖別, 而
理則一也. 陰陽而生五運, 五運而化六氣, 運氣, 卽天地間流行之氣也.
人肖天地, 捨運氣, 其將何求哉? 仲景之論傷寒, 士安之撰甲乙, 亦未嘗
不本於運氣, 何必曰, 加臨司天在泉, 然後始謂之運氣也? 王氷之後, 無
擇安道 · 東垣 · 守眞, 諸子推, 而衍之傳之, 至今, 而蘊典之意, 人多不
曉, 是以謗者, 起斥者, 衆咸以爲非所可法, 此皆誣聖經, 毀先賢之甚者
也. 五運六氣, 有主有客, 主運 · 主氣, 言其常也, 客運 · 客氣, 語其變
也, 及其變也, 時行疫癘等病生焉. 時行疫癘, 非運氣, 所生病, 而何丹
溪論疫癘, 曰當推運氣, 而治之? 丹溪豈誣我者也? 張介賓, 吾不知其
何如人也. 僕亦嘗涉獵其書, 而自夫介賓補陽之說盛行, 陰虛者多不保
焉. 僕深以爲憂, 而力綿言淺, 不能救其弊, 尙以爲恨也. 陽有餘陰不
足, 非丹溪之創言, 卽內經之說也. 介賓背之, 陰陽之補瀉已, 大謬矣.
是僕所以不取於介賓者也. 足下乃反引, 而爲證耶? 肺爲相傳, 非相傅
也. 肺臟居上, 受飲食, 而傳之於胃, 胃之精氣, 上湊於肺, 肺復傳布於
諸臟. 故曰相傳, 傅字乃傳字之誤也. 內經出於漢儒之說, 誠妄也. 越
人之難經, 本內經, 而演述, 越人以前之書, 豈可謂之出於漢代也? 內經
之衍文 · 錯簡處, 固不可强, 而解之也. 近世斥運氣者, 是不明運氣者
之說也. 足下無爲所惑也.

問

　敢問. 內經所謂中風, 與後世所謂中風, 不同矣. 后世中風係內傷,

---

5 원문에는 '氣'이지만, '紀'의 오기(誤記)인 듯해 바로잡았음.

而內經中風係外感焉. 仲景傷寒論, 所謂中風者, 亦難經傷寒, 有五之一症, 而外感之疾也. 要署所謂中風, 雖似后世中風, 亦以外邪論之, 則非內傷也明矣. 迨至巢氏病源候論, 孫氏千金方, 正所云者, 乃后世中風也. 於是乎后人, 遂立眞中風・類中風之名, 而以尸厥・食厥・痰厥, 或中暑・中寒等, 凡至昏憒・卒倒者, 摠名曰類中風, 而以類中風別后世中風焉. 殊不知后世中風亦是類中風也. 凡昏憒・卒倒, 不省人事者, 不問其所因, 皆經所云, 厥症也. 與風不相涉矣. 如后世中風者, 劉河潤曰 將息失宜, 而心火暴甚, 腎水虛衰, 不能制之, 則陰虛陽實, 而熱氣怫鬱, 心神昏冒, 而卒例也, 其言實是也. 李東垣, 亦曰 中風非外來風邪, 乃本氣自病也. 凡人年逾四旬, 氣衰之際, 或憂喜忿怒傷其氣, 多有此疾. 壯歲之時, 無有焉, 若肥盛者, 則間有之, 亦是形盛氣衰, 而有此耳, 其言得之矣. 是河潤所未言及者盡焉. 然而二氏論中腑・中臟・六經之見症者, 非也. 中腑・中臟・六經見證者, 外邪, 而非后世中風矣. 朱丹溪曰 西北二方, 有眞爲風所中者, 但極少耳, 東南之人多, 是濕生痰, 痰生熱, 熱生風也, 其言亦猶不分症焉. 西北二方, 爲風所中者, 經所謂眞中風, 而非類中風矣. 又濕生痰, 痰生熱, 熱生風者, 是經云 子能今母實之謂也. 然而痰之動因火之熾也, 非痰生熱矣. 凡三氏所說, 皆知后世中風非外

　來中風邪, 而及其治法, 則於本門首, 先列續命湯・防風通聖散・三化湯等, 何也? 如羌活・防風, 少佐之, 而流通經脈, 疏散肝邪, 可也, 麻黃・大黃, 豈可施諸內傷・中風乎? 凡內傷・卒倒・痰喘壅盛者, 宜以人參・竹瀝・姜汁等開焉. 待稍甦而後, 或參・耆以補氣, 或歸・地以補陰, 退風火焉, 是其法也. 近世命門補火之說, 荐行, 而見桂・附, 猶茶飯, 見芩・連, 猶蛇蝎, 中風・卒倒, 則必用參附湯, 人參猶不可闕焉, 如附子不可無取舍焉, 腎陰虛衰, 心火暴甚者, 非所宜矣. 凡中風論症設治法, 混

雜不明, 皆是由眞風類風, 不別症門矣. 豈不可不愼哉? 愚見如是, 貴國
亦類風者居多, 而眞中風者爲少, 否治療, 大方如是乎? 冀聞明敎.

答

中風, 所謂眞中·類中之辯, 虞搏之論詳矣. 僕以虞說爲是, 雖欲更陳
無以加矣. 東垣之因氣虛中風, 河澗之因火盛中風, 丹溪之因濕壅中風,
皆各言其所因而已. 豈可曰, 三子者, 止知因氣因火因濕, 而不知外中
也哉? 因氣虛中風者, 徒知祛風, 而不知補氣, 則風不自退. 因火盛中風
者, 徒知驅風, 而不知瀉火, 則病何由安? 是以病有標本, 治有先後. 若
絶無因火因濕內傷等症, 而外中於風, 而有六經傳變中臟中腑之別者,
又何待於三子之說哉? 但風傷人, 必乘其虛, 故彼三子之論著矣. 醫者
但當氣虛, 而中風也, 則可從東垣之論, 而河澗·丹溪, 吾不知矣. 火盛
而中風也, 則可從河澗之論, 而丹溪·東垣, 吾不知矣. 無內傷等症, 而
但外中於風也, 則東垣·丹溪·河澗, 吾皆不知, 而一從乎外治. 又何必
拘泥, 而不容活法也哉? 其曰 食厥·痰厥·中暑·中寒等症, 又非類中
之可論, 足下言與風, 不相干者, 誠是也. 近世張景岳, 非風之說, 僕以
爲是誑世之論也. 因內傷而中風者, 是內傷, 中風無內傷, 而中風者是
但中外邪. 彼食厥·痰厥·中暑·中寒, 因濕因火, 而絶無風邪者, 便是
各自爲他病, 亦何論於中風耶? 景岳未出之, 前人皆不知非風, 而混而
無別耶? 是未可知也. 三子之論治法, 首先列續命湯等者, 有何疑乎? 因
火因氣因濕者, 言其因也, 不廢續命者, 論其風治也, 雖各明其所

因, 而不廢外中之意, 尤可見矣. 附·桂補火之說, 自景岳以後, 大行
于世, 惑之甚者, 不論其虛實寒熱, 先主桂·附, 排成藥方, 春夏秋冬戊
年午年, 無藥不入, 無日不服, 橫夭者相續, 而莫之攸省, 良可悲. 夫僕
雖愚昧, 無所見聞, 試爲足下言之. 彼景岳補陽之說, 主於陽生陰殺, 天

行健, 地不墜之義, 而獨昧於陽有餘, 陰不足, 陰精所奉壽, 陽精下降,
天之理也. 易曰 乾實坤虛, 地之外面, 雖似堅實, 而天之氣, 流行於地
之中, 雖金石, 亦能透過, 其乾實之象, 可知也. 陰精所奉, 卽高之地也,
高之地, 卽西北方也, 西北方, 卽陰也. 以不足之陰, 處於陰, 而補之與
陽平, 得其壽焉. 譬於魚在水中, 無一息之靜, 其動卽陽之氣也. 然無
水, 則不能動者, 乾健之用, 無所依附故也. 譬於艸木, 雨水時, 降濕潤
根核, 然後鼓陽氣, 而生發. 若冬早天熱, 水液乾涸, 雖有陽升之氣, 而
其不焦燥者, 鮮矣. 陽生之說, 其可獨行乎? 惟人之生也, 非艸木蟲魚
之可比. 色慾秏其精, 思慮燋其心, 先天之氣未虧, 而後天之氣先竭, 當
此之時, 補其陽, 而愈竭其陰可乎? 抑將補其陰, 而使無偏傾之患可乎?
經曰 天食人以五氣, 地食人以五味. 水卽陰也, 補陰之物也. 假使無病
陽實之人, 絶水數日, 則其可以陽實, 而能全乎? 否乎? 是故陰氣實, 陽
亦藏, 獨陽不生, 孤陰不長, 豈可重補其陽, 而重虛其陰乎? 僕之所以未
解者此也. 卒倒用參·附者, 爲氣虛者設, 腎病用附子者, 爲下寒者設,
於風於火, 固不足論也. 蓋中風爲病, 外中者甚小, 皆因內傷, 而襲之,
經所謂, 邪乘其虛者, 是也. 貴國與弊邦, 何有間焉?

問

　我國大人·小兒·老弱相通, 而平生無病之日, 春分秋節, 寒暑之交,
必灸焉膏肓·鬲兪·脾兪·膽兪, 小兒則身柱·天樞, 二七壯以. 是爲養
生之一大法矣. 小兒最虛弱, 則恐疳疾, 不待期, 而常灸焉. 雖然無病之
日, 預爲此培養, 惟國俗所爲, 未聞本於何書以. 僕觀之, 小兒痛叫至
極, 却使爲之動心, 發驚乎? 僕於此一法, 未知孰是. 宜借先生之見決
焉, 伏請示教.

答

灸背之法, 未知何人所授, 而行之至今耶? 使無故之人, 公然灼其背, 其行之者甚, 無謂其當之者, 寧不若乎? 古人曰 飮食猶敎化, 藥石猶刑罰, 鍼藥之不可妄用於無病, 亦猶刑罰之不可妄施於無罰者也. 虞氏曰 無病服藥, 壁裡添柱, 經曰 藥不具五味四氣, 久服之, 必有偏傾之患, 服藥尙然, 況鍼灸乎? 有是病, 灸是穴, 可乎? 無是病, 灸是穴, 可乎? 背爲五臟所系關係甚重, 豈可妄灸乎? 陽虛之人猶, 或可矣. 陰虛血燥者, 寧免枯涸之患也. 況小兒純陽之氣, 助之以火, 非徒無益, 諸熱之病, 從無而生焉, 可不愼歟? 僕於路上, 見裸體者, 灸痕遍背, 無一完膚, 心頗異之矣. 今聞足下之言, 果是.

貴國養生 第一之法也. 陽虛下寒者, 煉其臍, 固其蒂, 而若陰虧火燥者, 反害其生, 臂疲脚痺者, 通其關, 導其滯, 而如血液裏乏者, 反致攣躄, 而況不問虛實, 不審可否, 見人必灸. 灸必遍背, 傳於一鄕, 擧國從之, 矇然瞶然視, 若常規, 令人聽此, 不勝哀憫. 望足下無爲習俗所染, 快祛無稽之謬方. 豈惟足下之一身而已哉? 貴國生靈, 遍受其賜, 惟足下念之也.

問

方書所論之時疫, 與後世之時疫異也. 今稱時疫者, 非疫矣. 疫者, 山嵐之瘴氣, 水土之穢氣, 人感之病, 其氣必行春夏之間矣, 相傳染, 而動至亡門焉. 今稱時疫者, 不然也. 無相傳染者, 其病不必春夏之間, 雖秋冬, 亦病焉. 由是觀之, 非疫也明矣. 雖然僕寡陋, 不能敢更正其名, 故依俗仍, 稱時疫時, 疫與傷寒, 相類矣. 然而有或類, 或不類者, 傷寒者, 風寒循毫毛, 而入於營衛, 營衛受邪, 故惡寒, 營衛爲風寒, 所閉塞, 而表陽鬱, 而作熱, 故發熱也. 麻黃·桂枝之二湯, 疏表和表, 而邪與汗

俱出, 而愈矣. 若時疫者, 發汗所大禁也. 若誤汗, 則亡津液, 病熱益盛,
此症多無惡寒也. 所以不關于營衛也矣. 又與溫病相類矣. 然而有或
類, 或不類者, 夫溫病者, 金匱眞言論, 所謂冬不藏精, 春病溫, 是也.
冬不藏精者, 眞陰先虧, 陽獨用事, 遂成陰虛火旺之軀. 陰陽應象論·
生氣通天論, 亦云 冬傷于寒, 春必溫病, 是則冬時寒冷[6], 傷人之表氣,
則三焦鬱火, 不能發越, 而鬱火生熱. 熱旺則陰衰, 此亦成陰虛火旺之
軀. 雖然未發病者, 冬時寒水之冷[7]助之也. 至于春冷[8]陽發之時, 則陽
熱從裡出表, 遂作春溫之病. 仲景曰 大陽病, 發熱而渴, 不惡寒者爲溫
病是也. 熱盛而爲傳經, 乃言之. 熱病, 素問熱病論曰 人之傷於寒也,
則爲病熱, 熱雖甚不死矣. 若時疫有熱甚, 而不死者乎哉? 時疫無有傳
經矣. 凡熱病之治法, 內經有刺法尤詳也, 如刺熱篇是也. 其中有一條
治法云 治諸熱, 以飲之寒水, 乃刺. 必寒衣之, 居止寒處, 身寒而止矣.
時疫用此法, 可愈否哉? 抑所以時疫·熱病相似者, 熱之所由生同, 而
病之所由發不同也. 時疫·溫病之熱, 同生於三焦鬱火也. 然而時疫因
外邪之襲, 而病發, 溫病因春陽發動, 而病自發. 故溫病不挾[9]外邪, 時
疫挾[10]外邪, 是所以爲其異也.

時疫與感冒, 同一源, 唯有輕重之分耳. 輕則爲感冒, 重則爲時疫也.
時疫之邪, 中于上焦, 又及中下二焦, 大熱一身爲火獄也. 醫誤用苦寒
之藥, 斃者多矣. 苦寒之藥, 非所能治焉, 返遏炎火之勢, 苦辛散之藥,

助其熱燥, 所以難治也. 僕先人用六味地黃湯加童便, 而治者甚多.

此病, 夏月與冬月, 有相異者, 夏月伏陰, 在內上焦, 外入之陰邪下奔, 則三焦之火成邪, 遂作上寒下熱之症也. <u>仲景辯脈法</u>, 所謂淸邪中於上焦, 名曰潔之証也, 乃所以伏陰在內也. 冬月伏陽, 在內上焦, 外入之陰邪下奔, 則三焦之火, 逆於中焦, 燥熱·薰蒸於胸膈, 而外入之陰邪爲鬱火, 所化遂作烏有? 所以伏陽在內也. 故口乾舌焦, 津液枯涸, 全成大熱症, 治法宜苦寒和解也. 醫誤用溫散溫補, 爲害多矣. 不論夏月冬月得病, 一二日有下痢者, 陰邪下奔, 而出於下竅也, 誤爲陰症, 斃者甚多矣. 冬月或有見傷寒三陰之寒証者, 冬月冷[11]氣之寒勝, 而下焦之陽負, 是猶傷寒論中, 扶陽負於少陰之類也. 冷[12]氣之寒盛, 而直入腸胃, 腎間之陽, 不能拒之, 故見溏泄, 或手足指頭微冷等証, 治法用姜·桂·附子治之者多. 或外寒入裏, 而腎間之陽, 無所容, 而上乘于心包絡, 口舌乾燥, 心昏妄語, 雖似陽証, 非如陽明·胃實譫語者, 僕先人治其証. 一鄕戶戶, 皆同病焉. 僕亦相共診治之, 醫以爲陽症, 施治盡死. 僕先人爲三陰·溏泄之証, 以四逆湯·附子理中湯, 得悉愈矣. 其口舌乾燥等, 陰盛隔陽之証也, 此証所希有, 冬月寒熱, 疑似之間, 須以脈別陰陽. 陽症得病之初, 右尺脈有力, 陰症脈雖數, 右尺無力, 可以明徵矣.

時疫諸証大槪

初症必發熱·頭痛, 似大陽病, 而無惡寒也. 反有便赤口渴等裏証, 假今有微惡寒, 亦肺畏外入之寒, 故然矣. 其惡寒, 不過一二時, 乃止矣. 所以邪不在于營衛, 在于胸膈也.

初得病時, 診脈有手搐者, 所以三焦之火盛, 扇肝風也. 得病二三日,

---

11 원문에는 '令'이지만, '冷'의 오기(誤記)인 듯해 바로잡았음.
12 원문에는 '令'이지만, '冷'의 오기(誤記)인 듯해 바로잡았음.

舌上有白胎滑者, 非胃熱, <u>仲景</u> 辯脈法曰 舌上白胎滑者, 胸中有寒, 丹田有熱, 是也. 口燥·身熱, 大便不通, 似陽明病, 非陽明, 故無邪入腑之証, 其渴亦喜混湯, 不喜冷飲, 所以膈上有寒也. 其不更衣, 爲譫語, 所以津液枯竭, 大腸之燥也. 故雖十數日不便, 亦無所若也.

耳聾一証, 似少陽病, 而無寒熱往來, 所以非表入之寒也, 經脈篇曰 三焦之動耳聾, 渾渾焞焞[13], 嗌腫喉痺, 是也. 況三焦·腎·肝之火, 逆上盛乎? 蹉臥之一証, 傷寒家爲少陰·臟[14]寒之証也. 時疫入於鼻之邪, 注于腦下, 奔襲腎, 以腦通腎也. 凡蹉臥, 在於傷寒家爲凶候, 時疫亦然矣.

齒齦津血, 凝結如漆者, 陽明經血, 爲燥熱, 所煎熬成瘀也, 宜涼血·生津之藥.

日久而下瘀血, 如豚肝者, 不治.

小便閉者, 因腎陰已亡也, 多不治.

右件之一証, 我 國甚多, 而能治者, 亦甚少矣. 僕不顧不才, 呈愚見, 伏冀高敎. 唯亦雖似不顧萬緖之賢勞, 實以良綠難常也.

答

古之病與今之病, 何異也? 時疫者, 四時運氣變遷, 不正之氣所感也. 瘴氣者, 一方之氣所觸, 無所傳染. 水土之疾, 專主脾胃, 不可論於時疫等病也. 運氣加臨變遷, 而爲時疫, 則四時同然, 其不傳染者, 非時氣也, 不過感胃之重者.

刺熱之法, 在善鍼者, 論不善者, 徒損眞氣, 熱病轉, 加至於疫癘, 尤難試之也.

---

13 원문에는 '淳淳'이지만, '焞焞'의 오기(誤記)인 듯해 바로잡았음.
14 원문에는 '藏'이지만, '臟'의 오기(誤記)인 듯해 바로잡았음.

時疫與感冒不同, 時疫, 是運氣變遷, 不正之氣所觸也, 感冒, 是四時風寒・暑濕, 正氣之所傷也. 不可混而論之也.

大熱之症, 用苦寒藥, 正是對待之治, 何爲不可? 然熱盛, 而眞氣弱者, 苦寒與熱邪相爭, 勝負未判之際, 元氣不能抵當, 因而自盡, 實非苦寒之藥, 不宜於熱病而然也. 是以大熱之病, 反取以凉藥者, 其意可知. 經曰 眞氣實者, 易於用藥, 誠哉是言也!

六味湯加童便治者甚善. 然淸熱・凉血之藥, 惟或可矣, 而至於熟芐・山藥之屬, 泥滯膈・胃, 卒難益水, 而制熱, 雖有童便之淸降, 終難試之於熱病也.

冬月夏月之論, 大不然矣. 霧露之中上焦者, 其病也淺, 人虛而中下焦者, 其病也深. 只以人之虛實, 病之輕重, 而有上下之別, 又不可同論於時疫中也. 伏陰伏陽之說, 尤不可論也. 其症有鬱, 而成熱者, 有虛而直中者, 與傷寒直中相似, 溫熱之劑何可闕乎? 熱極而成下痢者,固不可用熱藥. 若中寒・脾腎虛, 而下痢白, 小便淸, 臍下冷, 脈沈微者, 不可用溫熱藥而何?

以脈, 辯陰陽症, 不但以尺脈爲驗也.

初發惡寒者, 或挾外邪也.

以營衛・胸膈分表裏, 則營衛爲表, 胸膈爲裏, 舌上白胎滑者, 有二焉. 邪未入裏, 而白者易治, 陰陽反隔症白胎滑而下痢頻不

能食心下痞者此正仲景所謂不治者也

喜混湯, 不喜冷者, 熱未實也, 症尙在表, 膈上有寒云者, 言其在表, 表尙未解也.

時疫及熱病, 熱入腑者, 亦多有之, 又何必傷寒之熱, 獨入於陽明, 而時熱夏熱之熱, 不犯陽明乎?

踡臥固爲凶症, 而伸臥亦忌之.

小便閉, 有易難之別, 熱爍水竭者難也, 熱蓄於下, 而腎未傷者易耳.

時疫之治, 多誤者, 以其不究, 運氣之變遷加臨盛裏故也. 若難憑於運氣, 則虞愽正傳之論, 斯可矣. 七八日熱重, 舌黃者, 牛黃一二分, 月經水磨, 服一二次, 最易得汚而解.

八九日熱甚重, 舌黑者, 甚危, 人糞和眞黃土作泥, 灸於火上, 乾葛・蘇葉煎湯浸之, 取其淸汁, 頓一二盞壯實者, 或三四盞, 自然得汚而解. 虛弱人, 卒難用人糞, 凉膈散合益元散, 磨牛黃膏二三丸, 服二三貼, 最好.

老人, 亦難用凉膈之屬, 丹溪方中, 人中黃丸童便磨, 服三十九五十丸, 三五次, 爲好.

此數方於古方, 所無不可忽也, 而其餘隨症, 變通虛實補瀉, 難以言傳可歎.

治漏痔方 雲母散 露蜂房灸蜜 五錢, 穿山甲炒焦 三錢, 龍骨 一錢, 人牙 一錢 或五分, 雲母 一錢, 輕粉 五分, 麝香 三分, 乳香 五分, 蟾酥二分, 枯白礬 五分, 虫蛆灸乾 三分. 同爲細末, 每將少許[15], 納于瘡口, 一日一夜再換, 洗以五枝湯. 內服藥, 則用益元湯, 黃耆鹽水炒 一錢, 當歸酒洗 一錢, 白芍藥 一錢, 人參 一錢, 或代沙參, 然用人參爲可. 槐角 一錢, 川芎炒去油 一錢, 枳殼去瓤[16] 七分, 甘艸節 五分. 作一貼, 水二大盞煎半, 空心服三五十貼.

再問筆語

承高敎, 昔日之惑, 一旦氷解, 敢再問, 其難會得. 公疑僕擧毫鍼而

---

15 원문에는 '計'이지만, '許'의 오기(誤記)인 듯해 바로잡았음.
16 원문에는 '穰'이지만, '瓤'의 오기(誤記)인 듯해 바로잡았음.

已, 此是我 東方之醫, 用毫鍼, 多奏效也, 非限毫鍼. 小大各有異, 醫因
所好, 而用之, 雖間有用三稜鍼者, 甚少矣. 是公所謂有利 東方者也.
來諭曰 肝積, 則借金之氣, 制木之盛, 僕竊爲足下不取. 夫以鍼開積鬱
者, 全據于經絡·兪穴, 豈有借鍼之金氣, 而制肝木之義哉? 五行生尅
之理, 固有焉是, 則不關. 又謂國尺者, 鍼之長短也, 兪穴遠近, 則用同
身寸, 固然矣.

　公論肺, 而非相傳, 此說固有焉? 僕不取. 夫心肺者, 位於膈上, 心者
君也, 肺者相也, 猶幸相相傳然也. 故主行營衛, 所以謂治節出也. 經曰
食氣入胃, 濁氣歸心, 淫精於脈, 飲入胃, 遊溢精氣, 上輸於脾, 脾氣散
精, 上歸於肺, 通調水道, 下輸膀胱, 水精四布五經竝行, 未聞飲食不入
胃之前, 肺先受之, 傳傳之分別, 再請高諭耳.

　　答　　　趙崇壽
　積之用鍼, 僕豈不知也? 嘗見以鍼治積者, 未易見效, 徒損眞氣而已.
是以肝積之外, 皆不可用也, 以鍼開積鬱之論, 因是也, 刺積塊者, 無其
說也. 僕是以, 言其不可也.

　　復　　　河春恒
　再得高諭解惑.

　　稟　　　趙崇壽
　飲食之初入也, 其不由過于肺乎? 飲食之精液, 自崇胃, 復上湊於肺
者, 肺復傳布於諸臟, 故曰 相傳也. 以治節二字解之, 以相傳, 則不可.
相者, 奉今而行者也, 治節之令相, 何以主之也? 素問註, 論議多端, 或
曰 相傳, 或曰 相傳, 至今紛紛者, 此也. 相傳者, 輔佐君主之謂也, 金肺

何得以輔佐君主耶? 火見金, 則起而克之, 反損其氣, 豈有輔相之意哉?

河春恒

高諭謹悉. 若公之言, 則所謂, 治節出者, 因何乎? 肺金出治節之說, 請示教.

趙崇壽

治節者, 言分布諸氣之謂也.

復　　河春恒

一得明教, 疑惑氷解. 然人心如面, 各有所趣也. 若運氣之說, 僕未信有一議論存焉. 然行期迫矣, 不忍煩勞. 假今萬復千答, 亦有益耶? 實堅白異同, 有爭心乎哉?

復　　趙崇壽

論之, 則江海不盡筆之, 則九岳不高也於其治療. 萬緒在意中, 而含蓄焉, 雖諸先輩, 亦何異乎? 論與治各有所趣, 而不可槪論. 公明諒, 曷不圖焉乎?

延享　戊辰　夏六月　十日

題桑韓醫問答後

夫醫之於業也, 博矣遠矣. 凡軒岐而下, 浡瀚長時, 載籍浩浩. 窺之者, 或安小成, 徒探支流, 若其訴瀏源者, 實寥寥乎? 又彼望洋者, 驚嘆其無涯, 瞪目獨語而已. 其難爲名也, 天下滔滔之是也. 今玆廷享戊辰之年, 高句麗修聘來. 河君子升, 與其良醫趙崇壽醫員, 二主薄, 學筆語交酬, 以游泳瀏海, 觀其混混洋洋, 蓋詣淄澠之滋味. 誣謂之清濁, 不至其地, 則眞僞難辨高. 令或得其人, 而聞其語, 亦萬里之外可以決焉. 雖然自非觀海者, 則誰啓當此哉? 若詩若文, 縱奇一時, 使韓人拭目者, 豈啻芙蓉千仞哉? 但夫仰視, 而謂借假手於彼國者, 只井蛙不可語海之比也. 河君之擧, 可謂能探瀏海乎? 余同僚, 岡脊倣者, 河君之先人, 滄洲先生之心也. 乃亦傍投書趙良醫, 以印其志, 筆底深許云 使韓客刮目也. 亦可謂滄洲先生家學, 揭揚益廣也. 脊倣者, 蓋眞先, 信陽人, 後移于北越村上, 與余累年通家. 河君辱於余, 亦因脊倣, 而幸獲坐函丈, 則義不可默, 聊啓一言, 以告世之滔滔者也. 自一逍遙游泳子, 奔趣澄深之間也, 而淄澠之滋薄, 涇渭之清濁, 可以分辨也. 乃先所詣, 瞪目獨語, 而具者, 則海之一粟, 豈足論高於此乎書?

寬延改之之秋
東都 浚得正誌
友人 逢安親書

한객필담
韓客筆譚

한객필담
韓客筆譚

18세기 일본의 관심사가 잘 반영된
의관(醫官)의 의원필담인 『한객필담(韓客筆譚)』

1748년 5월에 조선 사신 일행이 일본 도호토(東都)를 방문했을 때, 고로칸(鴻臚館)에서 태의령(太醫令) 타치바나 겐쿤(橘元勳)이 조선의 제술관(製述官) 박경행(朴敬行), 사자관(寫字官) 김천수(金天壽), 양의(良醫) 조숭수(趙崇壽), 삼서기(三書記) 이봉환(李鳳煥)·유후(柳逅)·이명계(李命啓) 등과 주고받은 필담을 정리한 것이다. 원서는 2권 1책의 필사본이다. 1권의 필담은 5월 23일, 28일, 6월 11일에 이루어졌으며, 주로 타치바나 겐쿤과 의원 이외의 조선 측 수행원들과 나눈 필담이 정리되어 있다. 2권의 필담은 5월 23일, 28일, 6월 4일, 11일에 이루어졌으며, 주로 타치바나 겐쿤과 조숭수의 의학 관련 필담으로 구성되어 있다.

1권 중 첫 필담이 이루어진 5월 23일의 주요 내용은 다음과 같다. ① 타치바나 겐쿤과 박경행이 서로 인사를 나누고, 직위와 가족관계 등에 대해 소개했다. 당시 두 사람 모두 39세로 동갑이었다.
② 타치바나 겐쿤과 사자관(寫字官) 김천수(金天壽)가 서로 소개했으며, 타치바나 겐쿤은 김천수에게 일본에서 지은 시를 보여 달라고 요

청했고, 김천수는 이를 승낙했다.

5월 28일에 이루어진 두 번째 필담의 주요 내용은 다음과 같다. ① 타치바나 겐쿤이 박경행에게 사행(使行)에 연주한 음악이 우방(右方)의 음악이냐고 물었고, 박경행은 태상(太常) 아악(雅樂)이라고 답변했다. 또한 타치바나 겐쿤이 『송사(宋史)』의 설명을 들어 조선의 음악에 대해 묻자 박경행은 조선의 음악에는 군악(軍樂)과 아악(雅樂)의 2부(部)가 있을 뿐이라고 답변했다. 아울러 악기인 필률(觱篥)의 모양과 재료에 대한 문답을 나누었다.

② 타치바나 겐쿤이 조선에 관상감(觀象監)인 사력(司曆)의 존재 여부와 『개보통례(開寶通禮)』·『당령(唐令)』 등이 존재하는지 물었고, 일본과 조선에 나타나는 북극성(北極星)의 도수(度數)에 대한 의견을 나누었다.

③ 삼서기와 서로 소개했고, 시문(詩文)을 주고받았으나 시문은 실려 있지 않다.

6월 11일에 이루어진 세 번째 필담의 주요 내용은 다음과 같다. ① 타치바나 겐쿤은 박경행에게 부채를 선물했고, 박경행은 약품을 선물했다.

② 타치바나 겐쿤이 박경행에게 조선에서도 이반룡(李攀龍)과 왕세정(王世貞)의 책이 유행하는가를 물었고, 박경행은 그림의 떡과 같은 존재라고 답변했다.

③ 사자관 김천수가 복서(伏暑)로 인한 두통을 호소하며 타치바나 겐쿤에게 황련(黃連)을 구해달라고 요청했고, 타치바나 겐쿤은 구해주기로 약속하며, 김천수에게 시문(詩文)을 청했으나 시문은 실려 있지 않다.

2권 중 첫 필담이 이루어진 5월 23일의 주요 내용은 다음과 같다. ① 타치바나 겐쿤과 조선의 양의 조숭수가 서로 인사를 나누고, 직위 등에 대해 소개했다.

② 타치바나 겐쿤이 조숭수에게 더 오래된 고문을 볼 필요가 있다며, 지금 통용되는 당(唐)대 왕빙(王冰)의 주석본 외에 전원기(全元起)가 풀이한 「소문(素問)」이 조선에 존재하는가를 물었다. 조숭수는 주석에 지나치게 얽매일 필요가 없고, 이치를 터득하는 것이 중요하니 많이 읽고 연구하면 저절로 이치에 통달할 수 있다고 답변했다.

5월 28일에 이루어진 두 번째 필담의 주요 내용은 다음과 같다. ① 조숭수는 타치바나 겐쿤의 제자 원탁(元卓)이 자신에게 『내경탐색(內經探賾)』의 서문을 부탁했으나 써주지 못했음을 밝혔고, 이에 대해 타치바나 겐쿤이 다시 한번 부탁했다.

② 타치바나 겐쿤이 「소문(素問)」의 글과 주석에 착간(錯簡)과 오류가 있음을 애석하게 여기며, 조숭수와 함께 등천(登天) 등의 용어와 『내경(內經)』 소재 운기(運氣)의 변별 등에 대해 서로 의견을 나누었다.

③ 조숭수가 타치바나 겐쿤에게 일본에서 유행하는 질병에 대해 물었고, 타치바나 겐쿤은 일본에 6음(六淫)」이 많아 접촉하는 기운도 많으나, 근래에는 각기종만(脚氣腫滿)이 유행한다고 답변했다. 이에 대해 조숭수는 일본에 습열(濕熱)이 많기 때문이라는 진단을 내렸다. 또한 일본에 장수(長壽)하는 사람이 많으냐고 묻자 타치바나 겐쿤은 음허(陰虛)와 술을 즐기는 사람들이 많아 종창(腫脹)이 유행하며, 오래 살아도 70·80세 정도라고 답변했다.

④ 타치바나 겐쿤이 인삼의 저장법, 삼노(參蘆)의 정체성과 약효, 중

국 죽절삼의 정체성, 인삼의 진위감별법 등에 대해 조숭수에게 물었다.

⑤ 타치바나 겐쿤이 『향약집성(鄕藥集成)』 소재 삼화자(三和子)의 정체성에 대해 조숭수에게 물었다.

⑥ 조숭수가 타치바나 겐쿤에게 일본의 길가에서 파는 국분산(國分散)에 대해 물었고, 타치바나 겐쿤은 민간(民間)에서 조제한 약인 듯하다고 대답했다.

⑦ 타치바나 겐쿤이 조숭수에게 남령초(南靈草)가 담배의 다른 이름인가를 물었고, 조숭수는 황련(黃連)의 일본 내 산지를 묻고, 더위 먹은 사람들을 위해서 구입할 의사가 있음을 밝혔다. 이에 대해 타치바나 겐쿤은 그냥 구해주겠다고 약속했다.

⑧ 타치바나 겐쿤이 조숭수를 비롯한 조선 측 수행원들에게 과자나 떡, 술 등을 즐기는가를 물었고, 보리로 담그는 조선의 술 맥전(麥田)에 대해 물었다. 또한 철각위령선(鐵脚威靈仙)의 효능 등에 대해 논의했다.

⑨ 타치바나 겐쿤이 의원 조덕조, 김덕륜과 만나 서로 소개했고, 직위 등에 대한 필담을 나누었으며, 시문을 전했으나 화답을 받지 못했다.

6월 4일에 이루어진 세 번째 필담의 주요 내용은 다음과 같다. ① 조숭수는 일본 어린아이들에게 감병(疳病)이 많은 이유가 단 것을 좋아하는 식성에 기인한다는 의견을 피력했고 타치바나 겐쿤은 부녀자들에게서 자란 아이들에게 특히 많다고 대답했다.

② 타치바나 겐쿤과 조숭수는 인삼의 올바른 법제(法製) 방법에 대한 의견을 나누었고, 타치바나 겐쿤이 인삼의 잎과 줄기의 효능에 대해 묻자 조숭수는 가난한 사람들이 산후발열(産後發熱)과 감모(感冒)의

노발(勞發) 등에 쓴다고 답변했다. 또한 타치바나 겐쿤이 계퇴삼(鷄腿參) 등 조선의 품질 좋은 인삼 등에 대한 상세한 설명을 요구하자 조숭수는 좋은 품질의 인삼 모양에 대해 설명했고, 다시 타치바나 겐쿤이 여러 본초서(本草書)에 실린 상등(上等)의 인삼에 대해 아는 바를 설명했다.

③ 타치바나 겐쿤이 1682년에 일본에 왔던 조선의 의관(醫官) 정두준(鄭斗俊)이 일본 의원(醫員) 노 세이치쿠(野正竹)에게 했던 말을 인용하며, 인삼은 왜 묵은 씨앗을 10월에 심느냐고 묻자 조숭수는 정두준의 말이 틀렸다고 답변했다.

④ 타치바나 겐쿤이 조숭수가 부탁했던 황련(黃連)을 주면서 그 모양과 품질 및 산지 등에 대해 서로 의견을 나누었다.

⑤ 타치바나 겐쿤이 『동의보감(東醫寶鑑)』에 화어(鮊魚)라고 수록된 대구어(大口魚), 일본에서 견어(堅魚)라고 부르는 송어(松魚) 등에 대해 질문했고, 조숭수는 그 정체성과 유래에 대해 설명했다.

⑥ 타치바나 겐쿤이 조선의 의서인 『태산언해(胎産諺解)』·『두진언해(痘疹諺解)』의 기록 방식과 『의림촬요(醫林撮要)』·『향약집성(鄕藥集成)』·『동의보감』·『침구경험(鍼灸經驗)』의 전래본 여부에 대해 물었고, 조숭수는 『동의보감』 외에 경험방(經驗方)인 『천륙집(千六集)』·『남계집(南溪集)』·『제재방(濟齋方)』 등이 전한다고 답변했다. 또한 타치바나 겐쿤이 중국 초우세(初虞世)의 『고금록험방(古今錄驗方)』, 주응(周應)의 『간요제중방(簡要濟衆方)』, 유우석(劉禹錫)의 『전신방(傳信方)』, 이강(李絳)의 『병부수집(兵部手集)』, 진연지(陳延之)의 『소품방(小品方)』, 왕영보(王永輔)의 『박제방(博濟方)』, 진장기(陳藏器)의 『본초습유(本草拾遺)』, 방

안상(龐安常)의 『본초보유(本草補遺)』, 이동원(李東垣)의 『의학발명(醫學發明)』, 주굉(朱肱)의 『활인서(活人書)』, 심존중(沈存中)의 『영원방(靈苑方)』, 영헌왕(寧獻王)의 『경신옥책(庚辛玉冊)』 등은 이미 일본에 전하지 않는다고 하자 조숭수는 대가(大家)들의 것이 아니라고 했고, 타치바나 겐쿤이 반론을 폈다.

⑦ 조숭수가 조선에서 장개빈(張介賓)이 유행한다고 하자 타치바나 겐쿤이 일본에서도 그의 『유경(類經)』과 『경악전서(景岳全書)』가 유행한다고 답변했다.

⑧ 타치바나 겐쿤이 당시 일본에 전해지는 의서로 『병원(病源)』, 『외대(外臺)』, 『천금(千金)』 등이 남아있는데, 서로 있고 없는 것들을 통하는 것이 좋지 않겠느냐는 뜻을 피력했다. 조숭수는 「소문(素問)」, 「영추(靈樞)」, 『난경(難經)』, 단계(丹溪)의 책, 동원(東垣)의 책, 수진(守眞)의 논의, 장사(長沙)의 방법, 『입문(入門)』, 『정전(正傳)』, 『회춘(回春)』, 『직지방(直指方)』 외에는 볼만한 처방이 없다고 답변하면서 『병원(病源)』, 『외대(外臺)』, 『주후(肘後)』 등을 구해 볼 수 있도록 요청했다. 이에 대해 타치바나 겐쿤은 『병원』은 판본(板本)이 오래되었지만, 새로 찍은 판본인 『주후』와 제자 야마와키 도우(山脇道)와 노 겐죠(野元丈)가 판목(版木)에 새기고 있는 『외대』는 주겠다고 약속했다. 또한 조숭수는 『검방(鈐方)』도 살펴보기를 요청했고, 타치바나 겐쿤은 『성혜(聖惠)』와 『성제(聖濟)』도 간행본이 있으면 보여주겠다고 약속했다.

6월 4일에 이루어진 네 번째이자 마지막 필담의 주요 내용은 다음과 같다. ① 조숭수가 타치바나 겐쿤이 써준 이별시의 의중왕도(醫中王道)라는 인(印)을 칭송하자 타치바나 겐쿤이 그 도장의 전자(篆字)를 쓴 사람은 명(明)나라의 대가(大家) 주순수(朱舜水)라며 도장의 유래를 설명했고, 조숭수에게 도장을 선물하겠다고 약속했다.

　②조숭수가 일본의 장마철에 대해 언급하자 타치바나 겐쿤은『본초강목(本草綱目)』,『박물지(博物志)』,『오잡조(五雜俎)』,『월령광의(月令廣義)』,『사시찬요(四時纂要)』 등의 기록을 예로 들어 장마 기후에 대해 설명했다.

　③타치바나 겐쿤이 약속한 대로『병원(病源)』과『주후(肘後)』를 조숭수에게 선물하면서 관찬본(官撰本)이 아니니, 오류를 감한해서 볼 것을 당부했다.

　필담의 끝에는 타치바나 겐쿤이 조선의 정사(正使) 홍계희(洪啓禧), 부사(副使) 남태기(南泰耆), 종사관(從事官) 조명채(曹命采), 박경행, 조숭수, 조덕조, 김천수, 삼서기 등과 주고받은 칠언시 28수, 5언시 4수, 합계 32수가 실려 있다.

한객필담 일

태의령(太醫令)[1] 타치바나 겐쿤[橘元勳] 기록함

　연향(延享)[2] 5년 무진(戊辰·1748) 5월 조선국 통신사가 도호토[東都]에 내조(來朝)[3]했고, 나 겐쿤[元勳]이 명(命)을 받들어 사신(使臣)들을 만나보고, 드러나지 않은 그 나라의 생산물에 대해 대략 묻고 많은 학식(學識)을 얻었다. 진실로 태평(太平)함의 남은 감화(感化)가 아니라면, 어찌 대체로 그러함을 얻었겠는가? 나는 진실로 조선 사람들의 의심 중에 가르침을 받음이 있어, 서로 주고받은 이야기는 가볍고 빨랐는데, 마음에 부족하나마 그런대로 그 나라의 고유한 학문에 나머지가 있음을 보았기 때문에 서로 주고받은 의견에 잘못을 고친 것은 없었다고 말할 뿐이다.

---

1 태의령(太醫令): 궁중(宮中)에서 의약(醫藥)의 일을 맡은 의사(醫師). 3품(品) 벼슬.
2 연향(延享): 일본 제116대 고모모조노(桃園) 천황의 연호. 재위 1747~1762.
3 내조(來朝): 제후나 사신이 와서 천자를 알현함. 내정(內庭).

한객필담

무진 5월 23일 고로칸[鴻臚館]⁴에 도착해

필담을 나눌 곳에서 제술관(製述官)⁵ 박경행(朴敬行)⁶을 만나 뵈었다.

○ "제 성은 타치바나[橘]이고, 이름은 겐쿤[元勳]이며, 자는 공적(公績)이고, 호는 서강(西岡)입니다. 정미(丁未 · 1727)년에 조산대부(朝散大夫)⁷를 제수(除授)받았고, 태의령을 맡았으며, 상약(尙藥)⁸의 봉어(奉御)⁹가 되었습니다. 병진(丙辰 · 1736)년에 머리를 깎고 도우산[道三]이라 일컫게 되었습니다."

○ "방금

두 나라가 우호(友好) 관계를 맺었는데, 머나먼 길을 사신의 수레가 우연히 도호토에 미쳤고, 재주 없는 저는 관사(館舍)¹⁰로 달려왔습니다. 그 복(福)을 삼가 축하드립니다." 겐쿤[元勳]

---

4 고로칸[鴻臚館]: 나라[奈良]시대부터 외국사절의 숙박소로 쓰이면서 국제교류의 무대가 되었던 고대 영빈관.
5 제술관(製述官): 조선시대 사대교린(事大交隣)에 관한 문서를 맡던 관청인 '승문원(承文院)'에 속한 벼슬로, 전례문(典禮文)을 지어 바치던 임시 벼슬.
6 박경행(朴敬行): 자는 인칙(仁則). 호는 구헌(矩軒). 본관은 무안(務安). 1742년 정시(庭試) 병과(丙科)에 급제했고, 전적(典籍)을 지냈음. 1748년 제10차 통신사 때 제술관(製述官)이었음.
7 조산대부(朝散大夫): 종친(宗親) 문관(文官)에게 주던 벼슬.
8 상약(尙藥): 상약국(尙藥局). 궁중에서 임금 · 왕비 · 왕녀 · 여관(女官) 등이 사용할 약을 조제해 질병 치료와 의약 관계의 일을 맡았던 관청.
9 봉어(奉御): 상약국(尙藥局)의 6품(品) 벼슬.
10 관사(館舍): 빈객을 접대하고 묵게 하는 집.

○ "제 성은 박(朴)이고, 이름은 경행(敬行)이며, 자는 인칙(仁則)이고, 호는 구헌(矩軒)입니다."

○ "이곳 일본을 찾게 된 은혜를 입으니, 거듭 정중함이 쌓인 마음으로 감하(感荷)[11]함이 끝없습니다. 머나먼 길 푸른 물결에 흔들림 없이 닻줄을 풀었으니,
왕의 영험함 아님이 없지만, 더위 길에서 지치고 넘어지며 신(神)이 보낸 기(氣)가 꺾이니, 이러한 장유(壯遊)[12]에 답하지 못할 뿐입니다." 경행(敬行)

○ "지금 여러분과 사귀게 되어 기쁘고 다행입니다. 털끝만큼 여유가 있어 혀를 대신해 글자를 늘어놓고 말을 통하니, 말로 뜻을 소리내지 못해도 밝게 살피시기를 엎드려 청합니다." 젠쿤

○ "그대의 직위(職位)는 어떠한지요?" 젠쿤

○ "벼슬은 국자감(國子監)[13] 전적(典籍)[14]을 지냈습니다." 경행

○ "또 묻습니다. 연세는 얼마쯤 되셨습니까? 자제는 몇 분입니까?" 젠쿤

○ "나이는 올해 39세이고, 장성한 아들 2명이 있습니다." 경행

---

11 감하(感荷): 입은 혜택(惠澤)을 고맙게 여김.
12 장유(壯遊): 큰 뜻을 품고 멀리 유람함.
13 국자감(國子監): 고려 성종(成宗) 11년인 992년에 처음 설치한 국립대학. 조선의 성균관(成均館).
14 전적(典籍): 조선 때 성균관(成均館)의 학생을 지도하는 일을 맡아 보던 정6품 벼슬.

○ "그대의 나이가 올해 39세라 했는데, 저 또한 바야흐로 39세입니다. 문장(文章)에 재주 있는 분과 똑같은 나이이니, 재차 기이한 우연임을 깨닫게 됩니다. 다만 아들이 2명이라고 들었는데, 매우 축하드릴 만합니다. 제게는 오직 변변치 못한 아들 1명이 있을 뿐입니다." 젠쿤

○ 이때 시동(詩童)이 시를 주고받는 일이 있었다.

○ "오늘 여러분과 함께 훌륭한 모습을 만나 뵙고, 글을 주고받으며 각자 그 뜻을 폅니다. 다행히 그대 나라 옷차림의 아름다움을 볼 수 있었고, 이전 시대의 남겨진 풍속과 교화가 여기에 남아있음을 알겠습니다. 예법과 문물제도가 위엄 있어 범할 수 없으니, 높은 덕을 우러러 사모하게 됩니다. 제 생각은 오직 〈풍우(風雨)〉의 마지막 단락[15]에 있습니다." 젠쿤

○ "한 자리에서 시를 주고받기에 오늘은 길다고 짐작되니 어찌할 도리가 없습니다. 그대가 불러주셔서 문득 유쾌함을 깨닫겠으나, 제가 오래 머물러도 장차 며칠이 될지 모르겠습니다. 재차 혜연(惠然)[16]을 얻었으니, 이러한 인연을 이을 수 있기를 오직 날마다 바랍니다." 경행

같은 자리에 사자관(寫字官) 김천수(金天壽)가 마중 나왔다.

---

15 〈풍우(風雨)〉의 마지막 단락: '風雨如晦, 雞鳴不已, 旣見君子, 云胡不喜. (비바람 몰아쳐 칠흑 같은데, 닭 울음소리 그치지 않네. 이미 그리운 임 만났으니, 어이 기쁘지 않으리.)' 『시경(詩經)』, 「정풍(鄭風)」 〈풍우〉의 제3장. '〈풍우〉'장은 난세(亂世)에 그 법도를 변치 않는 군자를 그리워하는 시.
16 혜연(惠然): 호의(好意)를 가지고 좇는 모양. 따르는 마음이 있는 모양.

○ "제 성은 김(金)이고, 이름은 천수(天壽)이며, 자는 군실(君實)이고, 호는 자봉(紫峰)입니다. 글씨를 잘 쓴다는 명성 때문에 그대 나라에 들어왔습니다." 천수(天壽)

○ "여행 중에 적어 완성하신 것이 있어서, 관견(管見)¹⁷을 허락하신다면 다행이겠습니다." 겐쿤

○ "국서(國書)¹⁸를 가지고 와서 오가는데 바쁘고 급했습니다. 대략 대여섯 수(首)가 있으니, 끝내 계획처럼 써 보내드림이 마땅할 뿐입니다." 천수

○ "그대의 나이는 얼마쯤입니까?" 겐쿤

○ "40세입니다." 천수

○ "저는 비록 의관(醫官)의 반열이지만, 공무(公務)의 여가(餘暇)에 아름다운 경치에 대한 시를 짓고 뜻을 달랬습니다. 만약 뛰어난 작품 한두 편을 얻는다면, 어떤 행운이 그것과 같겠습니까?" 겐쿤

○ "틈을 타 시를 지어 보내드릴 따름입니다." 천수

28일 본당(本堂) 동쪽 행랑(行廊)에서 제술관(製述官)을 다시 만났다.

---

17 관견(管見): 대롱을 통해 봄. 좁은 소견의 비유. 또는 자기 소견에 대한 겸칭. 혈견(穴見).
18 국서(國書): 국가 사이에 주고받는 문서. 한 나라의 원수(元首)가 그 나라의 이름으로 다른 나라에 보내는 공식 외교 문서.

○ "지난 날 이미 맑은 모습을 만나 뵈었고, 시 몇 편을 주고받았으니, 아름답고 축하할만하며 소중히 여길만합니다. 장마철 날씨가 장차 개이고 나면 무더위는 견디기 어렵습니다. 복리(福履)[19] 받으시고 건강하시니, 기쁨의 지극함을 이기지 못하겠습니다." 겐쿤

○ "감히 묻습니다. 사행(使行) 중에 갖추신 음악이 이른바 우방(右方)[20]의 음악입니까?" 겐쿤

○ "지난번 잠시 이야기 나누었는데, 지금 예전과 다름이 없고, 여기 한 자리에서 서로 만나 객지의 쓸쓸함을 충분히 위로받으니, 얼마나 큰 다행입니까? 사행 중 음악은 태상(太常)[21] 아악(雅樂)[22]일 뿐입니다." 경행

○ "『송사(宋史)』[23]에
그대 나라의 음악에 '좌우(左右) 2부(部)가 있다.'고 했고, '당악(唐

---

19 복리(福履): 타고난 복과 나라에서 주는 봉록. 복록(福祿).
20 우방(右方): 아악(雅樂)의 2가지 큰 구별 중 하나. 오른쪽에 배열해 연주하는 음악. 왼쪽의 당악(唐樂)과 대(對)를 이룸. 고려악(高麗樂)·발해악(渤海樂)과 일본에서 새로 만든 음악의 총칭. 고려악(高麗樂).
21 태상(太常): 태상시(太常寺). 종묘(宗廟) 등의 제사를 맡은 관청.
22 아악(雅樂): 민속음악의 대(對)가 되는 제례악·궁중연례악·정악의 통칭. 좁은 의미로는 문묘제례악을 가리킴. 한국음악을 향악·당악·아악으로 나눌 때는 좁은 의미의 아악을 뜻함. 아악은 중국의 상고시대 궁중음악으로 흔히 주(周)대의 음악이라 하고, 우리나라에는 고려 예종 11년에 송(宋) 휘종(徽宗)이 악기와 악서를 보내온 데서 비롯되는데, 고려 때부터 제례악으로 쓰여 왔음.
23 『송사(宋史)』: '24사(二十四史)'의 하나. 원(元)의 탁극탁(托克托) 등이 칙명(勅命)을 받들어 송(宋)의 317년 동안의 사실(史實)을 기록했음.

樂)[24]은 중국 음악인데, 이것을 좌(左)라 한다.'고 했으며, '향악(鄉樂)[25]
은 이것을 우(右)라 한다.'고 했으니, 곧 그대 나라에서 예로부터 행해
진 음악입니다. 살펴보건대, 이러한 향악을 예로부터 행해진 음악이라
하니, 은대(殷代)[26]의 사물로 여깁니까? 그렇다면 오랜 옛날의 음악입
니까?" 젠쿤

○ "우리나라의 음악에는 군악(軍樂)[27]과 아악(雅樂) 2부(部)가 있으
니, 좌우(左右)의 음악은 우리나라의 일이 아닙니다." 경행

○ "이번 사행(使行)의 악기(樂器)에 '필(觱)'이라 이르는 것이 있던데,
이것은 필률(觱篥)[28]을 말합니까?" 젠쿤

○ "그렇습니다." 경행

○ "다행히 이 물건을 살펴볼 수 있겠습니까?" 젠쿤

---

24 당악(唐樂): 당(唐)대의 음악. 또는 중국의 음악. 삼악(三樂)의 하나. 당(唐) · 송(宋)
  이후의 중국 음률(音律)에 의거해 제정한 음악.

25 향악(鄉樂): 우리나라 고유의 음악.

26 은대(殷代): 성탕(成湯)이 하(夏)의 걸왕(桀王)을 쳐서 멸망시키고 세운 왕조. 처음에
  는 탕의 선조인 설(契)이 상(商) 땅에 봉해졌다가 탕에 이르러 천하를 소유하게 되자 국호
  를 상(商)이라 했고, 그 후 17대 반경(盤庚) 때 은으로 천도했으므로 후세에 그 국호를
  은이라 불렀는데, 상은(商殷) 또는 은상(殷商)이라고도 함. 주(紂)에 이르러 주(周) 무왕
  (武王)에게 멸망됨.

27 군악(軍樂): 군대에서 연주하고 쓰는 음악.

28 필률(觱篥): 옛 악기의 이름. 한(漢) 때 서역(西域)의 구자국(龜茲國)에서 전해진 것임.
  필률(觱栗). 비률(悲篥). 가관(笳管). 피리.

○ 머리를 **끄덕였다**. 경행 ○ 악사(樂師)[29]가 이 악기를 가져왔고, 대략 그 모양을 그려 아래에 배열한다.

필도(怭圖)

앞 관(管) 길이는 7치(寸) 7푼(分) 남짓. 둘레는 1치 8푼.

가는 구리선으로 그곳에 눌러 넣었다. 구리선 뒤

악기는 자죽(雌竹)[30]으로 만들었는데, 장식이나 색깔을 더하지 않아 거칠고 좋지 않았으며, 그 설(舌)[31]도 촌스러웠는데, 내 필률의 설과 더불어 대략 비슷했다. 악사가 그것을 불었고, 그 소리와 가락은 내 필률에 견주니 흐릿하고 느렸는데, 대체로 2배 정도일까?

○ "설(舌)은 갈대입니까? 겐쿤

○ 머리를 **끄덕였다**. 악사(樂師)

---

29 악사(樂師): 조선시대 장악원(掌樂院)에 딸렸던 잡직의 하나. 궁중행사 때 악공(樂工)・악생(樂生)을 거느리고 음악 연주의 지휘와 감독을 맡았음.

30 자죽(雌竹): 대껍질인 죽피(竹皮)가 성장기에 몇 년 동안 붙어 있다가 썩어서 없어지는 것으로, '여죽(女竹)'이라고도 함. 암대. 해장죽(海藏竹). 죽피가 성장기에 벗겨지는 대나무는 '남죽(男竹)' 또는 '웅죽(雄竹)'이라 함.

31 설(舌): 관악기의 소리를 내는 떨림판.

○ 우리나라에는 오로지 필률(觱篥)에 크거나 작은 두 가지가 있는데, 지금 남아있는 것은 작은 필률이고, 큰 것은 이미 그 악기 만드는 법을 잃어버렸습니다. 제가 살펴보건대,

그대 나라에서 그 큰 것을 전했던데, 우리에게 그 작은 것도 전했습니까? 지금 대체로 필(觱)의 만드는 법을 얻는다면, 어찌 입은 은혜를 이기겠습니까?" _{젠쿤}

○ "그대 나라는 올해 마련한 윤달(閏月)[32]이 어느 달에 있습니까?" _{젠쿤}

○ "7월입니다." _{경행}

○ "그렇다면 시헌서(時憲書)[33]와 더불어 똑같은데,
그대 나라에 사력(司曆)[34]이 있습니까?" _{젠쿤}

○ 웃으며 머리를 끄덕였다. _{경행}

○ "『개보통례(開寶通禮)』[35]와 함께 『당령(唐令)』[36]도 존재합니까?" _{젠쿤}

---

32 윤달(閏月): 음력 윤년에 2번 거듭되는 달.

33 시헌서(時憲書): 새해가 되면 나라에서 만들어 발행했던 청나라 달력. 시헌력(時憲曆)에 따라서 24절기의 시각과 하루 시각을 계산해서 기록해 놓은 서적.

34 사력(司曆): 사력서(司曆署). 조선시대 연산군 때 '관상감(觀象監)'을 개칭한 관청. 중종반정(中宗反正)이후 다시 관상감으로 환원하였음. 천문(天文)·지리(地理)·측후(測候)·각루(刻漏)·역수(曆數)·점산(占算) 등의 일을 맡아보던 관아.

35 『개보통례(開寶通禮)』: 송(宋)대 구양수(歐陽脩)가 당(唐)대 구례(舊禮)를 축약하고, 송대 예법과 복식례 등을 정리해 만든 책.

36 『당령(唐令)』: 당(唐) 고종(高宗) 때 편찬된 영미령(永微令). 개원령(開元令). 특히 일본 문화사 및 사상사에서 중요한 의미를 지니기 때문에 근대 일본의 법제사가인 니이따가

○ "혹은 그것이 있어도 높여 쓰지 않습니다."경행

○ "그대 나라

왕도(王都)³⁷는 나라의 가운데에 있습니까? 북극성(北極星)³⁸은 땅에서 몇 도(度)로 나타납니까?"젠쿤

○ "나라 수도(首都)는 가운데에 있고, 북극성은 땅에서 35도로 나타나는데,

그대 나라는 어떻습니까?"경행

○ 대략

그대 나라와 더불어 똑같습니다.

교토[京都]³⁹에서는 북극성(北極星)이 땅에서 36도(度)에 모자라게 나타나고,

도호토[東都]에서는 곧 35도이니, 뛰어난 땅이라고 말합니다."젠쿤

○ "저는 의술을 익히는 겨를에 흥이 나면, 시를 짓고 글을 지어서 그 원고가 이미 몇 책이 있습니다. 다행히 곁에 있는 사람 중 약간의 편(篇)을 베껴둔 사람이 있어서 책상 아래에 드립니다. 저산(樗散)⁴⁰의

유실된 부분을 보완해 『당령습유(唐令拾遺)』를 편찬하기도 했음.

37 왕도(王都): 왕궁(王宮)이 있는 도성.

38 북극성(北極星): 작은곰자리에서 가장 밝은 별. 위치가 변하지 않아 북쪽 방위의 지침이 됨. 천극(天極).

39 교토[京都]: 일본 교토부[京都府] 남부에 위치한 문화도시. 일본 제4위의 대도시로 부청(府廳) 소재지임.

재능이니, 어찌 대장(大匠)⁴¹이 한번 돌아봄에 충분하겠습니까? 한 마디 말이나마 황공하게 내려주셔서 책머리에 더한다면, 진실로 이것은 문단(文壇)의 풍류(風流)이고, 예원(藝苑)⁴²에 기(旗)를 드러냄입니다. 오직 이것을 청합니다." _{겐쿤}

○ "삼가 마땅히 가르침을 받들겠습니다." _{경행}

세 서기(書記)⁴³가 와서 뵙고 여러 번 시문(詩文)을 주고받았다.

성(姓)은 이(李)이고, 이름은 봉환(鳳煥)이며, 자(字)는 성장(聖章)이고, 호는 제암(濟菴)이다.

성은 유(柳)이고, 이름은 후(逅)이며, 자는 자상(子相)이고, 호는 취설(醉雪)이다.

성은 이(李)이고, 이름은 명계(命啓)이며, 자는 자문(子文)이고, 호는 해고(海皐)이다.

6월 11일 제술관(製述官)을 방안에서 만났다.

---

40 저산(樗散): 가죽나무는 재질이 좋지 않아 쓰이지 않는 데서, 세상에 쓰이지 않고 한가롭게 지냄의 비유. 또는 자신에 대한 겸사(謙辭).

41 대장(大匠): 뛰어난 장인(匠人). 후에는 전문가나 학자 및 기예(技藝)가 뛰어난 사람을 범칭함.

42 예원(藝苑): 전적(典籍)을 모아 보관하는 곳. 인신해 문학과 예술의 세계. 예림(藝林). 예포(藝圃).

43 서기(書記): 통신사 수행원 중 기록을 담당하는 사람.

○ "잇달아 방문을 받고, 지선(紙扇)[44]의 선물을 받으니, 가끔 깊이 느껴 마음속에 새겨둡니다. 오늘은 다행히 좋은 만남을 얻었으나, 또 이와 같이 몹시 어지러워서 이러한 충곡(衷曲)[45]을 다할 수 없을 듯합니다. 어떠하십니까?"_{경행}

○ "때때로 비록 만나서 가르침을 받았지만, 갑자기 급한 사이에 평소 품은 생각을 이루지 못했습니다. 돌아갈 깃발이 이미 펄럭이고, 다시 만날 기약이 없으니, 저는 깊은 탄식을 견디면서 이번 만남에 다시 한 번 헤어지는 정(情)을 다할 뿐입니다."_{겐쿤}

○ "지난날 영험(靈驗)한 약(藥)을 선물하셨으니, 늘 감패(感佩)[46]하겠습니다."_{겐쿤}

○ "출발을 앞두고 황공하게 방문을 받으니, 돌아보는 마음에 감동할만합니다. 하물며 이러한 이별의 말은 머나먼 목소리와 모습을 대신해 더욱 지극하고 더욱 지극합니다."_{경행}

○ "이우린(李于鱗)[47]과 왕원미(王元美)[48]의 책은

---

44 지선(紙扇): 대와 종이로 만들어 연꽃으로 염색해 만든 부채. 그 빛깔이 곱고 아름다워 여성들에게 특히 인기가 있었음.

45 충곡(衷曲): 마음속 깊이 간직한 간절하고 애틋한 마음.

46 감패(感佩): 마음에 깊이 감동해 잊지 않음. 감명(感銘).

47 이우린(李于鱗): 이반룡(李攀龍, 1514~1570). 우린(于鱗)은 그의 자(字). 명(明)대 역성(歷城) 사람. 호는 창명(滄溟). 왕세정(王世貞) 등과 함께 후7자(後七子)의 한 사람. 저서에 『창명집(滄溟集)』, 『고금시산(古今詩刪)』 등이 있음.

48 왕원미(王元美): 왕세정(王世貞, 1526~1590). 원미(元美)는 그의 자(字). 명(明)대 정

그대 나라에 유행합니까?

우리나라에 그것을 익숙하게 좋아하는 사람이 많습니다."젠쿤

○ "그림의 떡과 같아서 먹을 수 없습니다."경행

○ "저는 장차 작별하고 떠나고자 합니다. 이번 사행(使行) 중 뜻밖의 만남은 참으로 틀림없는 신령(神靈)을 통한 사귐입니다. 내일 각자 동서(東西)로 떠나가면, 풍마우불상급(風馬牛不相及)[49]이니 깊이 탄식할 만합니다!"젠쿤

○ "암연(黯然)[50]해 영혼이 흩어집니다."경행

같은 날 또 사자관(寫字官) 김천수(金天壽)도 함께 만났다.

○ "지난번 뛰어난 작품으로 은혜를 베풀어주셔서, 입술 가의 응답은 통역하는 사람을 시켜서 다다르게 했습니다. 장마철 날씨가 몹시 더운데도 건강하시니, 소중히 여길만합니다."젠쿤

○ "높은 가르침을 많이 받았습니다. 제게 복서(伏暑)[51]가 있어 자주 머

치가·문인. 호는 엄주산인(弇州山人). 이반롱(李攀龍)과 함께 문필서한(文必西漢)·시필성당(詩必盛唐)을 주장해 그 시대의 기풍이 되었으며, 후7자(後七子)의 영수(領袖)가 되었음.

49 풍마우불상급(風馬牛不相及): 멀리 떨어져 있어 구애(求愛)하는 마소가 서로 만나지 못함. 서로 아무 관계가 없음의 비유.

50 암연(黯然): 실의에 잠긴 모양. 마음이 울적하고 근심스러운 모양.

51 복서(伏暑): 복기온병의 하나. 여름철에 받은 서습사가 몸 안의 일정한 부위에 잠복해

리가 아파 고통스러운데, 그대가 황련(黃連)[52]을 내려주시겠습니까?" 천수

○ "황련을 구하는 것은 본분 한계 안의 일이니, 내일 사람을 시켜서 드리겠습니다." 젠쿤

○ "제가 청했던 시문(詩文) 몇 편은 이미 아름다운 붓을 드리우셨습니까?" 젠쿤

"높으신 그대를 위해 그것을 썼는데, 스스로 생기(生氣)가 있습니다." 천수

○ "은혜를 입고도 남음이 있습니다." 젠쿤

있다가 가을이나 겨울에 가서 생기는 온병.

52 황련(黃連): 매자나무과에 속하는 여러해살이풀인 '산련풀(깽깽이풀)'의 뿌리줄기를 말린 것.

한객필담(韓客筆譚)

무진(戊辰) 5월 23일 고로칸[鴻臚館]에 도착해 양의(良醫)[53] 조숭수(趙崇壽)[54]를 필담소(筆談所)에서 뵈었다.

○ "제 성은 타치바나[橘]이고, 이름은 겐쿤[元勳]이며, 자는 공적(公績)이고, 호는 서강(西岡)입니다. 정미(丁未)년에 조산대부(朝散大夫)를 제수(除授)받았고, 태의령(太醫令)을 맡았으며, 상약(尙藥)의 봉어(奉御)가 되었습니다. 병진(丙辰)년에 머리를 깎고 도우산[道三]이라 일컫게 되었습니다."

○ "제 성은 조(趙)이고, 이름은 숭수(崇壽)이며, 자는 경로(敬老)이고 호는 활암(活菴)입니다." ○ 명함(名銜)을 통했고, 함께 읍(揖)했으며, 자리에 앉았다.

○ "바다와 산 머나 멀리 어지러움 없이 도착해서 이러한 방문을 받으니, 참으로 이에 감사드립니다." 숭수(崇壽)

○ "사신의 수레가 산 멀고 물 긴 머나먼 길을, 추위는 물러가고 무더위가 오는데,

도호토[東都]에 이미 도착해서 다행히 좋은 깨달음을 얻게 되니, 아름다움은 다함이 없습니다." 겐쿤

---

53 양의(良醫): 사절단의 주치의이자 의학 분야 교류 담당자.
54 조숭수(趙崇壽): 자는 경로(敬老). 호는 활암(活庵). 조선의 양의(良醫). 당시 35세. 1748년에 조선통신사 일행으로 일본을 방문하였음.

○ "그대의 벼슬 등급은 어떻게 되고, 장령(壯齡)⁵⁵은 얼마쯤입니까?"젠쿤

○ "저는 나이 어릴 때 배워 처음 통덕랑(通德郞)⁵⁶에 올랐고, 벼슬은 주부(主簿)⁵⁷이며, 올해 34세입니다."숭수

○ "전원기(全元起)⁵⁸가 풀이한 「소문(素問)」⁵⁹이 그대 나라에 존재합니까?"젠쿤

○ "전(全)의 주석(註釋)은 사람들이 많이 일컫지 않는데, 그대의 질문에 어떤 뜻이 있는지요?"숭수

○ "「소문」의 지금 통용되는 글은 당(唐)대 왕빙(王冰)⁶⁰이 순서에 따라 배열해 엮은 것인데, 〈천진론(天眞論)〉⁶¹은 옛날 책의 제9권에 있

---

55 장령(壯齡): 장성(壯盛)한 나이. 30~40세의 건장하고 혈기 왕성한 나이. 장년(壯年). 장치(壯齒).
56 통덕랑(通德郞): 조선시대 정5품(正五品) 상(上) 문관의 품계. 고종 2년인 1865년부터 종친의 품계로도 썼음.
57 주부(主簿): 조선시대 돈령부(敦寧府)·봉상시(奉常寺)·종부시(宗簿寺)·내의원(內醫院)·사복시(司僕寺)와 기타 여러 관아(官衙)에 딸린 종6품(從六品)의 낭관(郞官) 벼슬.
58 전원기(全元起): 중국 수(隋)대 의원. 소원방(巢元方)과 양상선(楊上善)의 학문을 계승했고, 의술의 바탕을 『내경(內經)』에 두었으며, 환자를 공경했음. 저서에 『내경훈해(內經訓解)』가 있음.
59 「소문(素問)」: 『황제내경(黃帝內經)』의 전반 9권으로, 천인합일설(天人合一說)·음양오행설(陰陽五行說) 등 자연학에 입각한 병리학설을 주로 다루었음.
60 왕빙(王冰): 당(唐)대 유명한 의원. 호는 계현자(啓玄子). 저서에 『소문답(素問答)』 81편 24권, 『원주(元珠)』 10권, 『소명은지(昭明隱旨)』 3권이 있음. 그가 일찍이 당나라 태복령(太僕令)을 맡았었기 때문에 '왕태복(王太僕)'이라 일컫기도 함.
61 〈천진론(天眞論)〉: 〈상고천진론(上古天眞論)〉. 『황제내경(黃帝內經)』, 「소문(素問)」의 제1편. 자연 상태에서 자연 그대로의 현상을 논하고, 자연의 순리에 따르는 보양의

었다고 합니다. 옛글을 보고 옛글 이전의 것도 살펴보고자 할 뿐입니다."젠쿤

○ "제9권에 있었다고 함은 이미 왕(王)의 주석에 갖추어져 있고, 제 견해로도 마땅히 상편(上篇)에 있어야 합니다. 그러나 전(全)의 주석이든 왕(王)의 주석이든 얽매일 필요는 없습니다. 오직 의원(醫員)이 자세하고 분명한 곳을 자세히 살펴보더라도, 본문에는 착간(錯簡)62이 많고 주석이란 것도 잘못된 주석의 폐단이 있습니다. 만약 익숙하도록 충분하게 잘 읽고 음미한다면, 스스로 얻는 것이 있겠지요."숭수

○ "제 뜻도 가르침과 같습니다만, 옛 것을 좋아하는 버릇 때문에 전(全)의 옛날 책을 조사하고, 요즈음 새로 대조해 바로잡은 설명을 살펴서 옛글의 대강을 조금이나마 살펴보고자 합니다."젠쿤

○ "저는 우리나라의 한낱 쓸모없는 선비인데, 무슨 의견을 말할 수 있겠습니까? 그대는 우선 「소문」이란 책 하나만 말씀하시고도 폭넓은 지식에 이르셨지만, 저는 우러러 답하지 못하니, 저는 겨우 헌기(軒岐)63의 몇 마디 말에 대한 공부만 있습니다. 그러나 도리를 깊이 밝히지 못함이 한스럽고, 부끄럽게 여겨질 뿐입니다."숭수

중요성을 풀어나갔음.

62 착간(錯簡): 뒤섞인 죽간(竹簡). 책의 자구(字句)나 지면(紙面)의 앞뒤가 뒤바뀌어 있는 일.

63 헌기(軒岐): 헌원씨(軒轅氏)와 기백(岐伯). 모두 전설적인 의술의 개조(開祖). 인신해 뛰어난 의술.

○ "그대의 겸손과 사양은 받아들이지 못하겠습니다. 제 학문은 얕고 근본이 없는데다가 천박합니다. 다른 날 의심나는 것을 물으면, 아끼지 마시기 바랍니다." 젠쿤

○ "그대가 만약 물으신다면, 제가 어찌 감히 사양하겠습니까? 그대의 가르침을 저버릴까봐 두렵습니다." 슝수

○ "한번이라도 지미(芝眉)[64]를 만나 뵙기가 간절했는데, 마치 서로 안면이 있었던 듯합니다. 몇 편의 격조 높은 시(詩)를 주고받았으니 사랑할 만합니다. 때마침 일이 많아 다시 장차 작별하고 떠나가고자 합니다. 이후에 다시 만나 뵙겠습니다." 젠쿤

28일 양의(良醫)를 본당(本堂)에서 다시 만났다.

○ "지난날 만나 마주보고 이야기했고, 몇 차례 필담을 나누었는데, 이밖에 받은 것은 없습니다. 앞의 작품에 인장(印章)을 찍어 앉아계신 오른편에 드립니다." 젠쿤

○ "지난번 만남은 평온하지 못했고, 초조하며 불안해 거의 절박했던 듯합니다. 다시 맑은 모습을 마주하고 아울러 옥같이 아름다운 문장을 주시니, 참으로 이른바 큰 일산(日傘)이 옛날과 같습니다. 기쁘고 다행스러움을 이지지 못하겠습니다." 슝수

---

64 지미(芝眉): 지초(芝草)같은 눈썹. 고대에 귀상(貴相)으로 여김. 상대방의 얼굴을 높여 일컫는 말.

○ "며칠 전에 원탁(元卓)과 써서 서로 물었고, 『내경탐색(內經探賾)』을 보내주며 그 서문(序文)을 부탁했지만, 거칠고 서투름이 못내 두려워서 그 바람에 부합하지 못했습니다. 그대는 요사이 원(元) 선생을 보셨습니까?"숭수

○ "원탁은 제 제자입니다. 늘그막에 치료의 일에 게으르지 않고, 가끔 경서(經書)의 말씀을 습득해 가려 뽑아 베껴 모으는 듯한데, 마치 복력(伏櫪)[65]을 느낀듯하니, 서문(序文)을 내려주신다면, 마땅히 영광스러운 행운을 견디지 못할 따름입니다. 지난번 그대의 글로 말미암아 깨우치게 되었습니다."젠쿤

○ "「소문(素問)」의 글에 착간(錯簡)이 있고, 주(註)란 것에도 잘못된 주석이 있어서, 다만 익숙하도록 충분히 읽고 살피라고 말씀하신 것을 이미 들었습니다. 제 생각에 「소문」과 「구령(九靈)」[66]에는 섞여 어지러운 것이 매우 많고, 주를 지은 사람들도 각각의 견해가 있으니, 서로 조사해서 그것을 절충할 수 있다는 것입니까? 처음 배우는 사람들은 어떻게 따르고 의지해서 소유합니까? 저는 늘 남겨진 경서(經書)의 본문을 읽습니다. 틀림없이 나라가 달라도 같은 마음임은 영원히 공통된 의견입니다. 전(全)의 풀이를 보고자 함도 옛날 책의 본문을 우

---

65 복력(伏櫪): 활동을 하지 못하고 마구간에 갇혀 있는 말. 뜻을 펴지 못하고 때를 기다리고 있는 사람의 비유. 자복(雌伏).
66 「구령(九靈)」: 『황제내경(黃帝內經)』, 「영추(靈樞)」의 수당(隋唐)시대 명칭. 원래 18권인 『황제내경(黃帝內經)』의 후반 9권으로, 침구(鍼灸)와 도인(導引) 등 물리요법을 상술하고 있음.

러러 그리워함일 뿐입니다.

  우리나라는 이미 전(全)의 책을 잃어버렸고,
명(明)나라 의학자들이 전(全)의 주석이라고 일컫는 것도 거의 드무니,
오로지 전(全)의 책을 모두 잃어버린 것이 염려됩니다. 일찍이 경서에
대해 논의하는 날마다 '황제(黃帝)가 하늘로 올라갔다.'⁶⁷는 데 이르면
깊이 탄식했고, 말하는 사람도 가만히 분별해 드러내지 못합니다. 지
금 그 원고를 가지고 왔으니, 한번 훑어보심을 베풀어주시기 바랍니
다. 그 일의 옳음과 옳지 않음은 어떻게 됩니까?" 젠쿤

  ○ "'등천(登天)' 두 글자는 '하늘과 크기가 똑같다.'는 뜻이니, 비록
거듭 간곡하게 분별했더라도 여기에 지나지 않습니다. 『내경(內經)』⁶⁸
은 대체로 〈운기(運氣)〉⁶⁹ 일부에 완전히 갖추어져 있는데, 이것들을

---

67 황제(黃帝)가 하늘로 올라갔다: 『황제내경(黃帝內經)』, 「소문(素問)」 제1편 〈상고천진
   론(上古天眞論)〉. '昔在黃帝 … 成而登天. (옛날에 황제가 있었는데, … 사업을 이루고
   하늘로 올라갔다.)' '황제'는 전설상의 임금. 소전(少典)의 아들. 성(姓)은 공손(公孫). 헌
   원(軒轅)의 언덕에 살았으므로 헌원씨라고도 하고, 희수(姬水)에 거주해 성을 희로 고쳤
   으며, 유웅(有熊)에 나라를 세워 유웅씨라고도 함.
68 『내경(內經)』: 『황제내경(黃帝內經)』. 의학5경(醫學五經)의 하나. 황제와 그의 신하이
   자 명의인 기백(岐伯)과의 의술에 관한 토론을 기록한 것이라 하지만, 사실은 진한(秦漢)
   시대에 황제의 이름에 가탁(假託)하여 저작한 것으로 추정함. 이 책은 원래 18권인데,
   전반 9권 「소문(素問)」은 천인합일설(天人合一說)·음양오행설(陰陽五行說) 등 자연학
   에 입각한 병리학설을 주로 다루었고, 후반 9권 「영추(靈樞)」는 침구(鍼灸)와 도인(導引)
   등 물리요법을 상술하고 있음.
69 〈운기(運氣)〉: 〈운기7편(運氣七篇)〉. '운기'와 관련해 당(唐)대 왕빙(王冰)이 『황제내
   경(黃帝內經)』, 「소문(素問)」에 새로 편입시킨 7편. 즉, 제66편 〈천원기대론(天元紀大
   論)〉, 제67편 〈5운행대론(五運行大論)〉, 제68편 〈6미지대론(六微旨大論)〉, 제69편 〈기
   교변대론(氣交變大論)〉, 제70편 〈5상정대론(五常政大論)〉, 제71편 〈6원정기대론(六元
   正紀大論)〉, 제74편 〈지진요대론(至眞要大論)〉. '운기'는 '5운 6기'. '5운'은 수(水)·화

분별함에 이름은 묻힌 것에 대한 공부가 아닌지 염려됩니다. 〈운기(運氣)〉 가운데 이른바 '사천(司天)'[70]과 '재천(在泉)'[71]은 제가 상세히 알 수 없으니, 그대가 자세히 분별해 분명하게 하십시오." 숭수

○ "등천(登天)에 대한 설명은 비록 급한 일이 아니지만, 저는 경서(經書)를 이해함에 뜻을 두었고, '등천' 두 글자는 지금 통용되는 책을 펴면 제일 처음에 있으니, 변별하지 않을 수 없습니다. 제가 함부로 추측해 풀었고, 이제 그대를 따라 이러한 분별이 알맞은지를 감히 여쭐 뿐입니다. 경서의 마땅함에 대한 토론은 진실로 한두 가지에 그치지 않습니다." 젠쿤

○ "『내경(內經)』의 운기(運氣)는 급히 변별함이 옳다고 하겠습니다. 저희들은 맥락(脈絡)[72], 병기(病機)[73]와 아울러 5운6기(五運六氣)를 첫째로 강의하고 깊이 연구합니다." 젠쿤

○ "경서(經書)의 뜻을 어찌 갑자기 묻고 분별할 수 있겠습니까? 그

(火)·토(土)·금(金)·목(木)의 상호 추이(推移)를 뜻하며, 6기'는 풍(風)·한(寒)·서(暑)·사(瀉)·조(燥)·화(火).

70 사천(司天): 위에 있음을 상징하고, 상반년(上半年)의 기운(氣運) 상태를 주관함. 재천과 아울러 1년 중 세기(歲氣)의 대체적 상황과 운기의 영향에 따라 질병이 발생하는 관계를 추산할 수 있음.『황제내경(黃帝內經)』,「소문(素問)」 제74편 〈지진요대론(至眞要大論)〉.

71 재천(在泉): 아래에 있음을 상징하고, 하반년(下半年)의 기운(氣運) 상태를 주관함.『황제내경(黃帝內經)』,「소문(素問)」 제74편 〈지진요대론(至眞要大論)〉.

72 맥락(脈絡): 경맥(經脈)과 낙맥(絡脈) 및 그 연계관계.

73 병기(病機): 병의 원인, 발생 부위, 경과 과정에 변화되는 기전 등 병의 발생과 발전에 대한 이치를 통틀어 이름.

대의 말이 옳을 것입니다.”숭수

○ “그대 나라의 기후나 땅과 우리나라는 같지 않습니다. 대체로 사람들이 병에 걸리는 것은 어떤 기운이 가장 많습니까?”숭수

○ “우리나라는 비록 바다의 동쪽에 있지만, 온 나라 산과 강에 6음(六淫)[74]이 두루 있으니, 접촉하는 기운 또한 스스로 한 종류가 아닙니다. 다만 근래에는 각기종만(脚氣腫滿)[75]이 많을 뿐입니다.”젠쿤

○ “이것은 습열(濕熱)[76]이 만든 것입니다. 제가 오는 길에 보니 음허(陰虛)[77]한 사람이 매우 많았는데, 발을 덮어 가리지 않고, 옷은 매우 얇으며, 따뜻하게 지내지 않고, 수산물을 즐겼습니다.

두 나라는 매우 다르니, 그 오래 삶과 일찍 죽음도 같지 않습니다. 그대 나라에 장수(長壽)를 누리는 사람도 많습니까?”숭수

○ “우리나라에 진실로 음허(陰虛)한 사람들이 있고, 종창(腫脹)[78]은 이것의 원인이 오로지 생선을 즐길 뿐만 아니라, 술을 즐기는 사람이

---

74 6음(六淫): 풍(風)·한(寒)·서(暑)·습(濕)·조(燥)·화(火) 등 6가지가 지나쳐 병을 일으키는 요인으로 된 것. 밖으로부터 침입한 병의 요인이라는 뜻에서 외인(外因)이라고도 함.

75 각기종만(脚氣腫滿): 다리 힘이 약해지고 저리거나 지각 이상이 생겨 제대로 걷지 못하는 병증인 ‘각기’ 때 몹시 붓는 것. 소변이 잘 나오지 않고, 다리가 부음.

76 습열(濕熱): 습과 열이 겹쳐서 생긴 여러 가지 병증.

77 음허(陰虛): 음액(陰液)이 부족한 증. 주로 진액, 정, 혈 등이 부족해서 생김.

78 종창(腫脹): 온몸이 붓고 배가 창만한 것. ‘종’은 온몸이 붓는 것. 또는 얼굴과 팔다리가 먼저 붓고, 뒤에 팔다리가 붓는 것. ‘창’은 배가 창만한 것. 또는 먼저 배가 불어나고, 뒤에 팔다리가 붓는 것.

매우 많기 때문입니다. 그 오래 삶과 일찍 죽음도 한결같지 않아서, 가끔 타고난 수명을 다하는 사람이 있어도 한 마을에서 한두 사람에 지나지 않고, 가장 높은 수명도 70·80세이면 모두 축하해줍니다. 가끔 조호(調護)[79]를 잃어버린 사람도 많습니다."젠쿤

○ "인삼(人參) 중 아주 훌륭한 물건은
그대 나라에서 납니다. 그것이
우리나라에 두루 미친다는 것은
임금의 여경(餘慶)[80]입니다. 여러 도(道)와 각 지방에서 심어 거두고, 갖추어 바침을 확실하게 알겠습니다. 아울러 인삼 저장하는 방법을 묻습니다. 가끔 세신(細辛)[81]과 함께 섞어서 저장하는데, 그렇게 하면 세신의 냄새가 배게 됩니다. 그것을 저장하는 방법을 전해주시기 바랍니다."젠쿤

○ "인삼은 단지 북쪽 지방에서만 얻으니, 곳곳에서 캘 수 있는 약이 아닙니다. 이 때문에 우리나라 가난한 사람들은 쓸 수 있는 사람이 드뭅니다. 세신(細辛)과 섞어 단단히 밀봉함이 매우 옳고, 별도로 다른 방법은 없습니다. 비록 함께 밀봉해 두었다가 쓰더라도, 서로 냄새가 밸 이치는 없을 따름입니다."슝수

---

79 조호(調護): 몸을 잘 보살펴 건강을 유지함. 조섭(調攝).
80 여경(餘慶): 남에게 좋은 일을 한 보답으로 뒷날 그 자손이 누리게 되는 경사스러운 일.
81 세신(細辛): 족두리풀뿌리. 방울풀과의 여러해살이풀인 민족두리풀과 족두리풀의 뿌리를 말린 것. 풍한을 내보내고 소음경의 한사를 없애며, 담을 삭이고 통증을 멈춤.

○ "삼노(參蘆)[82]는 토하게 하는 약인데, 허(虛)한 사람은 과체(瓜蔕)[83]를 대신 쓰기도 합니다. 청(淸)나라 장로옥(張路玉)[84]은 죽절삼(竹節參)[85]을 삼노라고 했습니다. 죽절삼은 중국 장삿배가 가져온 것이 많고, 우리나라에도 있습니다. 줄기와 잎, 꽃과 열매는 진짜 인삼과 비슷하지만 그 뿌리가 대 뿌리와 같습니다. 캐서 거두어 볕에 말려 씁니다. 또 장삿배 위의 물건도 비슷하지만, 맛이 쓸 뿐입니다. 중국의 죽절삼 또한 우리나라의 것과 함께 똑같은 것입니까? 잠깐 그것을 놓아두고 삼노의 설명에 대해 감히 묻습니다." 젠쿤

○ "어찌 다만 삼노(參蘆) 뿐이겠습니까? 여러 약재의 노두(蘆頭)[86]는 모두 토하게 할 수 있습니다. 특히 허(虛)한 사람에게 쓰는 것은 그것이 인삼에 있는 능력을 위함 때문입니다. 이처럼 다른 약재의 노두에 비하지 못합니다." 숭수

○ "그대 나라의 가짜 인삼은 일찍이 오사카[大坂]를 지날 때 한번 보았는데, 겉모양이 비록 어떤 것은 거의 서로 같았지만, 그 맛에서는

---

82 삼노(參蘆): 오갈피나무과의 여러해살이 풀인 인삼의 뿌리꼭지를 말린 것.

83 과체(瓜蔕): 참외꼭지. 박과의 한해살이 덩굴풀인 참외의 열매꼭지를 말린 것. 식체·전간·황달 등에 씀.

84 장로옥(張路玉): 장로(張璐). '로옥'은 그의 자. 호는 석완(石頑). 명(明)·청(淸) 사이 오강현(吳江縣) 사람. 의학자로서 독서를 매우 깊고 넓게 했음. 저서에 『장씨의통(張氏醫通)』 16권, 『상한찬론(傷寒纘論)』 2권, 『상한서론(傷寒緒論)』 2권, 『본경봉원(本經逢原)』 4권, 『진종삼매(診宗三昧)』 1권, 『천금방연의(千金方衍義)』 32권이 있음.

85 죽절삼(竹節參): 일본에서 생산된 삼으로, 대나무 뿌리 모양임. 약재로는 '인삼로(人蔘蘆)' 즉, 인삼 뿌리 대가리에 붙은 싹이 나는 부분인 '노두(蘆頭)'를 가리킴.

86 노두(蘆頭): 식물 뿌리 대가리 부위에 줄기가 붙었던 뿌리줄기나 꼭지.

쓸 뿐이었습니다."숭수

○ "『향약집성(鄕藥集成)』[87]의 여러 처방에는 논밭에서 나는 곡식을 자세하게 적었습니다. 삼화자(三和子)[88]라 이른 것은 책이름입니까? 사람이름입니까?"겐쿤

○ "삼화는 약의 이름을 말함입니까?"숭수   ○ 내가 머리를 흔들었다.

○ "길가에 국분산(國分散)이란 약이 있음을 보았는데, 이것은 그대 나라에서 따로 만들었습니까? 그 약은 몇 종류가 있습니까?"숭수

○ "길가나 역참(驛站)의 여관에서 파는 약입니까? 저는 그 이름도 모르겠는데, 하물며 그 맛이겠습니까? 아마도 이것은 민간(民間)에서 조제한 약인 듯합니다."겐쿤

○ "이금(泥金)[89]으로 크게 쓴 글자에 '국분산'이라 했는데, 민간에서 조제한 약은 아닌 듯 보였습니다."숭수

---

87 『향약집성(鄕藥集成)』: 『향약집성방(鄕藥集成方)』. 15세기 초까지 우리나라 한의학 발전에서 이룩된 성과와 민간에서 얻은 치료 경험들을 종합해, 세종(世宗) 때 유효통(兪孝通)·노중례(盧重禮)·박윤덕(朴允德) 등이 지어 편찬한 향약에 관한 의방서(醫方書).

88 삼화자(三和子): 고려 말기 성명 미상의 의학자. 저서에 『향약방(鄕藥方)』이 있으나, 전하지 않음. 조선 초기에 편찬된 『향약제생집성방(鄕藥濟生集成方)』 서문(序文)에 따르면, 『향약방』은 우리나라 향약으로 민간에서 병을 치료하는 방법과 처방을 묶어놓은 책으로, 『향약간이방(鄕藥簡易方)』과 『향약집성방(鄕藥集成方)』의 최초 원본이었음.

89 이금(泥金): 금가루를 아교에 갠 금색 안료(顔料). 글씨를 쓰거나 그림을 그리는 데 씀. 금니(金泥).

○ "약을 파는 집집마다 모두 이와 같은 명패(名牌)가 있고, 가끔 글자가 이금(泥金)이나 푸른색으로 된 병풍도 있습니다. 그 사이에는 또한 민간에서 조제한 약도 있는데, 이것은
우리나라 세속의 풍습입니다." 겐쿤

○ "담배를 간혹 남령초(南靈草)[90]라고 이름합니까? 중국의 책에는 이러한 이름이 실려 있지 않은데,
그대 나라의 아명(雅名)[91]입니까? 겐쿤

○ "담배는 본초서(本草書)에 실려 있지 않으나, 다만 좋은 이름을 주기도 할 따름입니다." 슝수

○ "황련(黃連)은 어느 곳에서 납니까?" 슝수

○ "여러 고을에 모두 있는데, 키타시마[北島][92]의 것을 뛰어나다 여기고, 도오쿠니[東奧國][93]에 아주 많아서 늘 쓰는 물건으로 삼습니다. 저장해둔 것도 매우 많습니다." 겐쿤

○ "동행(同行)한 사람들 가운데 더위 먹은 사람이 많이 있고, 저도 약을 먹은 일이 있습니다. 어떻게 혹시 몇 근(斤)이라도 얼마간 매매

---

90 남령초(南靈草): 담뱃잎을 말려서 만든 살담배·잎담배·엽권련·지궐련 등을 통틀어 일컬음. 또는 남미(南美) 원산(原産)의 가지과에 딸린 한해살이 식물(植物)의 이름.
91 아명(雅名): 고아한 정취가 있는 이름.
92 키타시마[北島]: 일본 시코쿠[四國] 동부 현인 도쿠시마[德島] 일부에 속하는 지역.
93 도오쿠니[東奧國]: 일본 혼슈[本州] 최북단 아오모리현[青森縣] 지역.

(賣買)할 수 있을까요?"숭수

○ "다른 날 그것을 보내드릴 뿐입니다."겐쿤

○ "단지 매매(賣買)해 쓰고자할 뿐입니다. 좋은 물건이 아니더라도 그대가 보낸 것을 얻어 쓰지 않는다면 다행이겠습니다."숭수

○ "반드시 약상자에 필요한 만큼 드리겠습니다. 어찌 거절하심을 받아들이겠습니까?"겐쿤

○ "그대가 주시는 것을 받고자할 수는 없습니다. 다만 매매(賣買)해 쓸 수 있습니다."숭수

○ "모두 과자나 떡을 드십니까?"겐쿤 ○ 이때 관반(館伴)[94]이 차와 과자를 드렸기 때문에 말했을 뿐이다.

○ 자리에 가득 찬 사람들이 모두 머리를 끄덕였다.

○ "그대는 술을 드십니까? 차를 즐기십니까?"겐쿤

○ "보리밭만 지나가도 크게 취하니, 단지 차 음료 따위만 좋아합니다."숭수

○ "'맥전(麥田)'은 술 이름입니까?"겐쿤

---

94 관반(館伴): 외국 사신을 접대하기 위해 임시로 임명하던 벼슬.

○ "우리나라에서는 보리를 가지고 술을 빚기 때문일 뿐입니다." 숭수

○ "위령선(威靈仙)[95]은 꼿꼿이 바로 서는 것이 있지만, 덩굴 풀인 것도 있으니, 철각위령선(鐵脚威靈仙)[96]입니다. 그대 나라에서는 어떤 것을 씁니까?" 겐쿤

○ "위령선(威靈仙)은 풍(風)[97]을 치료하기 때문에 그 철각(鐵脚)인 것을 얻음이 좋습니다." 숭수

○ "종일 글씨를 써서 의견을 나누니, 시를 짓고자하는 마음을 점점 가로막습니다. 신청(新晴)[98]해 더위를 재촉하고 피곤해 지치시니, 그대는 방(房)으로 나아가심이 마땅함을 알 수 있겠습니다. 저도 떠나갔다가 하례를 표시한 뒤에 다시 와서 모습을 만나 뵐 따름입니다." 겐쿤

○ "저도 물러가고자 하는데, 함께 시(詩)에 관한 빚을 갚지 못했기 때문에 지금 잠시 머무를 뿐입니다.

명령을 전달한 뒤에 다시 만날 약속은 저도 다행이라고 생각합니다. 숭수 ○ 이날 노로 원상[野呂元常], 카와무라 장인[河村長因][99]과 여러 손님이 만나

---

95 위령선(威靈仙): 으아리. 미나리아재비과의 여러해살이 덩굴풀인 으아리와 외대으아리의 뿌리를 말린 것. 풍습(風濕)을 없애고, 담(痰)을 삭이며, 기를 잘 돌게 하고, 통증을 멈춤. 허리와 무릎 아픈데, 팔다리마비, 배 속이 차고 아픈데, 각기(脚氣), 징가(癥瘕), 현벽(痃癖), 류마티스성 관절염, 신경통 등에 씀.
96 철각위령선(鐵脚威靈仙): '철각'은 무쇠처럼 튼튼한 다리라는 뜻인데, 위령선을 햇볕에 말리면 검은색으로 변하기 때문에 부르는 이름.
97 풍(風): 병증의 하나. 풍사(風邪)에 의해 생긴 풍증을 말함.
98 신청(新晴): 오랫동안 날씨가 흐리다가 비로소 맑게 갬. 방금 갬.

뵙고 서로 시를 주고받았기 때문에 시에 관한 빚의 일이 있었다.

　두 의원(醫員)도 와서 자리를 같이했다.

　"제 성은 조(趙)이고, 이름은 덕조(德祚)이며, 자는 성재(聖哉)이고, 호는 송재(松齋)입니다."

　"제 성은 김(金)이고, 이름은 덕륜(德崙)이며, 자는 자윤(子潤)이고, 호는 탐현(探玄)입니다."

　○ "두 분의 직위(職位)는 어떠한지 묻습니다." 겐쿤

　○ "벼슬은 주부(主簿)의 반열에 해당합니다." 덕조(德祚)

　○ "직위는 어느 정도 입니까?" 겐쿤 ○ 대답이 없었다.

　○ "본래 재능이 없는데, 또 의사(醫師)의 책임을 맡았으니, 처방을 연구하고 병을 진찰함에 가볍고 경솔할 수 없습니다. 시구(詩句)는 그만 둔지 오래되었기 때문에 화답해 받들 수 없으니, 한탄할 만합니다." 덕륜(德崙) ○ 이때 내가 두 의원에게 시를 드렸기 때문에 대답했다.

　○ "그대의 말이 지극할 것입니다. 저도 억지로 시를 주고받으려 하지 않겠는데, 그대가 생각하는 의사(醫師)의 도(道)는 진실로 큰 일이기 때문입니다." 겐쿤

---

99 카와무라 장인[河村長因]: 카와무라 슌코[河村春恒]. 장인은 그의 자이고, 또 다른 자
　는 자승(子升). 호는 원동(元東). 도호토(東都)의 의관. 1748년 조숭수(趙崇壽)와의 필담
　을 정리한 『상한의문답(桑韓醫問答)』을 남겼음.

6월 4일 다시 조숭수(趙崇壽)와 함께 본당(本堂)에서 만났다.

○ "곰팡이 필만큼 더운 습지의 독기(毒氣)가 여러 날이었으나, 타고난 복을 누리시고 맑은 모습이시니, 축하드릴만합니다." 겐쿤

○ "어제 작은 병 때문에 외출은 할 수 없는 듯했는데, 카와무라[河村] 선생과 노로[野呂] 선생이 앓는 곳을 찾아와서 종일 함께 이야기했습니다. 그대는 그것을 들었습니까?" 숭수

○ "어제 대수롭지 않은 병이 있으셨다든데 오늘은 없어지셨습니까? 매우 상쾌해 보이십니다. 어제 두 사람이 찾아와 그대 사이에서 번거롭게 했습니다. 마땅히 훌륭한 가르침을 받았다면 제게도 큰 경사(慶事)였을 텐데, 저는 그 일을 몰랐습니다. 오늘 들은 것은 재판에 관한 말입니다." 겐쿤

○ "듣자하니
그대 나라 어린아이들에게 감병(疳病)[100]이 많다고 합니다. 이것은 모두 틀림없이 단 맛 때문인데, 대체로 해로움을 끼칩니다." 숭수

○ "그대가 들은 바와 같은 것은 대략 이것이 부녀자와 어린아이들에게 많다는 것일 뿐입니다. 그러나 보통사람 이상에게는 드문 것입니다. 가끔 부녀자의 손에서 자란 아이들 중 어떤 아이들이 이 병을 벗어나지 못합니다." 겐쿤

---

100 감병(疳病): 어린아이의 영양 조절을 잘못하여 난 병의 총칭.

○ "인삼(人參)은 봄가을에 두 번 그 뿌리를 캐는데, 쌀뜨물에 담가 씻고 다시 감초(甘草)[101] 끓인 물에 담가 찌기를 마치면, 그늘에서 말려 손으로 자릅니다. 이것은

우리나라에서 오래전부터 익숙한 제조법입니다. 제가 살펴보니, 모든 약재는 여러 번 법제(法製)를 거치면 그 향기가 진하지 않습니다. 대체로 불리고 다듬음을 귀하게 여김은 도가(道家)[102]의 행위입니다. 그대 나라 인삼의 고쳐 만드는 방법을 감히 묻습니다." 젠쿤

○ "인삼은 법제하는 방법이 없습니다. 처음 캤을 때 뜨거운 물에 모래와 흙을 씻어내고, 바람이 없는 곳에서 깨끗하게 말리는데, 인삼의 본래 맛이 다니, 어찌 감초의 단맛을 빌겠습니까? 만약 감초 끓인 물에 담갔다 햇볕에 말린다면 어찌 감초의 맛이 없겠습니까?" 숭수

○ "캐고 만드는 방법은 진실로 이와 같음이 마땅하니, 인삼은 타고난 성질에 중화(中和)[103]의 맛이 있습니다. 요즈음 감초 물에 담그는 것을 사람이 5리(里) 쯤 갈 정도로 하는데, 대체로 감초의 맛이 널리 영향을 미치지 않습니다. 이것은 중국의 방법이라고 말하는데, 저는 달갑게 여기지 않습니다." 젠쿤

---

101 감초(甘草): 콩과의 여러해살이풀. 또는 그 뿌리를 말린 것. 비기(脾氣)와 폐기(肺氣)를 보하고 기침을 멈추며, 열을 내리고 독을 풀며, 새살이 잘 살아나게 함.
102 도가(道家): 9류10가(九流十家) 중의 하나. 노자(老子)·장자(莊子)를 대표로 하고, 자연을 숭상해 무위(無爲)를 주장함.
103 중화(中和): 다른 성질의 두 물질이 서로 융합해 각각의 그 특징이나 작용을 잃음.

○ "어찌 반드시 5리(里)의 사이겠습니까? 비록 눈 한번 깜박일 사이라도 어렵습니다. 본초서(本草書)에도 없는 일인데, 어찌 망령되게 하겠습니까? 중국의 만드는 방법에 대해 저는 일찍이 듣지 못했습니다. 그러나 제 생각으로 헤아려보면, 아마도 감초(甘草) 끓인 물에 그것을 담금은 마땅하지 않습니다." 숭수

○ "인삼의 줄기와 잎은 그늘에 말리는 경우가 이미 많은데, 본초학자들은 그 효능을 기록하지 않았습니다. 줄기와 잎이 제일 잘 듣는 효능은 어떻게 됩니까?" 겐쿤

○ "인삼의 잎은 우리나라에서도 쓰는데, 가난한 사람들이 대부분 대신 씁니다. 그러나 산후발열(産後發熱)[104]과 감모(感冒)[105]의 노발(勞發)[106] 외에는 별도로 쓸 데가 없습니다." 숭수

○ "인삼의 줄기와 잎은 가난한 사람들이 가끔 인삼을 대신해 쓰고, 산후발열과 감모의 노발을 치료한다고 말씀하셨습니다. 제가 생각해 보건대, 두 증상에 이것을 쓰는 것은 혹시 허(虛)한 것을 보(補)하고 열을 내리는 힘을 빌림입니까? 만약 일단 열사(熱邪)[107]를 풀어 없앤다면,

---

104 산후발열(産後發熱): 해산한 뒤에 열이 나는 병증.
105 감모(感冒): 외감병의 일종. 풍한사나 풍열사를 받아서 생김. 흔히 풍사가 겨울에는 한사, 여름에는 열사와 함께 몸에 침입해 생김. 머리가 아프고 재채기가 나며, 코가 막히거나 콧물을 흘리고 오슬오슬 추우며, 열이 남. 일반적 치료 원칙은 땀을 내 표(表)에 있는 사기를 없애는 방법을 씀.
106 노발(勞發): 허로병 때에 담이 몰려 생기는 병증. 흔히 힘든 일을 하면 감기 비슷하게 오한이 나고 열이 나며, 겨드랑이 등에 멍울이 생겨 붓고 아픔. 기를 보하고 담을 삭이는 방법으로 치료함.

허한 것을 보하는 효능은 없을 것 같습니다. 외감(外感)[108]의 노발은 재감(再感)[109]과 노복(勞復)[110]일 뿐입니다. 제가 그대께서 전하신 것을 잘못 알아들었습니까? 그 권도(權道)[111]의 쓰임새를 감히 여쭈니, 후세 사람들을 깨우쳐 알도록 이끌어주십시오."겐쿤

○ "산후(産後)에 그것을 씀은 허열(虛熱)[112]을 흩어서 거듭 허함에 이르지 않게 함입니다. 감모(感冒) 등의 증상에 그것을 씀은 인삼을 대신해서 기(氣)를 바르게 함입니다. 인삼패독산(人蔘敗毒散)[113]은 해표(解表)[114]의 약인데, 인삼이 들어감은 어째서입니까? 표사(表邪)[115]를 흩는

---

107 열사(熱邪): 병인(病因)의 하나. 열의 속성을 가진 사기(邪氣).

108 외감(外感): 병인과 병증의 분류에서 6음(六淫)·역려지기(疫癘之氣) 등의 외사(外邪)를 받은 것. 이들 병사(病邪)는 먼저 인체의 피부를 침범하거나, 코나 입으로 먼저 흡입되기도 하고, 동시에 병이 발생되기도 함.

109 재감(再感): 사기를 받았는데, 또 그와 같은 사기나 비슷한 사기가 거듭 침입한 것. 중감(重感).

110 노복(勞復): 과로로 병이 도진 것. 병을 앓고 난 뒤 기혈이 아직 정상으로 회복되기 전이나 사열이 다 없어지기 전에 과로하거나 음식 조절을 잘못하거나 7정이 지나치거나 성생활 등으로 정기를 상해 병이 다시 도진 것.

111 권도(權道): 목적을 달성하기 위한 임기응변(臨機應變)의 방편.

112 허열(虛熱): 허해서 나는 열. 열·음·양·기·혈이 부족해져서 나는 열. 실열에 상대되는 열.

113 인삼패독산(人蔘敗毒散): 패독산(敗毒散). 약재는 강호리·따두릅·시호·생치나물뿌리·탱자열매·도라지·궁궁이·붉은솔풍령·감초·생강·박하. 풍한으로 열이 나고 목덜미가 뻣뻣하며, 머리와 온몸이 아프고 코가 메며, 기침이 나고 가래가 있는 데 씀. 감기 등에 씀.

114 해표(解表): 해표법(解表法). 치료법의 하나. 땀을 내서 표에 있는 사기를 밖으로 내보내는 방법.

115 표사(表邪): 표에 있는 사기. 표사가 있으면 표증 증상이 나타남.

다는 것은 반드시 먼저 그 기(氣)를 바르게 하기 위함입니다. 그러므로 패독산·삼소음(參蘇飮)[116] 따위에 모두 인삼이 들어가는데, 그 기(氣)를 바르게 하고 외사(外邪)[117]를 물리친다는 뜻을 알 수 있을 것입니다. 인삼 잎을 대신 씀도 이러한 뜻입니다." 숭수

○ "그렇다면 다만 두 증상뿐만이 아니겠습니다." 젠쿤

○ "그대 나라 좋은 품질의 인삼은 길이가 1치 남짓이고 맥문동(麥門冬)[118] 크기와 같은 것이 있으며, 또 길이가 2치 남짓이고 닭 넓적다리 크기와 같은 것도 있는데, 진가모(陳嘉謨)[119]가 이른바 '계퇴삼(鷄腿蔘)'이라고 했습니다. 이 두 가지는 요즈음 좋은 품질에 들어갑니다. 제가 조사해보건대, 맥문동과 같은 것은 처음 나서 2~3년 뒤 꽃과 열매를 갖추지 못했을 때 캐서 거둡니까? 이른바 계퇴삼이란 것은 4~5년 이래로 꽃과 열매가 함께 갖춰진 것입니까? 두 가지 사이에 어떤 것이 월등하게 뛰어난 물건입니까? 별도로 팔다리와 몸통을 갖춘 것이 바

---

116 삼소음(參蘇飮): 약재는 인삼·차조기잎·생치자나물뿌리·끼무릇·칡뿌리·붉은솔풍령·귤껍질·도라지·탱자열매·감초·생강·대추. 허약자나 늙은이가 풍한에 상해 오싹오싹 춥고 열이 나면서 머리가 아프고, 코가 막히며 기침을 하고, 가래가 나오면서 숨이 차며, 가슴이 답답하고 메스꺼우며, 온몸이 노곤하고 식은땀이 나는 데 씀.

117 외사(外邪): 사기(邪氣). 풍(風)·한(寒)·서(暑)·습(濕)·조(燥)·화(火)·여기(癘氣) 등 병을 일으키는 요인. 일반적으로는 외감병을 일으키는 외인(外因). 외인이란 몸 밖으로부터 침입한 사기를 말하므로 외인을 외사(外邪)라고도 함.

118 맥문동(麥門冬): 백합과의 맥문동과 좁은잎맥문동의 덩이뿌리를 말린 것. 음(陰)을 보하고 폐를 눅혀주며, 심열을 내리고 진액을 불궈주며, 소변을 잘 보게 함. 오구, 양구, 우구.

119 진가모(陳嘉謨): 중국 명(明)대 기문현(祁門縣) 사람. 저서에 『본초몽전(本草蒙筌)』 12권이 있음.

로 신초(神草)[120]이니, 이름난 산에서 나는 것이고, 항상 쓰는 물건은 아님이 틀림없을 것입니다." 겐쿤

○ "인삼이 나서 자라되, 수십 년 뒤에 어떤 것은 그 크기가 침(鍼) 과 같고, 백년 남짓 뒤에 비로소 크기가 손가락과 같으며, 몇 백 년 뒤에야 어떤 것은 닭 넓적다리와 같은 것이 있습니다. 그러나 이것은 매우 드물게 보입니다. 몇 년 자랐거나 4~5년 만에 큰 것이 어떻게 이 와 같이 귀하고 신령스럽겠습니까?" 슝수

○ "그대 나라의 인삼에 몇 백 년 되도 마르고 썩지 않는 것이 있는 데, 진실로 이것이 신초(神草)로, 이름난 산에 나는 것입니까?" 겐쿤

○ "무엇을 품질 좋은 물건으로 삼는지 감히 묻습니다." 겐쿤

○ "사람 모양과 같은 것이 가장 귀한데, 이것은 얻기가 지극히 어 렵고, 닭 넓적다리와 같은 것이 그 다음인데, 또한 얻기 어렵습니다. 고르게 작고 무게가 많이 나가는 것을 품질 좋은 물건이라 여깁니다. 비록 크면서 가볍지 않더라도 작은 것만 못한 것은 품질 좋은 물건이 아닙니다." 슝수

○ "인삼의 등급과 품질은 이미 그 설명의 자세함을 보이셨습니다. 다만 인삼은 3~4년이면 삼오(三五)[121]를 갖추고, 5년 안팎으로 꽃과 열

---

120 신초(神草): 산삼(山蔘)의 다른 이름.
121 삼오(三五): 삼아오엽(三椏五葉). 세 가지와 다섯 잎.

매를 갖춘다고 함은 틀림없이 본초학자들 및 꽃과 나무에 관한 책들
에 모두 그러한 설명이 있기 때문에 그렇게 말했을 뿐입니다."젠쿤

○ "그렇다면 다른 본초서(本草書)가 있습니까? 여러 본초서에 이러
한 설명은 없습니다. 저는 일찍이 들어서 아는 것도 없을 뿐입니다.
또 인삼에 꽃은 있지만 열매가 없으니, 남에게 신용(信用)을 얻기가 더
욱 어렵습니다."숭수

○ "이러한 설명은 본초학자들이 기록한 것이 매우 많습니다. 송(宋)
대의『도경(圖經)』[122]과『증류(證類)』[123]로부터 아래로 명(明)나라에 이르
기까지 배로 싣고 온 것은 수십 종의 많은 학자들 것으로, 우리에게
원래부터 있던 것은 손가락을 꼽아 계산해 헤아리기도 어렵습니다. 청
(淸)대 의학자가 지은 본초서(本草書)에도 매우 많습니다. 저번에 말씀
드렸던 장로옥(張路玉)의 설명은『본경봉원(本經逢原)』[124]에 보이는데,
로옥씨는 대체로 순치(順治)[125] 때 사람이고, 인삼에 대한 설명을 본초

122『도경(圖經)』:『도경본초(圖經本草)』. 북송(北宋)의 소송(蘇頌)이 1061년에 사찬(私
撰)한 본초서로, 약물의 분포와 특징을 정리했음. 21권.

123『증류(證類)』:『증류본초(證類本草)』.『경사증류대관본초(經史證類大觀本草)』. 송
(宋)대 당신미(唐愼微)가 1082년에 출판한 본초학의 대표작. 송나라 이전 본초학의 성과
를 집대성한 본초서로, 많은 고대명저들의 정화가 유지되어 있고, 초기 문헌들의 내용을
충실히 보존하고 있어서『본초강목(本草綱目)』이 출판되기 이전에 널리 사용되었던 대형
본초서임. 조선시대의 본초교과서로도 사용되어 허준의『동의보감(東醫寶鑑)』에도 자주
인용되었던 책임. 30권.

124『본경봉원(本經逢原)』: 중국 청(淸)대 장로옥(張路玉)이 편찬해 1695년에 간행한 약
물학서. 그 종류마다 먼저 그 성미(性味)·산지·포제를 적어 놓고, 다음에『본경(本經)』
원문을 기록했는데,『본경』에 속하지 않은 약물은 제외시켰고, 그 분류는『본초강목(本
草綱目)』을 위주로 하였음. 논술 중에 작자의 견해와 경험으로 얻은 것이 많음. 4권.

서와 부지(府志)[126], 풀과 나무에 관한 책들에 갖춰둔 사람입니다. 어디든지 다 있으니, 모두 나중에 베껴 써서 드리겠습니다." 젠쿤

"베껴 써서 보여준다면 다행일 것입니다. 제가 학문이 모자라 생각이 미치지 못해 그렇습니다." 숭수.

○ "우리 텐호[天和][127] 임술(壬戌·1682)년에

그대 나라 의관(醫官) 정동리(鄭東里)[128]가

우리나라 의원(醫員) 노 세이치쿠[野正竹]에게 말하기를, '인삼은 10월에 씨앗을 심는데, 지난해의 씨앗을 써야지, 그해의 씨앗은 안 된다.'고 했답니다. 제가 살펴보건대 동리의 설명과 같다면, 그해의 인삼 열매를 겨울에 말렸다 거두어 다음해에 뿌려 심는데 쓰도록 갖춰둔다는 것입니까? 왜 대체로 그해의 열매를 심으면 안 됩니까? 이것이 의원들 가운데 전해지는 것이라면, 지금 그대를 따라 그 의문을 풀고자 합니다." 젠쿤

○ "정동리의 말은 이치에 맞지 않습니다. 이 세상의 일은 깊이 감추어진 것이라도 반드시 쉽게 드러납니다. 만약 인삼에 열매가 있다면, 우리나라의 사람들만 본 것이 아니라 그대 나라에서도 일찍이 그것을 보았을 것입니다. 인삼 잎이 들어왔을 때, 그 열매만 홀로 들어

---

125 순치(順治): 중국 청(淸)대 세조(世祖)의 연호(年號). 1643~1661 재위.
126 부지(府志): 각 지방에 관련된 사항을 기록한 지방지.
127 텐호[天和]: 일본 제112대 레이겐[靈元] 천황의 연호(年號). 1663~1687 재위.
128 정동리(鄭東里): 1682년 통신사 양의(良醫) 정두준(鄭斗俊). '동리'는 그의 호.

오지 않았겠습니까?" 숭수

○ "일찍이 이러한 일의 비밀을 알고자 어찌 묻는 데 소비하겠습니까? 인삼에는 진실로 열매가 있습니다. 지금 그대가 평소의 뜻을 보여주셨으니, 받은 은혜를 매우 고맙게 여기겠습니다. 먼젓번 일은 겸손히 사양하시겠습니까?" 젠쿤

○ "전에 약속한 황련(黃連) 약간을 여행 중에 쓰시도록 갖춰두었습니다." 젠쿤

○ "지난날 황련에 대해 물음은 매매(賣買)해 쓰고자 했던 뜻입니다. 이제 선물로 받으니 진실로 뜻밖입니다. 제가 받음은 마땅치 않습니다." 숭수

○ "그대에게 이미 매매(賣買)해 쓰고자 한다는 뜻이 있지만, 제가 어떻게 먼저 받아들이겠습니까? 잠깐 그 물건을 보시겠습니까?" 젠쿤

○ "이러한 생각이 아닙니다. 먼저 그대에게 물어 그 좋고 나쁨을 안 그런 뒤에 통역 맡은 관리를 시켜 매매(賣買)해 얻고자 했을 뿐입니다. 이제 그대의 은혜를 입어 비록 매우 감사하지만, 제게 먼저 물은 혐의(嫌疑)가 있어 마침내 가르침과 같이 어렵게 되었으니, 기쁜 일이면서 나쁜 일이기도 합니다." 숭수

○ "대체로 어떻게 억지로 하겠습니까? 황련의 모양은 어떠합니까?" 젠쿤

"가늘고 작으며, 골(骨)[129]이 많고 털이 많으면 매우 좋은 품질의 물

건이 아니겠습니까?”숭수

○ “이것은 도오[東奧]의 산물(産物)입니다.”겐쿤

○ “제가 구하는 것은 마치 곰 발톱과 같고 크며 살진 것인데, 내국(內局)[130]의 약(藥)이 이와 같습니다. 그러하니 아마도 얻기 어렵겠습니다.”숭수

○ “우리나라에서 생산되는 것은 대체로 북쪽지방에서 납니다. 중국 배에 싣고 오는 물건도 우리나라의 물건과 비슷합니다.”겐쿤

○ “일찍이

그대 나라에서 생산되는 것을 보니, 또한 대부분 품질 좋은 물건이 있었던 듯합니다. 만약 좋은 품질의 물건이 있다면, 한번 살펴보도록 허락해주십시오.”숭수

○ “우리나라의 황련 중 마치 곰 발톱과 같은 것은 기억에 틀림없이 중국에서 난 것입니다. 뿌리고 심을 때 북돋고 물을 대며, 거름의 힘을 더했기 때문에 그 물건은 크고 살지며, 잔털이 적습니다. 그러나 그 효능은 조금 떨어집니다. 제가 간직한 물건은 특별히 도쿠니[東國][131]의 산속에서 캔 것입니다. 관부(官府)의 물품도 동북쪽 여러 고을의 산과

---

129 골(骨): 식물 뿌리 표면에 단단하게 맺힌 결절(結節). 오톨도톨한 돌기.

130 내국(內局): 옛날 대궐 안에서 약(藥)과 관련된 업무를 다루던 약국.

131 도쿠니[東國]: 일본 혼슈[本州] 최북단 아오모리현[靑森縣] 지역. 도오쿠니[東奧國].
　도오[東奧].

들에서 저절로 자란 것입니다.

우리나라의 세신(細辛)과 황련 따위에는 타고난 품질이 뛰어난 것이 많습니다."젠쿤

○ "아침부터 하야시[林] 비서(秘書)¹³²를 만났는데, 그대의 답시(答詩)가 이미 도달했더군요. 매우 정묘(精妙)한 문장을 감상했습니다."젠쿤

○ "동행(同行)한 사람들 가운데 이미 학사(學士)가 있으니, 제게 화답을 청함은 마땅하지 않고, 하야시[林] 비서의 시(詩)에도 비교할 수 없습니다. 그러므로 삼가 쓸데없는 시로 급히 서둘러 답했는데, 그대도 보셨습니까? 저는 의학에 대해서도 오히려 연구가 부족한데, 하물며 시에 있어서이겠습니까? 부끄러울만합니다."숭수

○ "하야시[林]씨에게 답한 시(詩)는 보지 못했습니다. 그대에게 여행 중의 시가 있다면, 보여주시기 바랍니다."젠쿤

○ "저는 본래 시(詩)의 율격에 어두운데, 어찌 시를 쓴 두루마리를 남이 보도록 걸어둘 수 있겠습니까? 가끔 길 위에서 얼핏 떠오르는 생각을 읊은 시가 있지만, 일찍이 간직하지는 않았습니다. 이에 받들어 맞이할 수 없으니, 한탄할만합니다."숭수

○ "『동의보감(東醫寶鑑)』¹³³에 기록된 화어(鮯魚)¹³⁴는 세상에서 이르

---

132 비서(秘書): 전적(典籍)을 관리하거나 문서의 기초(起草)를 맡아보던 벼슬.
133 『동의보감(東醫寶鑑)』: 조선 중기의 태의(太醫) 허준(許浚)이 지은 의서(醫書). 중국과 우리나라의 고전 의방서들을 인용해 만든 것으로, 1613년(광해군5)에 간행되었음. 25

기를 대구어(大口魚)라 하는데, 지금 살펴봐도 화(杏) 자의 음(音)과 뜻이 자세하지 않습니다."젠쿤

○ "화(杏) 자는 대(大)와 구(口) 두 글자를 모아서 하나로 만든 것입니다."숭수

○ "그대 나라에서 판에 새겨 찍은 책을 제가 한부 간직하고 있는데, 우리나라에서 판에 새겨 찍은 것은 모두 화(杏)로 되어 있기 때문에 의심스러워했습니다. 이미 그대의 말을 들었으니, 쌓였던 의문이 얼음 녹듯 합니다. 세상 사람들이 이 글자의 음에 대해 많이 물어봐서 답답했었는데, 뒷날 이러한 근심을 면하겠습니다."젠쿤

○ "우리나라에는 이와 같은 일이 많을 것입니다."숭수

○ "세상에 통하는 의문인데 도리어 그 답하기 어려우니, 입을 가리고 웃게 됩니다."젠쿤

○ "같은 책에 송어(松魚)¹³⁵도 실려 있는데, 지금 중국의 책을 살펴보니, 이와 같은 사물은 실려 있지 않습니다. 그대는 중국 이름을 들어보셨습니까? 이 사물은

그대 나라와

권 25책.

134 화어(杏魚): 대구. 대구과의 바닷물고기. 대구어(大口魚). 대두어(大頭魚).

135 송어(松魚): 연어과의 바닷물고기. 산천어(山川魚)와 비슷한 고급 식용어로, 민물과 바닷물에서 생활함. 시마연어.

우리나라에

모두 있습니까?"젠쿤

○ "송어(松魚)는 우리나라에서 숭어(崧魚)라 하고, 혹은 송어(宋魚)라 합니다. 물고기 무리는 곳곳에서 나니, 각각 다른 것이 반드시 이상한 것만은 아닙니다."숭수

○ "중국의 이름은 들어보지 못했습니까?"젠쿤

○ "그렇습니다."숭수

○ "이 물고기는 소나무 맛이 나기 때문에 이름 붙였는데,
그대나라도 그렇습니까?"숭수

○ "우리나라에서는 견어(堅魚)라 부르고, 세상에서는 견(鰹) 자를 쓰기도 합니다. 문인(文人)들은 가끔
그대 나라의 아취(雅趣)있는 이름을 쓰기 때문에 송어와 견어를 통해 씁니다."젠쿤

○ "그 물고기가 만약 신선하지 않은 것이라면 사람으로 하여금 취하게 하니, 대개 생선의 독(毒) 때문인데, 치료를 행합니다.
그대 나라도 그렇습니까?"젠쿤

○ "우리나라의 송어는 별도로 독이 없을 뿐입니다."숭수

○ "『태산언해(胎産諺解)』[136]와 『두진언해(痘疹諺解)』[137]는

그대 나라의 언문(諺文)으로 기록한 것입니까?" 겐쿤

○ "『태산』과 『두진』이란 책은 모두 언문으로 편(篇)마다 풀이를 붙였으니, 여자들로 하여금 그것을 볼 수 있도록 하고자 함일 뿐입니다. 대개 『태산』과 『두진』은 진실로 여자들이 모를 수 없는 것입니다." 숭수

○ "『의림촬요(醫林撮要)』[138], 『향약집성(鄕藥集成)』, 『동의보감』, 『침구경험(鍼灸經驗)』[139] 외에 그대 나라에서 저술된 의서(醫書)가 전해져 지금까지 쓰이는 것은 몇 부(部)나 있습니까?" 겐쿤

○ "『동의보감』 몇 책 외에 또한 몇 부(部)가 있는데, 경험방(經驗方)[140]인 『천륙집(千六集)』, 『남계집(南溪集)』[141], 『제재방(濟齋方)』 등의 책일 뿐

136 『태산언해(胎産諺解)』: 『언해태산집요(諺解胎産集要)』. 출산에 관한 증세 및 약방문을 적은 의학서적. 선조 41년인 1608년에 임금의 건강과 병을 돌보던 어의(御醫) 허준(1546~1615)이 왕명에 의해 한글로 번역해 내의원(內醫院)에서 훈련도감자로 간행했음.

137 『두진언해(痘疹諺解)』: 『언해두창집요(諺解痘瘡集要)』. 조선시대에 허준이 왕명에 따라 번역·편찬한 의서(醫書). 두역(痘疫) 치료를 위한 방문(方文)을 지어 한글로 풀이한 것. 선조 41년인 1608년에 간행했음. 2권 2책의 목판본.

138 『의림촬요(醫林撮要)』: 조선의 양예수(楊禮壽)가 1635년에 동의치료 편람 식으로 만든 책. 자신의 오랜 치료경험과 당시까지 우리나라 의학의 발전 성과들을 종합해 병증을 구분하고, 그 원인과 증상, 치료법, 간단한 처방 등을 요약했으며, 마지막 부분에 자신의 경험방을 실었음. 13권 13책.

139 『침구경험(鍼灸經驗)』: 『침구경험방(鍼灸經驗方)』. 허임(許任)이 침구학의 기초 이론들과 오랜 기간 자신의 임상 치료 경험들을 종합하고 70여개 항목으로 분류해, 인조 22년인 1644년에 편찬한 침구 책. 1권.

140 경험방(經驗方): 실지(實地)로 많이 써서 경험(經驗)해 본 약방문(藥方文).

141 『남계집(南溪集)』: 조선 후기의 문신이자 학자인 박세채(朴世采, 1631~1695)의 시문집. 정확한 간행 경위와 시기는 알 수 없지만, 양적으로 방대한 데다 사상은 물론 당시의 정치·사회 등 광범위한 내용을 포괄하고 있음. 125권 56책(정집 87권 39책, 속집 22권

입니다."승수

○ "모두 글자를 새겨 만들었습니까?"겐쿤

○ 머리를 끄덕였다. 승수

○ "초우세(初虞世)[142]의 『고금록험방(古今錄驗方)』, 주응(周應)의 『간
요제중방(簡要濟衆方)』[143], 유우석(劉禹錫)[144]의 『전신방(傳信方)』, 이강(李
絳)[145]의 『병부수집(兵部手集)』, 진연지(陳延之)의 『소품방(小品方)』[146], 왕
영보(王永輔)[147]의 『박제방(博濟方)』, 진장기(陳藏器)[148]의 『본초습유(本草

9책, 외집 16권 8책).

142 초우세(初虞世): 자는 화보(和甫). 중국 송(宋)대 명의(名醫). 「소문(素問)」과 『난경
(難經)』의 이치를 깊이 연구했고, 저서에 『양생필용(養生必用)』, 『고금록험(古今錄驗
方)』 등이 있음.

143 『간요제중방(簡要濟衆方)』: 중국 송(宋)대 주응(周應)이 황우(皇祐) 3년인 1051년에
편찬했음. 5권. 『송사(宋史)』, 「예문지(藝文志)」에 보임. 『간요광제방(簡要廣濟方)』이
라고도 함. 『성혜방(聖惠方)』의 일부 내용을 뽑아서 만든 것인데, 원서는 이미 없어졌고,
그 일부 내용이 『의방유취(醫方類聚)』에 유일하게 남아 전해지고 있음.

144 유우석(劉禹錫): 772~842. 중국 당(唐)대 팽성(彭城) 사람. 자는 몽득(夢得). 벼슬은
집현전학사(集賢殿學士)를 거쳐 소주자사(蘇州刺史)를 지냈음. 저서에 『유몽득문집(劉
夢得文集)』, 『본초경방(本草經方)』, 『전신방(傳信方)』 등이 있음.

145 이강(李絳): 중국 당(唐)대 찬황(贊皇) 사람. 자는 심지(深之). 예부상서(禮部尙書)
등을 지냈고, 저서에 『이심지문집(李深之文集)』, 『병부수집(兵部手集)』 등이 있음.

146 『소품방(小品方)』: 중국 동진(東晉)의 진연지가 4세기 초에 편찬한 총 12권의 의서.
실전(失傳)되었지만, 그 내용의 일부를 『외대비요(外臺秘要)』와 『의심방(醫心方)』 등에
서 찾아볼 수 있음.

147 왕영보(王永輔): 왕곤(王袞). 중국 송(宋)대 태원(太原) 사람. 임전당주관(任錢塘酒
官)을 지냈고, 7천여 의방(醫方)을 수집해 그 중 500여 방을 선록했으며, 이를 바탕으로
만든 저서로 1047년에 간행된 방서(方書)인 『박제방(博濟方)』 3권이 있음. 이는 『왕씨박
제방(王氏博濟方)』이라고도 하는데, 원서는 없어졌고, 현재 남은 것은 『사고전서(四庫全

拾遺)』, 방안상(龐安常)[149]의 『본초보유(本草補遺)』, 이동원(李東垣)[150]의 『의학발명(醫學發明)』, 주굉(朱肱)[151]의 『활인서(活人書)』, 심존중(沈存中)[152]의 『영원방(靈苑方)』, 영헌왕(寧獻王)의 『경신옥책(庚辛玉冊)』[153]

書)』를 편집할 때, 『영락대전(永樂大典)』에서 골라 편집한 것이며, 뒤에 5권으로 개편해서 350여 방만 남아 전함.

148 진장기(陳藏器): 중국 당(唐)대 개원(開元) 때 사람. 삼원윤(三原尹)을 지냈고, 저서에 『본초습유(本草拾遺)』 10권이 있는데, 원서는 전하지 않고, 『증류본초(證類本草)』 등의 책에서 단편적으로 그 내용을 찾아 볼 수 있음.

149 방안상(龐安常): 방안시(龐安時). '안상'은 그의 자. 송(宋)대 기수현(蘄水縣) 사람. 어려서 책을 읽되 한번만 봐도 외울 만큼 총명했고, 집안은 대대로 의술을 업으로 삼았으며, 의술에 매우 밝았음. 저서에 『난경변(難經辨)』, 『주대집(主對集)』, 『상한총병론(傷寒總病論)』, 『방씨가장비보방(龐氏家藏秘寶方)』, 『본초보유(本草補遺)』 등이 있음.

150 이동원(東垣): 이고(李杲, 1180~1251). '동원'은 그의 호. 금(金)대 진정(眞定) 사람. 유명한 의학자로 금원사대가(金元四大家)의 한 사람. 자는 명지(明之)이고, 호는 동원노인(東垣老人). 명의 장원소(張元素)를 스승으로 모셨고, 학술에 있어서도 오장변증론치(五臟辨證論治) 등 그의 영향을 많이 받았음. 당시 전란 등으로 기아와 질병이 만연해 백성들에게 내상병(內傷病)이 많은데 착안하여 '내상학설(內傷學說)'을 제기했고, 안으로 비위(脾胃)가 손상되면 온갖 병이 이로부터 생긴다고 생각해 비위(脾胃)를 조리하고 중기(中氣)를 끌어올릴 것을 강조한 '비위학설(脾胃學說)'을 제기했으며, 보중익기탕(補中益氣湯) 등 새로운 방제를 스스로 만들었음. 모든 병의 주된 치료를 비위의 치료에서 시작하였다 하여 그를 '보토파(補土派)'라 불렀음. 원(元)대 나천익(羅天益), 왕호고(王好古) 등이 그의 이론을 이어 받았으며, 저서에 『비위론(脾胃論)』, 『내외상변혹론(內外傷辨惑論)』, 『난실비장(蘭室祕藏)』, 『의학발명(醫學發明)』, 『약상론(藥象論)』 등이 있음.

151 주굉(朱肱): 송(宋)대 호주(湖州) 사람. 자는 익중(翼中). 자호(自號)는 무구자(無求子). 만호(晚號)는 대은옹(大隱翁)인데, 본의랑(奉議郞)이란 벼슬을 지냈으므로 사람들은 '주봉의'라 불렀음. 의술에 밝았고, 특히 상한(傷寒)에 뛰어났음. 수십 년 깊이 연구해 경서의 중요한 뜻을 깨달아 『남양활인서(南陽活人書)』를 지어 올렸음. 휘종(徽宗) 때 봉의랑의학박사(奉議郞醫學博士)에 제수되었고, 남양태수(南陽太守)의 병을 치료하였음.

152 심존중(沈存中): 심괄(沈括, 1030~1094). '존중'은 그의 자. 중국 송(宋)대 전당(錢塘) 사람. 박학(博學)해 통하지 않는 바가 없었고, 특히 의학에 밝았음. 저서에 『몽계필담(夢溪筆談)』, 『장흥집(長興集)』, 『소심량방(蘇沈良方)』 8권, 『영원방(靈苑方)』 20권이 있음. 『영원방』의 원서는 전하지 않는데, 『증류본초(證類本草)』, 『유유신서(幼幼新書)』

이상 몇 부(部)는 우리나라에 지금 이미 그 책들이 전하지 않습니다. 그대 나라 여러 책들에서 인용했고, 이들 책이 지금까지 남아있게 되었음을 바로 알게 되었습니다." 젠쿤

○ "이와 같은 책들이 비록 있기는 하지만, 결국 대가(大家)들의 것은 아닙니다." 숭수

○ "그대 나라에서는 이미 의술(醫術) 관련 서적을 높이는데, 이들의 책이 어찌 대가의 것이 아니라고 말씀하십니까? 『의학발명』이란 것도 대가의 책 중 하나이니, 우리

나라에서도 높게 생각하지만, 온전한 책을 얻지 못하고 나머지 책이 겨우 『의통정맥(醫統正脉)』[154] 안에 남아 있을 뿐입니다." 젠쿤

○ "우리나라에 있는 것들은 단지 뒤섞인 책들로 의견을 이야기한 것들뿐입니다. 그러나 모두 살펴보기에 충분하지 않습니다." 숭수

○ "장경악(張景岳)[155]의 책이 요즈음 세상에 크게 유행합니다.

등 후대 의약 저서 중에서 부분적으로 찾아볼 수 있음.

153 『경신옥책(庚辛玉冊)』: 중국 명(明)대 태조(太祖) 주원장(朱元璋)의 17번째 아들 영헌왕(寧獻王) 주권(朱權, 1378~1448)이 편찬한 책. 2권.

154 『의통정맥(醫統正脉)』: 『고금의통정맥전서(古今醫統正脈全書)』. 중국 명(明)대 왕긍당(王肯堂)이 찬집(撰輯)해 1601년에 간행한 종합의서. 『황제내경(黃帝內經)』부터 명대에 이르는 역대 의학자의 중요 의서를 집록한 것. 전 44종으로, 의학 총서 가운데 비교적 영향력 있는 저술임.

155 장경악(張景岳): 장개빈(張介賓, 1563~1640). '경악'은 그의 자. 또 다른 자는 회경(會卿). 호는 통일자(通一子). 중국 명(明)대 의원. 온보학파(溫補學派)의 대표인물로 명나라의 대표적 종합의학서 『경악전서(景岳全書)』64권을 간행했고, 조선후기 실용의학

그대 나라에서도 그것을 믿습니까?" 숭수

○ "장개빈(張介賓)의 『유경(類經)』[156]이 있고 『경악전서(景岳全書)』[157]가 있는데, 사람마다 즐겨 찾습니다." 젠쿤

○ "우리나라에 옛날 의술(醫術) 관련 서적으로 오로지 남아있는 것은 소(巢)[158]의 『병원(病源)』[159], 왕(王)[160]의 『외대(外臺)』[161], 손(孫)[162]의 『천금

에 많은 영향을 끼쳤음.

156 『유경(類經)』: 중국 명(明)대 장개빈(張介賓)이 편찬해 1624년에 간행된 의서. 『황제내경소문(黃帝內經素問)』과 『황제내경영추(黃帝內經靈樞)』의 내용을 다시 개편·분류해 섭생(攝生)·음양(陰陽)·장상(藏象)·맥색(脈色)·경락(經絡)·표본(標本)·기미(氣味)·논치(論治)·질병(疾病)·침자(鍼刺)·운기(運氣)·회통(會通) 등 12류(類)로 나누고, 주석을 붙였음. '유경'은 내용을 종류별로 나누었다는 뜻이고, 『황제내경』 원문을 광범위하고 깊게 연구하고 해석했기 때문에 『황제내경』의 학습과 연구에 중요한 참고서임. 32권.

157 『경악전서(景岳全書)』: 중국 명(明)대 장개빈(張介賓)이 저술해 1624년에 편찬한 의서. 64권.

158 소(巢): 소원방(巢元方, ?~?). 중국 수(隋)·당(唐)대 의원. 610년에 중국 의학의 고전 『제병원후론(諸病源候論)』을 편찬한 병인증후학(病因症候學)의 대가. 그와 관련한 유일한 기록은 당대 한악이 편찬한 『개하기(開河記)』에 '개하도호대총관(開河都護大總管) 마숙모(麻叔謀)가 풍역(風逆)을 앓아 일어날 수 없게 되었는데, 수나라 양제(煬帝)가 태의령(太醫令) 소원방에게 왕진시켰다.'는 것임.

159 『병원(病源)』: 『제병원후론(諸病源候論)』. 소원방(巢元方)의 저술. 전체 50권인데, 67문(門)으로 나누어 증후 1,700여조를 들어 병원(病源)·병상(病狀)에 대해 기술하고 있으나, 처치·약방(藥方)에 대해서는 실려 있지 않음.

160 왕(王): 왕도(王燾). 중국 당(唐)대 미현(郿縣) 사람으로 의술가(醫術家). 전기(傳記)에 따르면, '타고난 효자로서 서주사마(徐州司馬)가 되었고, 어머니가 병들었을 때 여러 해 동안 밤낮으로 애써 탕제(湯劑)를 마련해 드렸음. 당시 이름난 의원과 사귀어 그 의술을 모두 배우고, 책을 지어서 외대비요(外臺秘要)라는 이름을 붙였음. 토역정명(討繹精明)하여 세상 사람들이 이 책을 중히 여겼음. 급사중(給事中)·업군태수(鄴郡太守)를 역임했으며, 치적이 훌륭하여 그 무렵에 널리 알려졌다.'고 함. 저서에 『외대비요』 40권이 있음.

(千金)』¹⁶³과 『익(翼)』¹⁶⁴으로부터 송(宋)대의 여러 대작들에까지 이르고, 또한 지금까지 남아있는 것들이 대부분을 차지합니다.

그대 나라에 없는 것들도

우리나라에 남아있으니, 서로 있고 없는 것들을 통하는 것이 좋지 않겠습니까?"젠쿤

"그대가 바라는 의술(醫術) 관련 서적이 다행히 저에게 있는 것들이니, 마땅히 그것을 드려서 두 나라의 보배를 통함이 바로 제 바람입니다."젠쿤

---

161 『외대(外臺)』: 『외대비요(外臺秘要)』. 당(唐)대 왕도(王燾) 지음. 당대 이전의 많은 의약저서를 수집해 1,104문(門)으로 편성하고, 6천여 처방을 수록해 752년에 펴냈음. 40권.

162 손(孫): 손사막(孫思邈). 중국 수(隋)·당(唐)대 의원. 섬서성(陝西省) 요현(耀縣) 사람. '손진인(孫眞人)'이라고도 함. 음양·천문·의약에 정통했고, 수나라 문제(文帝), 당나라 태종과 고종이 벼슬을 주려 했으나 사양하고 태백산에 은거했음. 어려서 풍증에 걸려 가산을 탕진했기 때문에 평생 의학서를 존중하고 가까이했음. 그는 여러 약방문을 모아 보기 쉽고 알기 쉽게 『비급천금요방(備急千金要方)』 30권을 편찬했음. 저서에 『섭생진록(攝生眞錄)』·『침중소서(枕中素書)』·『복록론(福祿論)』·『천금익방(千金翼方)』 등이 있음.

163 『천금(千金)』: 『천금방(千金方)』·『천금요방(千金要方)』. 당(唐)대 손사막(孫思邈) 지음. 당대 이전의 의약서적을 수집하고, 한의학을 전면 정리·수정해 70세 되던 651년에 편찬한 의서(醫書). 주요 내용은 총론·임상 각 과(科)·식치(食治)·평맥(平脈)·침구(針灸) 등인데, 여러 의가(醫家)들의 방서(方書)를 모은 거작임. 그는 평소에 사람의 목숨이 천금보다 귀중하다는 생각을 갖고 있었기 때문에 이 책에 '천금'이라는 제목을 붙였음. 30권.

164 『익(翼)』: 중국 당(唐)대 손사막(孫思邈)이 682년(?)에 편찬한 의서. 저자가 찬술한 『비급천금요방(備急千金要方)』을 보충해 편집한 것임. 당(唐)대 이전의 의학 논술과 약 처방이 적지 않게 수록되어 있고, 일부 외국의 의학 자료가 채록되어 있으며, 취재가 광범위하고 내용이 풍부함. 30권.

○ "「소문(素問)」, 「영추(靈樞)」, 『난경(難經)』¹⁶⁵, 단계(丹溪)¹⁶⁶의 책, 동원(東垣)의 책, 수진(守眞)¹⁶⁷의 논의, 장사(長沙)¹⁶⁸의 방법, 『입문(入門)』¹⁶⁹, 『정전(正傳)』¹⁷⁰, 『회춘(回春)』¹⁷¹, 『직지방(直指方)』¹⁷² 외에 비록

---

165 『난경(難經)』: 전국(戰國) 때 편작(扁鵲)이 『황제내경(黃帝內經)』의 뜻을 밝힌 의서(醫書). 문답 형식으로 『황제내경』 경문 중의 의문을 해석하였음. 2권.

166 단계(丹溪): 주진형(朱震亨, 1281~1358)의 호. 원(元)대 유학자이자 의원으로 금원사대가(金元四大家)의 한 사람. 자는 언수(彦修). 상화론(相火論)을 주장하여 화(火)의 병리적인 면뿐 아니라 치법으로 자음강화(滋陰降火) 즉, 음(陰)을 보(補)하고 화(火)를 내리게 하는 용약법을 주로 사용했음. 이외 주요 이론으로 '양유여음부족론(陽有餘陰不足論)'이 있고, 저서에 『격치여론(格致餘論)』, 『단계심법(丹溪心法)』, 『단계의요(丹溪醫要)』, 『단계치법심요(丹溪治法心要)』, 『국방발휘(局方發揮)』 등이 있음.

167 수진(守眞): 유완소(劉完素)의 자. 호는 하간(河間) · 통현처사(通玄處士). 금원의학(金元醫學)의 사대가(四大家) 중 한 사람. 하간(하북성(河北省))에 거주하면서 활동했기 때문에 '하간선생'이라고도 불림. 『황제내경소문』을 연구했으며, 장중경(張仲景)의 처방을 즐겨 사용했음. 금(金)나라 황제의 부름을 받았으나, 관직에 오르지 않고 민간의원으로 활동했음. 질병을 목(木) · 화(火) · 토(土) · 금(金) · 수(水)의 '5운(五運)'과 풍(風) · 열(熱) · 온(溫) · 화(火) · 조(燥) · 한(寒)의 '6기(六氣)'로 분류했는데, 특히 화(火) · 열(熱)을 중시한 '화열론'을 주창했음. 한량약제(寒凉藥劑)를 즐겨 사용했기 때문에 '한량파(寒凉派)'라고도 일컬어짐. 저서에는 『운기요지론(運氣要旨論)』, 『정요선명론(精要宣明論)』, 『소문현기원병식(素問玄機原病式)』 등이 있음.

168 장사(長沙): 장기(張機, 150~219). 자는 중경(仲景). 후한(後漢)대 하남성(河南省) 남양(南陽) 사람. 장사태수(長沙太守)를 지냈으나, 그의 일족이 열병으로 목숨을 잃자 의학에 깊은 관심을 갖게 되었음. 저서에 『상한잡병론(傷寒雜病論)』이 있음.

169 『입문(入門)』: 『의학입문(醫學入門)』. 1624년 명(明)대 이천(李梴)의 저작. 내용은 장부도(臟腑圖) · 명대 이전의 의학가들에 대한 간단한 소개 · 경락(經絡) · 장부 · 진단(診斷) · 침구(針灸) · 본초(本草) · 외감(外感) · 내상(內傷) · 잡병(雜病) · 부유(婦幼) · 외과(外科) · 용약법(用藥法) · 고방가괄(古方歌括) · 급방(急方) · 괴병(怪病) · 치법(治法) · 의학학습규칙(醫學學習規則) 등임. 8권.

170 『정전(正傳)』: 『의학정전(醫學正傳)』. 1515년 명(明)대 우단(虞搏)의 저작. 문(門)으로 나눠 증(證)을 논증한 것으로, 주진형(朱震亨)의 학설을 위주로 하고, 장중경(張仲景) · 손사막(孫思邈) · 이고(李杲)의 학설을 참고하는 동시에 자신의 견해를 결합했음. 8권.

171 『회춘(回春)』: 『만병회춘(萬病回春)』. 명(明)대 의학자인 공정현(龔廷賢, 1522~1619)

매우 신기한 처방들이 있다 하더라도, 저는 일찍이 보지 못했습니다." 숭수

"『병원(病源)』 『외대(外臺)』 『주후(肘後)』[173]
이러한 책 세 가지를 어쩌면 얻어 볼 수 있겠습니까? 저는 여행 중이라 책 한권도 없으니, 비록 서로 통하고자 하더라도 어려울 것입니다. 특히 깊이 어떻게 하기는 어렵습니다." 숭수

○ "『병원』은 오래된 판본(板本)이라 가끔 좀먹은 재앙이 있고, 『주후』는 새로 판에 새겨 찍어 이미 만들었습니다. 모두 드리겠습니다." 젠쿤

○ "『외대』는 요즈음 판목(版木)에 새기고 있어서 세상에 퍼지지 못

의 저작. 앞부분에서 장부경락(臟腑經絡)과 약성(藥性)에 대해 논의했고, 다음으로 각각의 병을 나누어 논의했는데, 원인과 치료법을 방약(方藥)에 따라 자세히 실었음. 책 이름은 온갖 질병을 망라해 완비했다는 의미임. 8권.

172 『직지방(直指方)』: 『인재직지(仁齋直指)』. 중국 송(宋)대 양사영(楊士瀛)이 1264년에 편찬한 경험약 처방에 대한 저서. 26권.

173 『주후(肘後)』: 『주후비급방(肘後備急方)』. 『주후방(肘後方)』. 중국 진(晉)나라 갈홍(葛洪)이 3세기경에 편찬한 방서(方書). 작자가 편찬한 『옥함방(玉函方)』 전 100권에서 구급 의료에 쓰이는 실용적 험방(驗方) 및 간단한 구법(灸法)을 뽑아 편집한 것임. 처음에는 『주후구졸방(肘後救卒方)』 또는 『주후졸구방(肘後卒救方)』이라 불렸는데, 뒤에 양(梁)나라 도홍경(陶弘景)이 101방을 증보해 『(보궐)주후백일방((補闕)肘後百一方)』으로 개명했음. 그 후 금나라 양용도(楊用道)가 『증류본초(證類本草)』 중에서 뽑은 단방(單方)을 덧붙여 『부광주후방(附廣肘後方)』이라 이름한 것이 현존하는 『주후비급방(肘後備急方)』임. 모두 73편(현재 3편이 빠져 있음)인데, 각종 급성 병증 혹은 약간의 만성병 급성 발작의 방약(方藥), 침구(鍼灸), 외치(外治) 등에 의한 치료법을 주로 다루었고, 매 병마다 원인 및 증상 등을 약술하였음. 선택한 방약은 대개 간편 유효할 뿐만 아니라, 진나라 이전 민간요법의 일부 성취를 반영해 의료 보급에 기여했음. 8권.

했습니다. 제 제자인 헤이안[平安]¹⁷⁴의 야마와키 도우[山脇道]가 만드는데, 모(摹)떠서 판에 새기는 중입니다. 제게

　관청에서 내려준 중국책 1부(部)가 있는데, 이것이 후세에 전해지도록 새로 판에 새겨 찍은 책을 안석(案席) 아래에 이르게 할까요? 노 겐죠[野元丈]¹⁷⁵도 만들게 되었는데, 제 제자입니다." 겐쿤

　○ "아닙니다." 숭수

　○ "여러 책들에 보지 못한 것이 많이 있지만, 그 가운데 오직 이 두 가지가 보고자 하는 것일 뿐입니다. 『검방(鈐方)』¹⁷⁶도 아주 조금 보았는데, 한갓 마음이 어지러워 끝내 한 가지 도움도 없었습니다. 저는 의서(醫書)에 대해 잘 살피지 못하나, 그대가 만약 한번 죽 훑어보게 해주신다면, 그 은혜를 어찌 헤아릴 수 있겠습니까?" 숭수

　○ "『성혜(聖惠)』¹⁷⁷와 『성제(聖濟)』¹⁷⁸도 있지만, 판에 새겨 찍은 책은

---

174 헤이안[平安]: 일본 교토[京都].

175 노 겐죠[野元丈]: 노로 겐죠[野呂元丈]. 겐죠[元丈]는 그의 자. 본래 성명은 노로 지쓰오[野呂實夫]. 호는 연산(連山). 도호토[東都]의 의관(醫官). 1748년 5월에 조숭수(趙崇壽) 등과 만나 나눈 필담을 정리한 『조선필담(朝鮮筆談)』과 『조선인필담(朝鮮人筆談)』을 남겼음.

176 『검방(鈐方)』: 『영류검방(永類鈐方)』. 중국 원(元)대 손윤현(孫允賢)과 이중남(李仲南)이 함께 지은 의서(醫書). 4책. 『향약집성방(鄕藥集成方)』과 『의방유취(醫方類聚)』 편찬에 이용됐으나, 중국에 원본은 남아있지 않고, 조선판본은 일본국립공문서관 내각문고에 영본(零本) 형태로 남아있으며, 조선 세종 7년인 1425년과 22년인 1438년에 각각 춘천과 진주에서 간행된 판본 2책이 얼마 전 국내에서 발견되었음.

177 『성혜(聖惠)』: 『성혜방(聖惠方)』. 『태평성혜방(太平聖惠方)』. 중국 북송 992년에 간행된 방서(方書). 북송의 진소우(陳昭遇)와 한림의관원(翰林醫官院) 왕회은(王懷隱)이

없습니다. 잠깐 베껴 써서 일을 마치더라도 무슨 쓸모가 있겠습니까? 만약 인쇄해 간행한 물건이라면 드리겠습니다." 젠쿤

○ "그저께 원탁(元卓)이 부탁한 서문(序文)을 지어 드렸는데, 그대도 그것에 대해 들었습니까?" 숭수

○ "듣지 못했습니다." 젠쿤

○ "대수롭지 않다지만 그대에게 병이 있는데도, 억지로 저와 함께 만나고 계심을 알겠습니다. 응당 건강을 돌보셔야 할 것입니다." 젠쿤

○ 이때 통역하는 사람을 시켜서 나에게 말하기를, '어제의 병이 안정되지 않았으니, 방으로 돌아가기를 간절히 바란다.'고 했다.

○ "여러 차례 받들어 만나 뵙고 정의(情誼)가 차츰 깊어졌는데, 헤어질 기한이 멀지 않으니, 참으로 한탄할만합니다. 마침 작은 병 때문에 작별을 고하고 떠나가니, 나중에 만약 찾아와주신다면 얼마나 다행이겠습니까?" 젠쿤

민간 효방을 광범위하게 수집하고, 북송 이전의 각종 방서에서 관련 내용을 집성해 편찬한 것임. 수록된 방제가 1만여 방에 달하며, 일부 고전 의서의 일문(佚文)도 보존하고 있음. 이 책은 10세기 이전의 자료를 총결한 대형 방서로, 임상 연구에 참고 가치가 있으나 선택 자료가 충분히 정련되지 못한 것이 단점임. 100권.

178 『성제(聖濟)』: 『성제총록(聖濟總錄)』. 『정화성제총록(政和聖濟總錄)』. 중국 송(宋) 나라 휘종(徽宗) 때, 조정에서 편찬한 방서. 정화(政和) 연간(1111~1117)에 간행된 후, 금나라 대정(大定) 연간과 원나라 대덕(大德) 연간에 2차례에 걸쳐 중간되었음. 이에 따라 『대덕중교성제총록(大德重校聖濟總錄)』이라고도 함. 역대 의적(醫籍)을 채집(採輯)하고, 민간 험방(驗方) 및 의학자의 헌방(獻方)을 모아 정리 편집한 것임. 200권.

○ "수고로움이 극진하고, 정녕 더욱 지극하시니, 감사합니다." 숭수

11일 양의(良醫)를 방에서 잠깐 만났다.

○ "며칠 사이 평안하고 안녕하셨습니까? 며칠 전 난암(蘭菴)[179]이 물건 두 종류를 가지고 왔는데, 바로 그대가 은혜롭게 주신 것이라고 말했습니다. 삼가 받았지만, 몹시도 편치 않은 듯합니다." 숭수 ○ 난암(蘭菴)이란 사람은 쓰시마[對馬州]의 선비이다.

○ "이전에 겨우 변변찮은 예물(禮物)을 갖춰 간절히 감사의 뜻을 표함이니, 정녕 도리어 부끄러울만합니다." 젠쿤

○ "요사이 나라 밖과 기이한 인연으로 만나, 사귀는 틈틈이 점점 익숙하게 각자의 뜻을 말하게 됩니다. 오직 원통함은 돌아가는 배가 오래지 않아 있다는 것이지만, 기쁜 마음은 안정되지 않으시겠습니다. 제멋대로 시(詩) 한편을 드려 여행 중의 회포(懷抱)를 위로해드립니다." 젠쿤

○ "이별의 시에 감사드릴만합니다. 그대의 도장(圖章)에 '의중왕도(醫中王道)'를 새기셨으니, 이에 그 학문 전승(傳承)의 깊고 오묘함을 볼 수 있습니다. 가만히 그대를 위해 그것을 즐거워합니다. 근래 패도(覇道)[180]를 쓰는 사람들은 때때로 잠깐 효과를 보지만, 마침내 장래를 얻

---

179 난암(蘭菴): 키노쿠니 주이[紀國瑞]. '난암'은 그의 호. 아메노모리 호슈[雨森東]의 문인이고, 당시 쓰시마[對馬島] 번주의 가신(家臣)이자 서기(書記)로, 조선통신사 일행을 안내했음.

180 패도(覇道): 패자(覇者)의 도. 인의(仁義)를 멀리하고, 무력과 형벌·권세 등으로 통치

기는 어렵습니다. 이것은 깊이 경계할만합니다.”숭수

○ “그대가

일을 받듦도 어찌 다름이 있겠습니까? 그대에게 즐겁게 감상하신
마음이 있다니, 저는 영광으로 여기겠습니다. 이 도장의 전자(篆字)를
쓴 사람은 명(明)나라의 대가(大家) 주순수(朱舜水)[181]입니다. 주(朱)씨가
와서 우리 호쿠한[北藩][182]의 미토후[水戶侯][183]에게서 머물렀는데, 새긴
사람은 히젠노쿠니[肥前國][184] 나가사키[長崎][185]에서 통역을 맡은 사람
인 마츠오카[松崗]란 선비입니다. 이것은 제 할아버님께서 남기신 물
건입니다.”겐쿤

하는 방법.

181 주순수(朱舜水): 주지유(朱之瑜, 1600~1682). ‘순수’는 그의 호. 자는 노여(魯璵). 중
국 명(明)대 말기에서 청(淸)대 초기의 유학자로, 절강 여요(餘姚) 사람. 명말청초에 고염
무(顧炎武)·황종희(黃宗羲)·방이지(方以智)·왕부지(王夫之)와 함께 ‘오대사(五大師)’
로 존경받았음. 일본의 군대를 빌어 명나라 왕조의 회복을 꾀했으나, 이루지 못하고 일본
으로 망명하였으며, 22년간 학문을 가르쳐 일본의 공부자(孔夫子)로 존경받았음. 일본의
주자학(朱子學), 고학(古學), 수호학(水戶學)은 모두 그의 영향을 받았음. 저서에 『순수
선생문집(舜水先生文集)』, 『박주고(泊舟稿)』 등이 있음.
182 호쿠한[北藩]: 일본 에도[江戶]시대 히타치노쿠니[常陸國]에 있던 번 중 하나인 미토
번[水戶藩]. 지금의 이바라키현[茨城縣] 중·북부 일대를 지배했음.
183 미토후[水戶侯]: 도쿠가와 미쓰쿠니[德川光國, 1628~1701]. 일본 에도[江戶]시대 전
기 미토번[水戶藩]의 2대 번주(藩主). ‘천하의 부장군 미토고몬[水戶黃門]’으로도 알려져
있음. 유학을 장려해 사국(史局)인 쇼코칸[彰考館]을 개설하고, 『대일본사(大日本史)』
편찬에 착수했음. 1665년에는 중국 명나라의 주순수(朱舜水)를 초빙해 사사했음. 사사
(社寺)의 철저한 개혁을 단행했고, 『만요슈[萬葉集]』 등 고전의 편주(編註)에도 힘을 쏟
았음. 왕실을 존중하는 존황정신을 고취해 미토학[水戶學]의 원류를 이루었음.
184 히젠노쿠니[肥前國]: 지금 일본 남부의 사가현[佐賀縣]과 나가사키현[長崎縣] 지역.
185 나가사키[長崎]: 일본 규슈[九州] 북서부 나가사키현[長崎縣]의 현청소재지이자 현
최대 도시.

○ "여행 중에

그대 나라의 역본(曆本)¹⁸⁶을 지니고 계신 것이 있습니까?" 젠쿤

○ "끝내 찾아봄이 마땅하나, 보지 못했습니다." 숭수

○ "이번 행차에 제때에 알맞게 비가 왔지만, 객사(客舍) 안에 도착
한 이래로 비 내리지 않는 날이 없어서 매우 답답할만합니다.

그대 나라는 본래 이와 같습니까?" 숭수

○ "우리

나라의 기후와 땅에 대해 어떤 사람들은 말하기를, '민중(閩中)¹⁸⁷과
더불어 서로 비슷하다.'고 합니다. 매해 5월 장마철에는 흐리고 비가
내려서 습기가 있으니, 이미 이와 같습니다. 대체로 초여름 장마철은
『본초강목(本草綱目)』¹⁸⁸에 '5월 계절 뒤의 임일(壬日)¹⁸⁹을 만나면 입매
(入梅)¹⁹⁰가 되고, 6월 계절 뒤에 이르러 임일을 만나면, 출매(出梅)¹⁹¹가
된다.'고 했습니다. 『박물지(博物志)』¹⁹², 『오잡조(五雜俎)』¹⁹³, 『월령광의

---

186 역본(曆本): 일정한 역법(曆法)에 따라 편제한, 연월일시(年月日時)와 절기(節氣) 등
   이 기재된 책. 역서(曆書).
187 민중(閩中): 진(秦) 때 둔 군명(郡名). 중국 복건성(福建省) 일대를 이름. 월족(越族)
   에서 갈려 나온 소수 민족의 하나인 민족(閩族)이 거주하였음.
188 『본초강목(本草綱目)』: 중국 명(明)대 이시진(李時珍)이 전대 제가(諸家)의 본초학을
   총괄하여 보충·삭제하고 바로잡아 저술한 책.
189 임일(壬日): 일진(日辰)의 천간(天干)이 임(壬)으로 된 날.
190 입매(入梅): 매우기(梅雨期). 곧 장마철에 접어듦. '매우'는 매화나무 열매가 익을 무
   렵에 내리는 비. 입매(入霉).
191 출매(出梅): 매우기(梅雨期)가 끝남. 장마철의 마지막. 음력 7월 초순경.

(月令廣義)』[194], 『사시찬요(四時纂要)』[195]에도 이러한 설명이 있는데,
장마철은 각각 다름이 있습니다.
그대 나라에서는 며칠을 입매라고 합니까?"젠쿤

○ "장마철의 계절 순서는 평상시의 날로 풀어 설명하고 깊이 연구
하지 못하니, 마침내 그 날이라고 가리키기 어렵습니다. 여름철 때때
로 비가 내려 만물을 적신 그런 뒤에 온갖 곡식이 왕성하게 자라니,
가만히 그대 나라를 위해 축하드립니다. 아마도 사절(使節)이 서로 통
하니 하늘이 경사스런 조짐을 내려주나 봅니다."숭수

○ "만약
우리나라에 상서로운 비가 내리는 것이라면 축하할만하지만, 여러
날을 계속해 큰 비가 와서 도리어 여행 중에 답답해하시니, 오직 이것
이 두려울 뿐입니다. 그대는 어떠하십니까?"젠쿤

○ "바삐 짓느라 볼만하기에 충분치 않습니다. 단지 이별의 슬픈 회

---

192 『박물지(博物志)』: 진(晉)의 장화(張華) 지음. 『산해경(山海經)』 체제를 본뜬 기괴(奇
怪) 소설로, 신선(神仙)·방술(方術) 등의 고사(故事)가 많음. 지금 전하는 것은 후인이
여러 가지 책에서 인용한 유문(遺文)을 모아 엮은 것이어서 내용이 매우 복잡함. 10권.
193 『오잡조(五雜組)』: 고악부(古樂府) 이름. 3언6구(三言六句)로 되어 있음. '조(組)'는
'조(組)'.
194 『월령광의(月令廣義)』: 중국 명(明)대 풍응경(馮應京)과 대임(戴任)이 지은 책. '월령'
은 『예기(禮記)』의 편명. 12개월 동안의 절후와 그에 따르는 정령과 농사일을 적은 내용.
195 『사시찬요(四時纂要)』: 조선 세조 때, 강희맹(姜希孟)이 왕명에 따라 편찬한 책. 1년
사계절의 농사와 농작물에 관한 주의 사항 및 12개월간에 행하는 행사 따위를 기록했
음. 1책.

포를 부칠 뿐입니다." 숭수

○ "일찍 죽는 틈이라도 뛰어난 작품은 감상할 수 있습니다. 달리 도장을 찍으셨습니까?" 겐쿤

○ "도장의 한쪽 면에 상처가 있어서, 어제 다른 사람을 시켜 새로 갈고 다시 새기게 했습니다. 지금은 없습니다." 숭수

○ "우리나라에도 조각(彫刻)하는 사람이 많습니다. 제 제자 중에 나 이어린 남자아이가 전자(篆字)로 도장을 조금 새길 줄 아니, 만약 청하 실 것이 있다면, 도장 파는 칼을 잡도록 시킬까요?" 겐쿤

○ "이와 같다면 얼마나 다행이겠습니까? 제가 마땅히 전자(篆字)를 써서 드리겠습니다." 숭수

○ "정사(正使)의 아들[196]이 전자(篆字)를 잘 씁니다. 제가 글씨를 받 아옴이 마땅할 따름이겠으니, 그대는 잠깐 앉아계십시오." 숭수

○ "제 도장을 만일 그대로 다 새기기 어렵다면, 이름과 자(字)만 새 기시기 바랍니다. 이 가운데 '일소(一小)'란 것은 아들이 요구하는 것 입니다." 숭수

○ "마땅히 조각(彫刻)해 드리겠습니다. 텐호[天和] 임술(壬戌 · 1682)

---

196 정사(正使)의 아들: 홍경해(洪景海)로, 그는 당시 자제군관(子弟軍官) 통덕랑(通德
郎)이었음. '정사'는 홍계희(洪啓禧)로, 통신사 행렬에서 가장 높은 관리이자 사절단의
총책임자였음. 또한 당시 통정대부(通政大夫) 이조참의(吏曹參議) 지제교(知製敎)였음.

년에 초빙한 사신들도 우리나라에서 조각한 것을 많이 찾았고, 요즈음에는 매우 뛰어난 솜씨도 있습니다." 젠쿤

○ "전에 약속한 『병원(病源)』과 『주후(肘後)』는 모두 관청에서 새겨 찍지 않아 어로(魚魯)[197]가 가끔 있으니, 대체로 살펴보십시오." 젠쿤

○ "두 가지 책은 모두 의술가(醫術家)의 빠른 처방이니, 마땅히 잠시라도 곁에서 떼어놓을 수 없는 것들입니다. 제가 가지고 돌아가서 영원히 진귀한 보물로 삼을 만합니다. 또한 서로 헤어지는 정(情)을 대신 할 수 있겠습니다." 숭수

○ "저는 장차 작별을 고하고 떠나가고자 합니다. 이제까지 여러 번 만나 웃으면서 이야기 나누었으니, 진실로 나라 밖과의 만남이 어찌 세상에 드문 이야기가 아니겠습니까? 부채 자루와 붓과 먹을 선물하시니, 깊이 감사드릴만합니다." 젠쿤

○ "그대가 찾아와주셔서 진실로 감사드립니다. 보잘것없는 작은 물건도 웃으며 받아주시니 또한 다행이라고 생각합니다." 숭수

마침

---

197 어로(魚魯): 비슷하게 생긴 글자를 잘못 쓰거나 인쇄하는 일. '어'와 '로'는 그 모양이 비슷해 틀리기 쉬운 데서 온 말. 노어(魯魚).

한객필담 이

서로 주고받은 시(詩)의 초고(草稿)

높으신 담와(澹窩) 홍(洪) 선생[198]께서 밝게 살펴 아시기를 엎드려 구하며 받들어 드림

태의령(太醫令) 타치바나 겐쿤[橘元勳] 거듭 사례함

오마[199]가 동쪽 여행하니 훌륭해 볼만하고	五馬東遊壯觀哉
간모[200]가 우뚝 뛰어나니 누대를 덮는구나	干旄孑孑映樓臺
문장은 모여 일본과 함께 합하고	文章總與和邦合
예악은 멀리 은대 좇아 왔도다	禮樂遙從殷代來
해는 국서(國書) 담은 궤를 비춰 법상[201]을 높이고	日照龍函高法象

---

198 담와(澹窩) 홍(洪) 선생: 1748년 무진(戊辰) 통신사의 정사(正使) 홍계희(洪啓禧). '담와'는 그의 호.
199 오마(五馬): 태수(太守). 태수의 수레를 다섯 말이 끈 데서 온 말.
200 간모(干旄): 검은 소의 꼬리를 깃대 위에 꽂아 의장에 사용하는 대부(大夫)의 기.
201 법상(法象): 예의에 합당한 용모와 행실.

구름은 사신을 맞이해 봉래[202]로 들어왔네 　　　　　雲迎星使入蓬萊

오랜 세월 이웃 나라와 사귀어 맹세 닦는 곳에서 　　交隣萬古修盟處

맑은 모습 우러러보니 나라 다스릴 재주일세 　　仰見淸容經國才

높으신 죽리(竹裡) 남(南) 선생[203]께서 밝게 살펴 아시기를 엎드려 구하며 받들어 드림

　　　　　　　　　　　　태의령 타치바나 겐쿤 거듭 사례함

구름과 물 멀리 이어진 머나먼 여정 　　　　　　雲水迢迢萬里程

청홍(靑紅) 두 깃발 머지않아 에도 성으로 들어왔네 　雙旗指日入東城

관현악기는 두루 남훈[204]을 잇달아 일으키고 　　管弦偏帶南薰動

보검과 패물은 새로 북두[205]를 따라 맞이하네 　　劍佩新隨北斗迎

온 세상 동문[206]은 올바른 길로 옮겨가고 　　　四海同文推直道

두 나라 소식 전해 사귀는 정 받드네 　　　　　二邦通信奉交情

제명[207]은 응당 금으로 만든 단지 안에 있고 　　題名應在金甌裏

---

202 봉래(蓬萊): 봉래산(蓬萊山). 신선이 산다고 하는 신령한 산. 봉도(蓬島).

203 죽리(竹裡) 남(南) 선생: 1748년 무진(戊辰) 통신사의 부사(副使) 남태기(南泰耆). '죽리'는 그의 호. 당시 통훈대부(通訓大夫) 행홍문관전한(行弘文館典翰) 지제교겸경연시독관(知製敎兼經筵侍讀官) 춘추관편수관(春秋館編修官)이었음.

204 남훈(南薰): 우순(虞舜)이 지었다는 〈남풍가(南風歌)〉.

205 북두(北斗): 북쪽 하늘에 국자 모양으로 배열되어 있는 큰곰자리의 7개의 별. 북두성(北斗星). 북두7성(北斗七星).

206 동문(同文): 동일한 문자. 사용하는 문자가 같음. 인신해 같은 왕조의 지배 아래에 있음을 이름.

207 제명(題名): 이름을 씀. 고대에 과장(科場)에 등록한 일이나 여정(旅程) 등을 기념하기 위해 석벽이나 기둥에 이름을 써놓은 일. 또는 기념으로 쓴 이름.

예절은 엄연히 옛 맹세에서 찾네   禮節嚴然尋舊盟

높으신 난곡(蘭谷) 조(曹) 선생[208]께서 밝게 살펴 아시기를 엎드려 구하며 받들어 드림

태의령 타치바나 겐쿤 거듭 사례함

여관에서 서로 맞이해 이처럼 행장을 풀고   賓館相迎此解裝
해 뜨는 높은 곳에서 아침 해를 마주하네   扶桑高處對朝陽
동쪽으로 온 사신 머나먼 지방에 이르고   東來冠蓋臨殊域
서쪽 바라보는 연꽃 저 푸른 하늘에 접하네   西望芙蓉接彼蒼
금절[209]은 아름다워 사신을 바르게 하고   金節皇皇是使
예법과 문물제도는 아름답게 궁전에 베푸네   禮文郁郁玉爲堂
덕과 재능 있는 사람들 가지런히 친인[210]의 일 이으니 賢良齊續親仁業
오랜 세월 사귄 정이 이와 같이 자라누나   萬古交情若個長

구헌(矩軒) 박(朴) 선생 안석 아래에 받들어 드림

서강(西岡) 타치바나 겐쿤[橘元勳]

사신 수레 동쪽으로 향해 바람과 구름 누르니   星軺東嚮壓風雲

---

208 난곡(蘭谷) 조(曹) 선생: 1748년 무진(戊辰) 통신사의 종사관(從事官) 조명채(曹命采). '난곡'는 그의 호. 당시 통훈대부(通訓大夫) 행홍문관교리(行弘文館校理) 지제교겸경연시독관(知製教兼經筵侍讀官) 춘추관기주(春秋館記注)였음.
209 금절(金節): 수(隨) 때 의장(儀仗)의 하나.
210 친인(親仁): 어질고 덕망이 있는 사람을 가까이함.

예악 3천 가지 스스로 문채(文彩)가 있네　　　禮樂三千自有文

붓에 먹물 묻혀 장차 두 나라 뜻 통하려하며　　染翰將通二邦志

기쁜 얼굴로 가까이에서 글 잘 짓는 그대 마주하네　怡顏咫尺對詞君

서강이 자리 위에 베풀어주신 시를 받들어 사례함

박경행(朴敬行)

몸은 오색구름 상서로운 봉래로 들어왔고　　身入蓬萊五色雲

시편은 한 자리에서 동문으로 기쁘구나　　詩篇一席喜同文

오직 북두만 바라보니 머리 위로 밝고　　唯看北斗明頭上

어진 임금 향한 변치 않는 마음임을 밝게 알겠네　照得丹心向 聖君

구헌(矩軒) 어르신의 답시가 있어 이를 지어서 받들어 답함

타치바나 겐쿤

화려하고 아름다운 문장[211]은 구름을 업신여기는 듯하고

翩翩彩筆欲凌雲

천년의 풍류는 사마[212]의 문장일세　　千載風流司馬文

---

211 아름다운 문장[彩筆]: 강엄(江淹)이 꿈에서 오색 붓을 받은 후에 글이 크게 진보했는
　　데, 만년의 꿈에서 붓을 돌려주자 그 후로는 좋은 글을 지을 수 없었다는 고사(故事).
212 사마(司馬): 사마상여(司馬相如, B.C.179~B.C.118). 한(漢)의 성도(成都) 사람. 자는
　　장경(長卿). 그가 지은 〈자허부(子虛賦)〉, 〈상림부(上林賦)〉 등의 작품은 풍유(諷諭)가
　　뛰어나고 글이 화려해 한(漢)·위(魏)·6조(六朝) 문인들의 모방 대상이 되었음.

| 문물과 명성은 옛날을 보는 듯하니 | 文物聲名如見古 |
| 바다 서쪽 훌륭한 옷차림은 여러분을 잇는구려 | 海西盛服屬諸君 |

서강(西岡) 안석 아래에 거듭 첩운(疊韻)해 드림

박경행

어리고 푸른 잎사귀 바람과 구름에 무성하니	少年靑葉鬱風雲
묘한 재주 뱃속 문장 거듭 아우르네	妙藝仍兼腹裏文
손으로 오색 그림붓 휘둘러 즐거이 손님맞이하고	手揮彩筆聊迎客
팔꿈치에 청낭[213] 가지고 임금께 사랑을 베푸네	肘有靑囊爲愛君

활암(活菴) 조(趙) 선생의 책상 오른쪽 자리 위에 받들어 드림

서강 타치바나 겐쿤

| 신선들 대관[214] 사이에서 서로 만나니 | 仙客相逢臺觀間 |
| 인온[215]한 자기[216]는 에도 관문에 가득 차네 | 氤氳紫氣滿東關 |

---

213 청낭(靑囊): 의생(醫生)이 의서(醫書)를 넣는 주머니. 인신해, 의생・의술.

214 대관(臺觀): 누대(樓臺)와 궁관(宮觀). 높고 큰 전각 등 건축물의 범칭. 도교(道敎)의 사원(寺院).

215 인온(氤氳): 음양(陰陽)의 기(氣)가 한데 모여 분화되지 않은 상태. 구름이나 안개가 자욱한 모양.

216 자기(紫氣): 자줏빛의 서기(瑞氣). 제왕이나 성현의 출현에 대한 전조(前兆)로 나타난다고 함.

용문[217]처럼 이날 높은 곳으로 기어오르니　　　　　龍門此日登攀處

순생[218] 어리[219] 돌아옴과 더욱 비슷하도다　　　　更似筍生御李還

서강 타치바나 선생의 아름다운 시를 받들어 답함

조숭수(趙崇壽)

한 줄기 물 동서로　두 나라 사이에　　　　　一水西東 兩國間

돛단배 뜬 곳곳마다 층층이 높은 누각 서있네　　　浮帆處處設層關

이 광경 서로 바라보다 품은 생각 말하니　　　相看此一論懷憶

도리어 장래에 높고 큰일 잊고서 돌아오리　　　却忘前頭峻事還

앞 시에 첩운해 서강(西岡) 안석 아래에 드림

조숭수

서로 사귄 두 나라 진실로 틈이 없고　　　　交隣　兩國固無間

평수상봉[220]해 필화로 관계하네　　　　　萍水相逢筆話關

---

217 용문(龍門): 중국 황하(黃河) 상류에 있는 산 이름. 또 그곳을 통과하는 여울목의 이
　　름. 잉어가 이곳을 거슬러 오르면 용이 된다고 함.

218 순생(筍生): 겨울에 죽순이 돋아남. '맹종(孟宗)의 어머니가 죽순을 좋아했는데, 겨울
　　이라 죽순을 얻을 수 없으므로 맹종이 대숲에 들어가 슬피 탄식하니, 죽순이 돋아났다.'
　　『진서(晉書)』 권94.

219 어리(御李): 현자(賢者)를 경모(敬慕)하는 일. 후한(後漢)의 순상(荀爽)이 이응(李膺)
　　의 어자(御者)가 된 것을 기뻐하였다는 고사(故事).

220 평수상봉(萍水相逢): 물 위를 떠다니는 부평초가 서로 만남. 우연히 서로 만남의 비유.

오묘한 진리를 이야기함은 대를 쪼개는 듯하니 　談理說玄如劈竹
도리어 천 년 전 월인[221]이 돌아왔나 의심스럽네 　却疑千載越人還

활암(活菴)이 거듭 첩운한 화답시가 있어 앞 시에 의지해 답함

타치바나 겐쿤

사신과 객관 사이에서 서로 대하니 　　　冠盖相臨客舘間
여름 철 비바람 객관 문에 가득하네 　　　夏天風雨滿玄關
멀리 한사[222]도 뛰어넘을 뗏목 탄 길 　　　遙凌漢使乘槎路
서선[223]이 약 캐던 산 또다시 묻네 　　　更問徐仙采藥山
양원[224]의 구름 같은 말들 시문(詩文)으로 맞이하고 　梁苑詞雲迎染翰
곡성의 단석[225] 부드러운 얼굴빛으로 머무르게 하네 　谷城丹石駐怡顔

---

221 월인(越人): 편작(扁鵲)의 명(名). 성(姓)은 진씨(秦氏). 따라서 원명은 진월인(秦越人). 발해군(渤海郡) 사람으로서 춘추(春秋) 때 명의. 장상군(長桑君)에게서 금방(禁方)의 구전(口傳)과 의서(醫書)를 물려받아 명의가 되었다고 함. 제(齊)·조(趙)를 거쳐 진(秦)으로 들어갔는데, 진의 태의(太醫) 이혜(李醯)의 시기로 자객에게 피살당했음.

222 한사(漢使): 중국 한(漢)나라 때 서역(西域)의 무역로(貿易路)를 개척한 장건(張騫)을 가리킴.

223 서선(徐仙): 서복(徐福). 중국 진(秦)나라 때의 방사(方士). 시황(始皇)의 명을 받들어 동남동녀(童男童女) 3천명을 데리고 불사약(不死藥)을 구하러 떠난 뒤에 돌아오지 않았음. 서불(徐巿).

224 양원(梁苑): 중국 한(漢)나라 양효왕(梁孝王)의 화려한 원유(苑囿)로, 이곳에서 사마상여(司馬相如)·추양(鄒陽)·매승(枚乘)·엄기(嚴忌) 등 뛰어난 시인들이 함께 노닐었음. 『사기(史記)』〈사마상여전(司馬相如傳)〉.

225 단석(丹石): 붉은 서조(瑞兆)의 돌의 하나. 보양제. 복용하면 겉으로 강해 보이고 얼굴빛은 붉게 윤이 남. 그러나 신수(腎水)가 고갈되고, 심화(心火)가 불타는 듯하며, 5장(五臟)이 말라 소갈증(消渴症)이 즉시 오기도 하고, 얼굴이 검어지며 귀가 먹을 수 있음.

다른 나라와 함께 참된 도리 깊이 연구하니　　　異邦同有論眞訣
상군[226]과 함께 악수하고 돌아온 것과 같구나　　猶與桑君握手還

타치바나 태의(太醫)의 답시를 보고 받들어 화답함

구헌(矩軒)

흰 누각 붉은 장막은 갠 하늘에 구름을 빛내고　　　粉樓紅幔耀晴雲
자리에 가득 찬 높고 큰 손님들 문장으로 모였네　　滿座佳賓會以文
뭇 많은 나라의 시 가을 바람소리 울리듯 전하고　　澤國詩傳蕭瑟響
더부룩한 대 해질녘 비는 상군[227]에 내리네　　　　叢篁暮雨下湘君

제멋대로 구헌의 안석 아래에 받들어 거듭 답해 사례함

타치바나 겐쿤

신선 배 이르는 곳마다 구름처럼 말과 글 일으키고　仙舟到處動詞雲
아름다운 시문 분명하여 보잘것없는 문장 범하네　咳玉班班犯斗文

또 파리해지고 경계증(驚悸症)이 생기며, 몽설(夢泄)이 되고 소변이 탁해지기도 함.

226 장상군(長桑君): 중국 전국시대의 신화적 의술(醫術)의 달인(達人). 편작(扁鵲)이 범
　　상치 않음을 보고 신약(神藥)을 먹인 뒤 금방(禁方)을 모두 전해 주고 나서 홀연히 사라졌
　　다고 함. 『사기(史記)』 권105.

227 상군(湘君): 상수(湘水)의 신(神). 요(堯)임금의 두 딸 아황(蛾皇)과 여영(女英). 이들
　　은 순(舜)임금에게 출가했다가 순임금이 창오(蒼梧)에서 사망하자 상수에 몸을 던져 신이
　　되었음.

본래 시 모임 알아 남에게 배움 많았건만   本識社中多從學

조선에 오히려 맹상군[228]을 만나보네   小華猶見孟嘗君

의관(醫官) 조(趙)[229] · 김(金)[230] 두 분 자리 위에 드림

타치바나 겐쿤

봉래 바다 위로 다시 지나가는데   蓬萊海上更經過

황금과 위대한 약 그 어찌하겠는가?   其奈黃金大藥何

그대들 스스로 조선 의원 중 첫째가는 사람이니   君自小華醫國手

잠깐 어려움을 물어도 날마다 많은 것 받는다네   一時問難日應多

받들어 화답함

조덕조(趙德祚) 사례함

봉래의 아름다운 경치 우아하게 서로 지나는데   蓬萊仙境雅相過

신선과 만나지 못했으니 그 어찌하겠는가?   其奈仙翁不遇何

---

228 맹상군(孟嘗君): 전국(戰國) 때 제(齊) 사람. 성은 전(田), 이름은 문(文). 영(嬰)의 아들. 재상(宰相)이 되었을 때 현사(賢士)를 초빙해 식객이 3,000명에 이르렀다 함. 진(秦)에 사신으로 갔다가 소왕(昭王)에게 죽을 뻔했으나, 식객 중에 계명구도(鷄鳴狗盜)하는 사람이 있어 죽음을 모면했음.

229 조(趙): 조덕조(趙德祚, 1709~?). 자는 성재(聖哉). 호는 송재(松齋). 전(前) 주부(主簿)였음. 1748년 제10차 통신사 때 의원이었음.

230 김(金): 김덕륜(金德崙, 1703~?). 자는 자윤(子潤). 호는 탐현(探玄). 전(前) 주부(主簿)였음. 1748년 제10차 통신사 때 의원이었음.

잠깐 진인[231]과 함께 이야기 나누는 곳인데 　　且與眞人談說處

동굴 입구 흐르는 물에 떨어진 꽃 많구나 　　洞門流水落花多

서강(西岡) 스님 안석에 받들어 드림

김자봉(金紫峯)[232] 씀

다만 아이종은 숲속에서 한바탕 웃음으로 이끌고 　　秖尌林中一笑延

아름다운 모습 완연하니 바로 십주[233]의 신선일세 　　丰姿宛是十洲仙

헌기[234]가 남긴 일 3대(三代)가 좇으니 　　軒岐遺業仍三世

단방[235]이 있어 『주후(肘後)』에 전해짐을 알겠네 　　知有單方肘後傳

---

231 진인(眞人): 도교에서, 본성을 보존해 기른 사람. 수도해 도리를 깨달은 사람. 진군(眞君). 재덕(才德)을 갖추고 품행이 단정한 사람.

232 김자봉(金紫峰): 김천수(金天秀). '자봉'은 그의 호. 자는 군실(君實). 1748년 제10차 통신사 때 40세로, 사자관(寫字官) 가선(嘉善)이었음.

233 십주(十洲): 신선(神仙)이 산다는 10개의 섬. 조주(祖洲)·영주(瀛洲)·현주(玄洲)· 염주(炎洲)·장주(長洲)·원주(元洲)·유주(流洲)·생주(生洲)·봉린주(鳳麟洲)·취굴주 (聚窟洲).

234 헌기(軒岐): 헌원씨(軒轅氏)와 기백(岐伯). 모두 전설적인 의술의 개조(開祖). 인신해 뛰어난 의술.

235 단방(單方): 한 가지 약만으로 처방한 약방문인 '단방문(單方文)'. 또는 한 가지 약제 만으로 병을 다스리는 약인 '단방약(單方藥)'의 준말.

자리 위에서 자봉 사백 (詞伯)²³⁶이 준 시에 화답해 드림

타치바나 겐쿤

해는 봉래를 비추고 자기가 이끄는데	日照蓬萊紫氣延
높다란 집 한 자리에서 신선을 만난다네	高堂一席接神仙
그대 스스로 글재주 지니고 있음을 알겠으니	知君自有詞材在
두 나라 사귀는 정 글자 위로 전하네	二國交情字上傳

제암(濟菴) 사백에게 드림

타치바나 겐쿤

작은 배 멀리 발해²³⁷의 큰 파도 건너오니	一葦遙凌渤海濤
시 짓는 자리 어느 곳이든 사조²³⁸를 수고롭게 하네	文筵幾處勞詞曹
이웃 나라와 사귐은 대대로 이와 같음이 있고	交隣世世有如許
고개 들고 해 뜨는 곳 바라보니 해와 달이 높구나	翹首扶桑日月高

서강에게 받들어 화답함

제암 씀

눈처럼 흰 큰 파도 부상으로 배 저어오며	擊汰扶桑雪色濤

---

236 사백(詞伯): 글을 잘 짓는 대가(大家). 시문의 대가. 사종(詞宗).
237 발해(渤海): 황해의 일부. 산동반도(山東半島)와 요동반도(遼東半島)에 둘러싸인 바다.
238 사조(詞曹): 문학으로 시종하는 관아.

바람과 바다 위에 뜬 달 우리들이 독차지했네　　　天風海月屬吾曹
먼 여행에 오래 살 비결 얻기는 어렵겠지만　　　遠游難得長生訣
기황239의 의술 가장 높음을 비로소 알겠네　　　始識岐黃術最高

해고(海皐) 사백(詞伯)에게 드림

타치바나 겐쿤

여관에서 틈을 타 하루를 약속하고　　　客館垂間一日期
붓끝으로 말 통하고 함께 시 짓네　　　筆端通語共裁詩
다른 나라와 우연히 만나 옛날로 돌아가니　　　殊方邂逅還如故
경개240한 풍류가 지금도 남아있구나　　　傾盖風流在此時

서강(西岡)에게 받들어 화답함

조선의 해고(海皐) 씀

부평초 우연히 물과 함께 약속하듯 했는데　　　浮萍偶與水爲期
마음은 두 눈썹 사이에 두고 말은 시에 두었다네　　　心在眉間語在詩
북두는 멀리 남두241와 떨어져 있으니　　　北斗迢迢南斗隔

---

239 기황(岐黃): 기헌(岐軒). 기백(岐伯)과 황제(黃帝) 헌원씨(軒轅氏). 모두 의가(醫家)
　　의 시조임.
240 경개(傾盖): 수레의 일산을 마주 댐. 길에서 우연히 만나 수레를 가까이 대고 이야기를
　　나눔. 또는 처음 만나거나 우의를 맺음.
241 남두(南斗): 28수(二十八宿)의 하나인 두수(斗宿). 남쪽 하늘의 여섯 별로 구성됨.

같은 하늘 서로 만날 때 없을까 두렵구나　　　　　一天相見恐無時

취설(醉雪) 사백에게 드림

타치바나 겐쿤

글 잘 짓는 사람 아름답게 봉대[242]로 향하듯 하고　詞客翩翩向鳳臺
별처럼 많은 깃발 두루 하늘 끝 옆에 펼쳐졌네　　星旗偏傍日邊開
어찌 손님 대접하는 자리의 즐거움을 한번만 헤아리랴　豈量一宴賓庭上
한서[243]의 재능인 여러분을 함께 아낀다네　　共愛諸君漢署才

제암(濟菴)에게 다시 답함

타치바나 겐쿤

에도 관문에 흩날리는 비 바다 파도에 부딪치니　飛雨東關接海濤
오히려 문물을 맞이함은 유조[244]가 독차지했네　猶迎文物屬儒曹
성대한 잔치에서 〈양춘곡〉[245]을 한번 부르고　盛筵一唱陽春曲

그 모양이 북두칠성처럼 술구기 모양이어서 '남두'라고 함.

242 봉대(鳳臺): 춘추시대 진(秦)나라의 봉대(鳳台). 진목공(秦穆公)의 딸 농옥(弄玉)이 피리의 명인 소사(蕭史)에게 시집가서 열심히 배운 결과 〈봉명곡(鳳鳴曲)〉을 지어 부르게 되었고, 목공이 그들을 위해 봉대(鳳臺)를 지어 주고 살게 했는데, 뒤에 부부가 신선이 되어 하늘로 올라갔다는 고사가 전함. 『후한서(後漢書)』〈교신전(矯愼傳)〉.

243 한서(漢署): 중국 한(漢)대 삼성(三省)의 낭관(郎官)들로 임금에게 아뢰는 일을 맡았음.

244 유조(儒曹): 문한(文翰)을 맡은 관청.

245 〈양춘곡(陽春曲)〉: 전국시대 초(楚)의 노래 이름. 고아(高雅)해 배우기가 어려움. 인

〈백설〉²⁴⁶ 새로운 소리도 격조가 저절로 높네　　　白雪新聲調自高

해고(海皐)에게 다시 답함

타치바나 겐쿤

시 짓는 자리에서 여럿과 사귀고 그대와 함께 약속했으니

詞筵交座與君期

붓과 먹은 빛나고 밝게 이 시들에 모였다네　　　翰墨爛班總是詩

한대(漢代) 격식으로 가락 이루니 누가 화답할 수 있으리 漢體調成誰得和

만천²⁴⁷과 같지 않으니 은혜로운 때만 받겠네　　　不如曼倩受恩時

자봉(紫峯) 김(金) 선생에게 번갈아 간략히 드림

타치바나 겐쿤

재자²⁴⁸들 두루 동각²⁴⁹ 따라 이어지니　　　才子偏從東閣延

신해 고아한 곡조나 노래의 범칭.

246 〈백설(白雪)〉: 〈백설곡(白雪曲)〉. 〈양춘곡(陽春曲)〉과 함께 손꼽히는 전국시대 초 (楚)나라의 2대 명곡. 굴원(屈原)의 제자인 송옥(宋玉)이 초나라 수도인 영(郢)에서 불렀 는데 너무나 그 곡조가 고상했기 때문에 창화(唱和)한 자가 얼마 안 되었다고 하며, 예로 부터 창화(唱和)하기 어려운 곡으로 일컬어짐. 송옥(宋玉)의 〈대초왕문(對楚王問)〉.

247 만천(曼倩): 동방삭(東方朔, B.C.154~B.C.93)의 자. 한(漢)의 염차(厭次) 사람. 무제 (武帝) 때 벼슬이 태중대부(太中大夫)에 이르렀고, 기이한 꾀와 재담으로 무제의 사랑을 받았음. 저서에 『답객난(答客難)』, 『비유선생전(非有先生傳)』, 『칠간(七諫)』 등이 있음. 서왕모(西王母)가 심어놓은 반도(蟠桃)를 훔쳐 먹고 장수했다는 고사가 있음.

248 재자(才子): 덕(德)과 재능을 겸비한 사람. 또는 재능이 뛰어난 사람.

청운²⁵⁰은 약속하여 신선이 되는 듯하네 　　青雲有約若登仙

조선의 문장 옛날과 같으니 　　　　　　　小華文筆金猶古

천년을 돌려보아도 초성²⁵¹으로 전하리 　　千載還看草聖傳

박(朴) 학사(學士)의 귀국을 받들어 전송함

타치바나 겐쿤

사신의 배 온통 성대하여 유관²⁵²을 만나 뵙고 　仙槎一繁謁儒官

다시 이 세상에서 10일간 기쁨을 얻었도다 　　更得人間十日歡

아주 오래 사귄 정으로 상서로운 기운 맞이하고 　絶代交情迎王氣

주대(周代) 남은 예절로 문인 대접하네 　　　遺周禮節接文冠

바다로 갈석²⁵³에 닿은 조선은 머니 　　　海連碣石三韓遠

눈은 연꽃에 가득 차 6월도 차갑네 　　　　雪滿芙蓉六月寒

갑작스레 분주함 도리어 한스러운데 이별은 급하고 還恨忽忽離別急

바람과 구름 서로 추억하며 각자 하늘만 바라보리 風雲相憶各天看

---

249 동각(東閣): 동쪽 곁채의 거실이나 누각(樓閣). 재상이 빈객을 초대하고 대접하던 곳. 동합(東閤).

250 청운(青雲): 청운사(青雲士). 원대한 포부와 지향의 비유.

251 초성(草聖): 초서 잘 쓰는 사람을 기리는 말. 후한(後漢)의 장지(張芝), 당(唐)의 장욱 (張旭) 등을 이름.

252 유관(儒官): 옛날, 벼슬에 올라 유학을 가르치던 사람.

253 갈석(碣石): 산 이름. 그 위치에 대해서는 여러 설이 있는데, 하북성(河北省) 창려현 (昌黎縣) 서북쪽에 있었다는 설이 유력함. 또는 발해(勃海) 인근 갈석(碣石)의 병칭인데, 일찍이 진시황(秦始皇)이 순수(巡狩)하다가 갈석에 이르러 바위에다 공을 새긴 고사가 유명함. 『사기(史記)』 권6 「진시황본기(秦始皇本紀)」.

왕마힐(王摩詰)²⁵⁴이 조감(晁監)²⁵⁵을 전송했던 시를 본받아 조선으로 돌아가는 조(趙) 양의(良醫)를 전송함

타치바나 겐쿤

다른 나라와 경개해 만났다가	異邦傾盖遇
한번 헤어져 동서로 멀어지누나	一別隔西東
정패²⁵⁶는 푸른 바다에 임하고	征斾臨蒼水
돌아가는 돛 푸른 하늘에 닿았네	歸帆接碧空
일본에는 거슬러 밀려오는 파도 없고	蜻洲無逆浪
붕제²⁵⁷는 바람 타기 좋구나	鵬際好乘風
떠나가는 길 산에 의지하기 어둡더니	去路攀山暗
아침 햇빛 붉게 바다에서 나오네	朝暉出海紅
각자 머나먼 밖으로 있게 될 테니	名存萬里外
꿈속으로 들어가 서로 그리워할 테지	夢入相思中
한스러움 큰기러기 날아가는 길에 남았고	恨有飛鴻道
잘 지은 시문은 통할 수 없네	芳音不可通

---

254 왕마힐(王摩詰): 왕유(王維, 701~761). '마힐'은 그의 자. 성당(盛唐)의 대표적 자연시인·화가 산수화(山水畫)에 특히 뛰어나 시 속에 그림이 있고 그림 속에 시가 있다는 평을 들었으며, 불교를 독실히 믿어 시불(詩佛)이라 불리었음.

255 조감(晁監): 중국 당(唐) 현종(玄宗) 때 비서감(祕書監)을 지낸 일본인 아베 나까마로[阿倍仲麿]의 중국 명호(名號). 조형(朝衡) 혹은 조경(晁卿)으로도 불리어졌음. 천보(天寶) 12년인 753년에 배로 귀국하던 중 난파를 당한 끝에 안남(安南)에 표박(漂泊)했다가 다시 당 나라에 온 뒤 70세의 나이로 죽었음. 왕유(王維)가 지어준 '일본으로 돌아가는 비서 조감을 전송하며[送書秘晁監還日本]'라는 시가 전함.

256 정패(征斾): 관리가 먼 곳을 갈 때 가지고 가는 장기(仗旗).

257 붕제(鵬際): 붕새가 나는 높고 넓은 하늘가. 끝없이 먼 곳.

오래지 않아 장차 돌아가려 하며 타치바나[橘] 태의(太醫)가 준 시를 차운해 이별함

활암(活菴) 조숭수(趙崇壽)

이 세상 한낱 묵은 일	天地一腐役
끝없이 일본으로 향했다네	無端向日東
비와호[琵琶湖]는 큰 들판처럼 트였고	琵湖疏大野
후지산[富士山]은 푸른 하늘로 솟구쳤네	富岳聳蒼空
외로운 객관 안에서 우연히 만났는데	邂逅孤館裏
태의는 좋은 풍격 띠고 있네	太醫帶好風
뒤따르며 며칠간 물으니	追隨問幾日
정겨운 이야기 마음속에서 나오네	情話出心紅
심오한 도리 논했는데 오히려 머니	玄理論尙遠
돌아가는 길 보이는 것들 속으로 들어가리	歸路入望中
몹시 한스러움으로 서로 헤어진 뒤에	恨悵相分後
소식이나 어찌 서로 통할 수 있으리	音書那得通

조(趙) 송재(松齋)의 귀국을 갑자기 전송함

타치바나 겐쿤

헤어질 때 서로 사귀려하니 너무나 멀고	別時交際已迢迢
바다 위 장차 헤어지려는데 사신의 수레만	海上將辭使者軺
다시 청낭에 신령한 약 넣어두었으니	更有靑囊靈劑在
어떻게 장기[258] 막고 하늘에서 내려올까?	何妨瘴氣下烟霄

서강(西岡)의 뛰어난 시를 받들어 화답함

조덕조(趙德祚) 사례함

바다 위로 머나먼 길 멀기만 한데	海上萬里路迢迢
늘 은혜 입은 물가에는 사신의 수레만	每蒙江洲使者輈
내일 그대와 함께 헤어진 뒤에	明日與君分手後
죽고 삶이 어찌 달리 높은 하늘로 멀어질까?	死生何異隔雲霄

타치바나[橘] 태의(太醫)를 떠나며 작별함

조선 구헌(矩軒) 박(朴) 인칙(仁則)

아득히 멀리 하늘 끝으로 헤어지려니	渺渺天涯別
슬픈 구름도 조용히 흐르지 않네	愁雲澹不流
바다 위에 뜬 달은 시편을 따르는데	海月隨詩面
머나먼 길 떠날 배와 함께 돌아가리	同歸萬里舟

박(朴) 학사(學士)의 작별시에 제멋대로 차운함

타치바나 겐쿤

동쪽 바다 밖으로 한번 헤어지려니	一別東溟外
긴 장마 은하수로 이어지누나	愁霖接漢流

---

258 장기(瘴氣): 축축하고 더운 땅에서 생기는 독기(毒氣). 장독(瘴毒).

응당 뚝뚝 떨어지는 눈물 보태겠지만　　　　　　　應添數行淚

이응의 배[259]에 부쳐 보내리　　　　　　　　　　寄到李膺舟

이상 합계 32수(首)

---

259 이응의 배: 아주 친한 친구 사이. 후한(後漢) 때 곽태(郭太)가 낙양(洛陽)에서 노닐면
서 고사(高士) 이응(李膺)을 처음으로 만났을 때, 이응이 그를 대단히 기특하게 여겨 서로
친구가 되었는데, 뒤에 곽태가 향리로 돌아올 적에 수천 명의 선비들이 배웅을 나왔으나,
오직 이응하고만 함께 배를 타고 건너가니 선비들이 바라보며 신선(神仙)이라고 칭탄했
다는 고사. 『후한서(後漢書)』 권68 「곽태열전(郭太列傳)」.

韓客筆譚 一

太醫令 橘元勳 識

廷享五年, 戊辰五月, 朝鮮國信使, 來朝于東都, 臣 元勳奉
命, 椄見使客, 略問方産未闡, 以資多識. 寔非清之餘化, 何夫得然
乎? 元勳固有受敎于韓人之嫌, 談說翩翩, 聊示
國學之有餘, 以故無議論之補過者云爾.

韓客筆譚

戊辰 五月 二十三日 到于鴻臚館, 謁
製述官 朴敬行于筆談所.

○ 僕姓橘, 名元勳, 字公績, 號西岡. 丁未敍朝散大夫, 任太醫令, 爲
尙藥奉御. 丙辰薙髮稱道三.

○ 方令
二邦修好, 星軺萬餘里, 偶及
東都, 勳不佞, 趨于館舍. 謹賀其福. 元勳

○ 僕姓朴, 名敬行, 字仁則, 號矩軒.

○ 荷此委訪, 申以鄭疊之意, 感荷無已. 萬里滄濤, 無擾解纜, 莫非王靈, 而炎路憊頓, 神遣氣挫, 無以答, 此壯遊耳. 敬行

○ 今接諸君, 忻幸. 有餘以毫, 代舌鋪字, 達辭, 言不聲意, 伏請亮察. 元勳

○ 足下之位職, 如何? 元勳

○ 官歷國子監典籍. 敬行

○ 又問. 高齡幾許? 令子幾員? 元勳

○ 年今三十九, 有丈夫子二人. 敬行

○ 公之壽, 今年三十九, 僕亦正富三十九. 文人同齡, 更覺奇遇. 但[1]聞有男子二人, 可賀可賀. 僕唯有一豚兒而已. 元勳

○ 此時, 有詩章酬和.

○ 今日與諸君接儀, 詞語來往, 各伸其志. 幸得觀貴國衣冠之美, 而識先代之遺風之存于此. 禮文嚴然仰高哉. 僕之懷, 唯在于風雨之卒章

---

1 원문에는 '且'이지만, '但'의 오기(誤記)이므로 바로잡았음.

也. <u>元勳</u>

○ 一席唱和, 擬以永今日, 而無奈乎. 自公召之, 便覺快然, 而僕之
淹滯, 未知爲幾何日. 更得惠然, 則可續此緣, 唯日之望. <u>敬行</u>

同席 寫字官 <u>金天壽</u> 來接.

○ 僕姓<u>金</u>, 名<u>天壽</u>, 子君實, 號紫峰. 以筆名, 入來貴國. <u>天壽</u>

○ 定有紀行之作, 幸許管貝. <u>元勳</u>

○ 國書陪來, 行征忽急. 略有五六首, 終當書送如計耳. <u>天壽</u>

○ 足下之齡, 若干? <u>元勳</u>

○ 四十. <u>天壽</u>

○ 僕雖列醫官, 公餘風月賦詩遺志. 若得高作一二篇, 何幸如之?
<u>元勳</u>

○ 乘間賦詩, 以送耳. <u>天壽</u>

二十八日 再會製述官 于本堂東廂.

○ 日之前已, 接淸儀, 酬唱數篇, 佳慶可珍. 梅天將晴, 炎氣難凌. 福

履淸勝, 不勝忻慰之至. <u>元勳</u>

○ 敢問. 行中所備之音樂, 所謂右方之樂乎? <u>元勳</u>

○ 頃日暫時之話, 到今此一席相會, 足慰旅愁, 何幸何幸? 行中音樂,
卽太常雅樂耳. <u>敬行</u>

○ 宋史曰,
貴國之樂, 有左右二部, 曰唐樂<u>中國</u>之音也, 是爲左, 曰鄕樂是爲
右, 卽
貴國古習之樂也. 按此鄕樂故習之樂, 而爲<u>殷</u>代之物乎? 然則上古之
樂也乎? <u>元勳</u>

○ 弊邦之樂, 有軍樂·雅樂二部, 而左右之樂, 非吾邦之故也. <u>敬行</u>

○ 此行之樂, 有笰云, 是觱篥之謂乎? <u>元勳</u>

○ 然. 行敬

○ 幸得觀此物乎? <u>元勳</u>

○ 頷. <u>敬行</u> ○ 樂師特來此器, 畧寫其樣, 以列于左.

笶圖

面　管長七寸七分强.　　廻一寸八分.

以細銅綵笠之.　　銅綵　　後

器以雌竹造之, 不加飾色麤惡, 而野其舌, 與吾觱篥之舌, 畧相似也. 樂師吹之, 其音律, 比于吾觱篥, 其濁滯, 凡二倍也乎?

○ 舌乃蘆乎? 元勳

○ 頜. 樂師

○ 樊邦固有觱篥大小二品, 今存者, 小觱篥也, 大者, 已失其器之製. 僕按
　貴國傳其大者, 吾又傳其小者乎? 今夫得笶之製, 曷勝榮荷? 元勳

○ 貴國本年置閏, 在于何月? 元勳

○ 七月. 敬行

○ 然則與時憲書同,
　貴國有司曆乎? 元勳

○ 笑而頷. 行敬

○ 開寶通禮幷唐令, 存在耶? <u>元勳</u>

○ 或有之, 而不崇用也. <u>敬行</u>

○ 貴國
王都在國之中央乎? 北極出地何度? <u>元勳</u>

○ 國都在中央, 北極出地三十五度 而
貴國奈何? <u>敬行</u>

○ 略與
貴國相同,
<u>京都</u>, 北極出地三十六度弱,
<u>東都</u>, 乃三十五度, 有奇之地也云. <u>元勳</u>

○ 僕講醫之暇, 乘與賦詩裁文, 其稿已有數本. 幸有傍人, 寫若于首
者, 以呈案下. 樗散材, 何足太匠之一顧也? 辱賜一語, 加之卷首, 寔是
文壇風流, 藝苑旗表也. 唯此之請. <u>元勳</u>

○ 謹當奉敎. <u>敬行</u>

三書記來謁, 屢有酬和.

姓李, 名鳳煥, 字聖章, 號濟菴.
姓柳, 名逅, 字子相, 號醉雪.
姓李, 名命啓, 字子文, 號海皐.

六月十一日, 會製述官于房內.

○ 連荷訪問, 且蒙紙扇之贶, 種種感銘. 今日幸得良會, 而又如是擾甚, 似未可悉此衷曲. 奈何? 敬行

○ 時時雖接會敎, 早卒之間, 未逯素懷也. 還旆已動, 再會無期, 僕堪深嘆, 此遇更盡一別之情而已. 元勳

○ 前日有靈劑之贈, 感佩感佩. 元勳

○ 臨發, 又蒙辱臨, 情眷可感. 況是別語, 又代萬里音容, 尤至尤至. 敬行

○ 李于鱗·王元美之書, 行于
貴邦乎?
樊邦玩之者, 亦多. 元勳

○ 如畫餠, 不可食. 敬行

○ 僕將辭去. 此行之奇遇, 眞是神交也. 明日各自東西去, 則風馬牛亦不相及, 可深嘆哉! 元勳

○ 黯然消魂. <u>敬行</u>

同日, 又與寫字官<u>金天壽</u>, 遇焉.

○ 曩惠高作, 脣邊之酬答, 使譯人達焉. 梅天亞暑, 淸勝可珍. <u>元勳</u>

○ 高敎多荷. 僕有伏暑, 屢苦頭疼, 公賜黃連乎? <u>天壽</u>

○ 黃連之求, 分內之事, 明日使人贈. <u>元勳</u>

○ 僕所請之數幅, 已垂彩毫乎否? <u>元勳</u>

爲尊公書之, 自有精神. <u>天壽</u>

○ 榮荷有餘. <u>元勳</u>

韓客筆譚

戊辰五月二十三日, 到于鴻臚館, 謁良醫<u>趙崇壽</u>于筆談所.

○ 僕姓<u>橘</u>, 名元勳, 字公績, 號西岡. 丁未敍朝散大夫, 任太醫令, 爲尙藥奉御. 丙辰薙髮稱道三.

○ 僕姓趙, 名崇壽, 字敬老, 號活庵. ○ 通名剌, 俱爲揖, 而着坐.

○ 海山萬里, 無撓抵達, 而蒙此枉顧, 寔庸感謝. 崇壽

○ 使軺萬里, 山遠水長, 寒往暑來, 已到
東都, 幸得良晤, 佳勝不盡. 元勳

○ 足下官階何等, 壯齡幾許? 元勳

○ 僕以幻學, 初踐通德郎, 官主薄, 今年三十有四. 崇壽

○ 全元起所解之素問, 存在于
貴邦乎否? 元勳

○ 全之註, 人多不稱焉, 公之問, 有何之意? 崇壽

○ 素問今文, 唐王冰所編次, 而天眞論, 古本在第九卷. 欲窺古文,
而觀古之古者耳. 元勳

○ 在第九卷, 已備王註, 而以愚見, 當在上篇. 然全註·王註, 皆不必
拘泥. 唯在醫者審明處, 大抵本文多錯簡, 註之者, 不無註誤之獘. 若熟
讀玩味, 則自有所得也. 崇壽

○ 僕意亦如敎, 好古之癖, 欲擯全之古本, 今按新校正之說, 頗見古
文梗槪也. 元勳

○ 僕獘邦一腐儒, 有何所見之可論? 公先以素問一書論, 及博識, 僕則無以仰答, 而僕粗有工於 軒岐餘論. 然恨不深明道理, 爲愧耳. 崇壽

○ 足下之謙讓, 無所容言. 僕末學膚受也. 他日爲疑問, 請勿吝. 元勳

○ 公若有問, 僕何敢以爲辭? 恐負公之所敎也. 崇壽

○ 一接芝眉懇懇, 而若相識. 唱和數章高調可愛. 于時多事, 更將辭去. 餘在再面. 元勳

二十八日再會艮嶺于本堂

○ 過日接晤語, 筆語數回, 勿外是荷. 前作加圖書, 而呈之坐右. 元勳

○ 向接未穩, 殆切耿耿矣. 更對淸儀, 兼贈以瓊什, 眞所謂景蓋如舊也. 不勝欣幸. 崇壽

○ 數昨元卓, 以書相問, 投示內經探賾, 囑其序文, 窃恐荒拙, 無以稱其望也. 公近見元公耶? 崇壽

○ 元卓吾門下也. 老來不懈治隙之役, 或拾經語, 有若抄集, 若感伏櫪, 而賜序言, 當不堪榮幸耳. 曩聞簡足下之由也. 元勳

○ 已聽素問經文有錯簡, 註之者不爲註誤, 但在熟讀云. 愚按素問·九靈, 極多錯亂者, 裁註家, 各有見識, 互擄而得其衷乎? 初學之徒, 何適從之有? 僕常讀遺經正文矣. 是異域同心, 千古公論也. 欲觀全之解, 亦仰慕古本正文而已. 吾
邦已失全本,
皇明醫家, 稱全註者幾希, 惟恐俱亡全本. 嘗談經之日, 到帝之登天深嘆, 說者未闡竊作之辨. 今携其稿來, 請垂一覽. 其事之當否, 爲奈之何? 元勳

○ 登天二字, 卽如天同大之義, 雖苦口而辨, 爲過於此. 內經大抵專全於運氣一篇, 到於此等辨, 恐非寍地工夫也. 運氣中, 所謂司天·在泉, 僕未能詳焉, 公細爲辨明也. 崇壽

○ 登天之說, 雖非急務, 僕有經解之志, 登天二字, 今文開卷之一, 不得無辨也. 愚漫爲之臆辨, 今因足下, 敢問此辨之的而已. 經之當討論, 固不止一二也. 元勳

○ 經之運氣, 爲可辨之急. 僕等於脉絡·病機, 竝五運六氣, 最爲講習也. 元勳

○ 經旨, 何可卒爲問辨也? 公之言是矣. 崇壽

○ 貴國風土, 與樊邦不同. 凡人之病所感者, 何氣最多? 崇壽

○ 樊邦雖在海之東, 方域山川, 六淫有頗, 所惑之氣, 亦自不一樣.

但近來多脚氣腫滿耳. <u>元勳</u>

○ 此乃濕熱之所爲也. 弟見來路, 陰虛者甚多, 不護足, 而衣甚薄,
不處溫, 而嗜魚鮮.
居處飲食, 兩邦絶異, 而其壽夭, 亦不同.
貴邦之享壽者, 亦多耶? <u>崇壽</u>

○ 樊邦固有陰虛者, 腫脹職此之由, 不啻嗜魚, 又嗜酒者頗多. 其壽
夭不亦一, 或有舁天年者, 一鄉不過一二人, 上壽七八十, 皆爲賀. 或失
調護者亦多. <u>元勳</u>

○ 人參神品
貴邦生焉. 其波及
樊邦者,
君之餘慶也. 定知諸道各路種收, 而其上之. 竝問貯參之法. 或與細
辛間藏焉, 然爲辛氣所薰. 請傳貯之之法. <u>元勳</u>

○ 人參只取北路, 非處處可採之藥. 是以弊邦貧乏者, 鮮有用者. 和
細辛, 封固極是, 別無他道也. 雖用同封而置, 無相薰之理耳. <u>崇壽</u>

○ 參蘆涌劑也, 虛人代瓜蒂用. <u>清朝張路玉</u>, 以竹節參爲參蘆也. 竹
節參, 華舶齎來者多,
弊邦亦在. 莖葉花實似眞參, 而其根如竹根. 採收曝用. 又似舶上之
物, 而味苦耳. <u>中華</u>之竹節參, 亦與吾
邦者同乎? 暫置之, 敢問參蘆之說. <u>元勳</u>

○ 豈獨參蘆然也? 諸藥蘆, 皆可吐. 特用於虛人者, 以其爲有參力之故. 非此於他藥蘆也. 崇壽

○ 貴國假參, 曾於大坂, 過時一見, 而外形雖或彷彿, 其於味苦耳. 崇壽

○ 鄕藥集成之諸方, 具載所出也. 謂三和子者, 書名乎? 人名乎? 元勳

○ 三和, 言藥之名也乎? 崇壽 ○ 元勳掉首.

○ 路傍見有國分散之藥, 此
貴邦別造乎? 其藥有藥種? 崇壽

○ 路傍驛次之賣藥乎? 僕未知其名目, 況於其品味乎? 恐是草澤之方藥. 元勳

○ 以金字, 大書曰國分散, 似非草藥也. 崇壽

○ 賣藥家, 皆有若斯之籤題, 或有金字·碧字之屛. 其間亦有草藥, 此
弊邦之俗習也. 元勳

○ 烟草, 或名南靈草乎? 華域之書, 不載此名,
貴邦之雅名乎? 元勳

○ 烟草不載於本草, 而特以善名與之耳. 崇壽

○ 黃連生於何地? 崇壽

○ 諸州皆在, 以北島者爲勝, 東奧之國尤多, 常用之品也. 貯置者許多. 元勳

○ 行中多有伏暑者, 僕亦有服藥事. 何以則多貿數斤耶? 崇壽

○ 他日贈致之耳. 元勳

○ 只欲貿用耳. 非好品, 不可公之使之得用, 則幸也. 崇壽

○ 必供藥籠之用也. 何爲容謝? 元勳

○ 非欲受公之贈. 只得貿用也. 崇壽

○ 共喫菓餠乎? 元勳　○ 于時館伴供茶菓, 故云爾.

○ 滿坐皆頷.

○ 足下喫酒乎? 嗜茶乎? 元勳

○ 過麥田大醉, 只好茶飮之屬. 崇壽

○ 麥田乃酒名耶? <u>元勳</u>

○ 弊邦以麥釀酒故耳. <u>崇壽</u>

○ 威靈仙有直立者, 有蔓草者, 乃鐵脚威靈仙也. 貴邦所用何者? <u>元勳</u>

○ 靈仙治風, 故取其鐵脚者爲佳. <u>崇壽</u>

○ 竟日筆話, 稍妨詩興. 新晴催暑煩勞, 可知足下須就于房. 僕亦去, 表賀之後, 再來接眉耳. <u>元勳</u>

○ 僕亦欲退去, 而俱詩債未報, 故方少留耳. <u>傳</u>
命之後, 再會之約, 僕亦以爲幸也. <u>崇壽</u> ○ 此日, <u>野呂元常·河村長因</u>, 與諸客, 接見唱酬, 故有詩債之事也.

兩醫員, 亦來于同席.
僕姓<u>趙</u>, 名<u>德祚</u>, 字聖哉, 號松齋.
僕姓<u>金</u>, 名<u>德崙</u>, 字子潤, 號探玄.

○ 問二子位職如何. <u>元勳</u>

○ 官居主簿之列. <u>德祚</u>

○ 位階幾許. <u>元勳</u> ○ 無答.

○ 本無才能, 而且司命之策任, 不在輕泪於考方看病. 詩句舊廢, 故不得奉和, 可嘆. 德崙 ○ 此時, 元勳呈詩于兩醫員, 故稟.

○ 足下之言至矣. 僕亦不强爲唱和, 而足下之所見也, 醫之道, 固以大故也. 元勳

六月 四日, 又與趙崇壽, 會于本堂.

○ 徽瘴有日, 福履清勝, 可賀也. 元勳

○ 昨因小疾, 不得出外矣, 河公・野呂公, 來訪病所, 終日談話. 公其聞之耶? 崇壽

○ 昨有微恙, 今則除乎? 頗見清爽. 昨二生來, 煩足下之間. 當荷佳敎, 於吾多慶, 僕未知之. 今聞之裁判之言也. 元勳

○ 聞
貴國小兒多疳病云. 此皆由於尙甘味也, 盖損之. 崇壽

○ 若足下之所聞者, 略多寔姑息而已. 然中人以上之所稀也. 或育于娼人之手者, 或不免此患也. 元勳

○ 人參也, 春秋二仲採其根, 以米泔浸洗, 又浸于甘草湯, 而蒸了, 爲陰乾, 以手搓之. 是
弊邦古習之製也. 僕按, 諸藥屢經修製, 其氣不醇. 凡貴鍛鍊者, 道

家之爲也. 敢問

　　貴國參之修造.　元勳

○ 人參無修製之法. 初採時, 以熱湯, 洗其沙土, 於無風處淨乾, 而參之本味甘, 何假於甘草之甘? 若以甘草湯浸曬, 豈無甘草味耶?　崇壽

○ 採造之法, 寔當如此, 參之天性, 有中和之味也. 今浸甘草水者, 人行五里許, 大抵甘草之味, 不以浹洽也. 是華域之法云, 吾未甘心也. 元勳

○ 奚必五里之間也? 雖一瞬之間, 亦難也. 本草所無之事, 何妄爲也? 華域之造法, 僕未嘗聞焉. 然以愚見計之, 恐不當以甘草浸之也. 崇壽

○ 參之莖葉, 陰乾者已多, 本草家未載其功用. 莖葉主治, 爲如之何? 元勳

○ 參葉, 弊邦亦用之, 貧乏者多代用. 然産後發熱·感冒勞發之外, 別無所用.　崇壽

○ 參之莖葉[2], 貧生或代參用, 又治産後發熱·感冒勞發云. 僕按, 二症用此者, 或借補虛解熱之力乎? 若一解熱邪, 則似無補虛之功也. 外感勞發, 乃再感·勞復耳. 僕誤認足下之所傳乎? 敢問其權用, 以啓迪

---

2 원문에는 '莖'이지만, '葉'의 오기(誤記)이므로 바로잡았음.

後人也. <u>元勳</u>

○ 産後用之, 散虛熱, 而不致疊虛. 感胃等症用之, 代人參, 而正氣. 人參敗毒散, 卽解表之劑, 而入人參何也? 散表邪者, 必先正其氣. 故敗毒散·參蘇飮之屬, 皆入人參, 正其氣, 排外邪之意, 可見矣. 參葉之代用, 亦此意也. <u>崇壽</u>

○ 然則不特二症而已. <u>元勳</u>

○ 貴國上品人參, 有長寸餘, 若麥門冬大者, 又有長二寸餘, 如鷄腿者, 乃<u>陳嘉謨</u>, 所謂鷄腿參也. 此二品, 今在上品中. 僕按, 若門冬者, 初生二三年, 未備花實之時採收焉乎? 所謂鷄腿參者, 四五年來, 花實共備者乎? 二品之間, 以何爲絶品也? 別具支體者, 是神草, 而名山之所出也, 又非常用之物也, 必矣. <u>元勳</u>

○ 人參之生長, 數十年後, 或其大如鍼, 百餘年後, 始大如指, 累百年後, 或有如鷄腿者. 然此則甚罕見也. 數年而長, 四五年而大, 則何如是之貴且靈也? <u>崇壽</u>

○ 貴國之參, 有累百年, 而不枯朽者, 寔是神草之, 生于名山者也乎? <u>元勳</u>

○ 敢問以何爲佳品乎. <u>元勳</u>

○ 如人形者最貴, 此則至難得, 如鷄腿者次之, 亦難得. 俱小, 而斤

兩多者, 爲佳品. 雖大而不輕, 不如小者, 非佳品也. 崇壽

○ 參之等品, 已示其說之詳. 且參之三四年, 而已備三五, 五年內外, 備花實, 是本草家及花木之書, 皆有其說, 故云然耳. 元勳

○ 抑有他本草耶? 諸本草無此說. 僕亦未嘗聞知耳. 且人參有花無實, 尤難取信也. 崇壽

○ 此說本草家所載者甚多. 自宋之圖經·證類, 以下到皇明, 航來者數十百家, 固有于吾者, 難屈指而量焉. 大淸之醫家, 所述之本草頗多. 曩云張路玉之說, 見本經逢原, 路玉氏, 大抵順治人也, 參之說, 具于本草及府志, 草木之書者. 比比, 皆是日後抄書, 而呈之. 元勳

抄書以示, 則幸矣. 僕以寡學, 未及見, 而然耶. 崇壽

○ 吾天和壬戌年,
貴國醫官鄭東里謂
弊邦醫員野正竹曰, 人參十月種子, 用去年之子, 非今年之子. 僕按如東里之說, 今年之參實, 冬日乾收, 以備來年播植之用乎? 何夫不種今年之實乎? 此醫中之所傳也, 今因足下, 而欲解其疑也. 元勳

○ 鄭東里之言, 非近理也. 天下之事, 深藏者, 必易顯. 人參若有實, 非弊邦之人見,
貴國亦嘗見之矣. 參葉入來之時, 其實獨不入來耶? 崇壽

○ 夙識此事之所秘, 何爲費問? 人參固有實也. 今示足下素意, 感荷感荷. 前者, 遜辭也乎? <u>元勳</u>

○ 前約之黃連些少, 備行中之用. <u>元勳</u>

○ 頃日黃連之問, 欲爲貿用之意. 今之見贈, 誠是慮外. 僕不當受. <u>崇壽</u>

○ 足下已有欲貿用之意, 僕何爲之先容? 且見其品乎? <u>元勳</u>

○ 非此之謂. 先問於足下, 知其好否, 然後欲使舌人貿取而已. 今蒙公惠, 雖甚感, 而僕有先問之嫌, 終難如敎也, 休咎也. <u>崇壽</u>

○ 何夫强之爲? 連之形容, 爲如之何? <u>元勳</u>

細小多骨多毛, 甚非佳品乎. <u>崇壽</u>

○ 是<u>東奧</u>之産也. <u>元勳</u>

○ 僕所求者, 如熊爪肥大者, 而內局之藥如此. 然則恐難得也. <u>崇壽</u>

○ 弊邦之所産, 大抵北地出焉. 華舶上之物, 亦似弊邦之物. <u>元勳</u>

○ 嘗見
貴國産者, 亦多有好品矣. 若有佳品, 許令一看. <u>崇壽</u>

○ 弊邦之黃連, 如熊爪者, 憶是中國之所出也. 種植培漑, 且加糞力, 故其物肥大, 而鬚少. 然其功用稍劣也. 僕所藏之物, 殊採東國山中者也. 官物亦東北諸州之野生也.

弊邦之細辛·黃連之屬, 尙天性者多. 元勳

○ 朝來遇林秘書, 足下答詩已到. 頗賞墨妙也. 元勳

○ 行中旣有學士, 則不當於僕請和, 而林秘書之詩, 又不可況之焉. 故謹以荒蕪之詩, 草草答之, 公亦得見耶? 僕於醫猶不足論, 況詩乎? 可愧. 崇壽

○ 答林氏之詩未見焉. 足下行中有詩, 願見焉 元勳

○ 僕素昧詩律, 豈有詩軸之, 可以掛他眼者? 或有路上偶吟之詩, 而又不曾藏之. 玆不得奉副, 可嘆. 崇壽

○ 東醫寶鑑所載之呑魚, 俗謂之大口魚, 今按, 呑字音義未詳. 元勳

○ 呑字, 大·口二字, 混同也. 崇壽

○ 貴邦之刻本, 僕藏一本, 吾
邦所刻, 亦俱作呑, 故爲疑. 已聞足下之言, 積疑氷解. 俗人多問此字音爲煩, 他後免此之憂. 元勳

○ 弊邦有如此事者多矣. 崇壽

○ 世俗之問, 還難其答, 胡盧胡盧. 元勳

○ 同書載松魚, 今按<u>中華</u>之書, 未載若斯之物. 足下聞華名乎? 此物但在于
貴國與
弊邦乎? 元勳

○ 松魚弊邦謂之崧魚, 或謂之宋魚. 魚屬之産處處, 各異不必爲怪也. 崇壽

○ 未聞華之名耶? 元勳

○ 然. 崇壽

○ 此魚有松味故名,
貴國亦然耶? 崇壽

○ 弊邦號堅魚, 俗亦作鰹字. 文人或用
貴國之雅名, 故松魚·堅魚通用. 元勳

○ 之魚若不鮮者, 使人醉也, 概爲魚毒, 而施治.
貴邦亦然乎? 元勳

○ 弊邦之松魚, 別無毒耳. 崇壽

○ 胎産諺解·痘疹諺解, 乃以
貴邦之諺文所記乎? <u>元勳</u>

○ 胎産·痘疹之書, 皆以諺書, 篇篇付解, 欲使婦女見之耳. 盖胎産·痘疹, 固婦人之不可不知者也. <u>崇壽</u>

○ 醫林撮要, 鄉藥集成, 東醫寶鑑, 針灸經驗之外, 貴國著述之醫書專, 行于今者, 有幾部? <u>元勳</u>

○ 醫鑑數冊之外, 亦有數部, 經驗方, 千六集·南溪集·濟齋方等書耳. <u>崇壽</u>

○ 俱爲印刻乎? <u>元勳</u>

○ 頷. <u>崇壽</u>

○ <u>初虞世</u> 古今錄驗方, <u>周應</u> 簡要濟衆方, <u>劉禹錫</u> 傳信[3]方, <u>李絳</u> 兵部手集, <u>陳延之</u> 小品方, <u>王永輔</u> 博濟方, <u>陳藏器</u> 本草拾遺, <u>龐安常</u> 本草補遺, <u>李東垣</u> 醫學發明, <u>朱肱</u> 活人書, <u>沈存中</u> 靈苑方, <u>寧獻[4]王</u> 庚辛玉冊,
右數部, 吾
邦今已不傳其本.

---

3 원문에는 '心'이지만, '信'의 오기(誤記)이므로 바로잡았음.
4 원문에는 '周憲'이지만, '寧獻'의 오기(誤記)이므로 바로잡았음.

貴國諸書引用, 此等之書, 定知存于今也. <u>元勳</u>

○ 如此之書, 雖有之, 終非大家者類也. <u>崇壽</u>

○ 貴邦已尙方書, 此等之策, 豈謂非大家哉? 發明者大家之一, 而吾邦仰慕焉, 未得全本也, 殘冊纔存于醫統正脉中而已. <u>元勳</u>

○ 弊邦所有者, 只厖之書, 陳之述而已. 然皆無足觀. <u>崇壽</u>

○ <u>張景岳</u>之書, 近來大行于世.
貴國亦信之耶? <u>崇壽</u>

○ <u>張介賓</u>有類經, 又有景岳全書, 人人玩焉. <u>元勳</u>

○ 弊邦固有古方書, 自<u>巢</u>之病源, <u>王</u>之外臺, <u>孫</u>之千金及翼, 到<u>宋</u>之諸大部, 亦存于今者居多.
貴邦之所無,
弊邦之所存, <u>互通有無</u>, 而可耶? <u>元勳</u>

足下所望之方書, 幸存于吾者, 當以呈之, 而通二邦之寶, 是僕之願也. <u>元勳</u>

○ 素, 靈, 難經, <u>丹溪</u>書, <u>東垣</u>書, <u>守眞</u>論, <u>長沙</u>法, 入門, 正傳, 回春, 直指方之外, 雖有非常神異之方, 僕未嘗掛眼也. <u>崇壽</u>

○ 病源　外臺　肘後

此三冊, 或可使之得見耶? 僕行中, 無一冊子, 雖欲互通, 亦難矣. 特難深奈何. 崇壽

○ 病源乃古板, 或有蠹之患, 肘後新刻已成. 並以贈焉. 元勳

○ 外臺近來上木, 未遍人間. 僕門人, 平安之山脇道作, 所臨刻也. 僕有

官賜之華本一部, 是爲貽厥, 使新刻本, 致于几下乎? 野元丈, 亦爲作也, 門人也. 元勳

○ 未也. 崇壽

○ 諸書多有不見者, 其中所欲, 惟此二耳. 小小鈐方見之, 徒亂心緒, 而終無一益也. 僕於醫書不廉焉, 公若使之一覽, 則其惠何可量也? 崇壽

○ 聖惠·聖濟亦在, 未有刻本. 一時何爲寫, 而終功也? 若印行之物, 乃呈之. 元勳

○ 再昨構元卓所托序文, 以呈之, 公亦聞之耶? 崇壽

○ 未聞. 元勳

○ 足下有微恙, 知强與予接也. 應加保護矣. 元勳

○ 此時, 使舌人謂予曰, 昨之病未穩, 乞就于房.

○ 累次奉晤, 情誼漸密, 而別期不遠, 良可恨也. 適因小疾辭去, 日後若使枉顧, 則何幸? <u>崇壽</u>

○ 致勞, 丁寧尤極, 感謝. <u>崇壽</u>

十一日, 暫會良醫房.

○ 數日來, 平寧否? 數昨, <u>蘭菴</u>携二種物云, 是公之見惠者也. 謹領而不安多矣. <u>崇壽</u> ○ <u>蘭菴</u>者, 對馬州儒者.

○ 曩時纔具薄儀懇謝, 丁寧還堪愧. <u>元勳</u>

○ 日來海外之奇遇, 交隙稍熟, 各自言志. 唯恨歸帆, 在于不日, 歡心未穩也. 漫呈一律, 以慰旅魂. <u>元勳</u>

○ 別詩感. 公之圖章, 以醫中王道刺焉, 於是可見其淵源之深奧. 窃爲公喜之. 近來用覇道者, 時暫見效, 而終難收後. 此可深戒之也. <u>崇壽</u>

○ 奉
公之業, 豈有他乎? 足下有喜賞之意, 僕以爲榮也. 此章所篆者, 皇<u>明</u>之大家, <u>朱舜水</u>也. <u>朱氏</u>來, 寓吾<u>北藩水戶侯</u>, 所彫者, <u>肥崎</u>之譯人, <u>松崗生</u>也. 此僕王父之遺物. <u>元勳</u>

○ 行中有携

貴國之曆本者乎? 元勳

○ 終當搜, 而不見. 崇壽

○ 此行甘雨兩, 舘中來, 無日不雨, 甚可悶也.

貴國本如此乎? 崇壽

○ 吾

國風土, 或云與閩中相似. 每歲五月梅天, 有兩濕已如此. 大抵梅雨
之氣節, 本綱云, 五月節後, 逢壬日, 爲入梅, 到六月節後, 逢壬日, 爲
出梅. 博物志·五雜組·月今廣義·四時纂要, 亦有此設, 而梅天氣節各
有異.

貴國以幾干日, 爲入梅乎? 元勳

○ 梅天節序, 非常日講習, 卒難指爲其日也. 夏之時, 雨澤時降, 然
後百穀盛長, 窃爲

貴國獻賀也. 無乃信使相通, 天降慶祥也. 崇壽

○ 若降祥雨于

樊邦, 乃可賀也, 而連日流潦, 却爲行中之煩, 唯是恐耳. 足下爲奈之
何? 元勳

○ 忽卒之作, 無足可觀. 只寄別懷而已. 崇壽

○ 早卒之間, 大作堪賞. 異加圖書乎? 元勳

○ 印章一面有傷處, 昨使人新磨更刻. 今則無之. 崇壽

○ 樊邦, 亦爲彫刻者多. 僕門人少年者, 頗爲篆刻, 若有所請, 乃使搦鐵筆乎? 元勳

○ 若如此, 則何幸? 僕當書篆以呈也. 崇壽

○ 正使道子第, 善書篆. 僕當書來耳, 公少座. 崇壽

○ 僕之圖章, 如難依數盡刻, 則名與字之刻爲望. 此中一小者, 子第之求者也. 崇壽

○ 當彫刻, 而呈之. 天和壬戌之聘使客, 多索
樊邦之彫刻也, 近來頗有妙手也. 元勳

○ 前約之病源·肘後, 俱非
官刻, 魚魯或有, 夫察焉. 元勳

○ 兩冊皆醫家之捷方, 不可須曳離於座右者. 僕携而歸, 可作百年奇寶. 亦可以替相別之情也. 崇壽

○ 僕將辭去. 從來屢接談笑, 寔海外之遇, 豈非希世之談哉? 扇柄·翰墨之贈, 深堪可謝也. 元勳

○ 公之枉顧, 寔以感謝. 薄物笑納, 亦以爲幸也. 崇壽

畢

韓客筆談　二

贈答詩稿

奉呈
澹窩洪公閣下伏祈照亮
太豎令橘元勳再拜
五馬東遊壯觀哉, 干旄孑孑映樓臺, 文章總與和邦合, 禮藥遙從殷代來, 日照龍函高法象, 雲迎星使入蓬萊, 交隣萬古修盟處, 仰見淸容經國才.

奉呈
竹裡南公閣下伏祈照亮
太豎令橘元勳再拜
雲水迢迢萬里程, 雙旗指日入東城, 管弦偏帶南薰動, 劍佩新隨北斗迎, 四海同文推直道, 二邦通信奉交情, 題名應在金甌裏, 禮節嚴然尋舊盟.

奉呈
蘭谷曹公閣下伏祈照亮

太豎今橘元勳再拜

賓館相迎此解裝, 扶桑高處對朝陽, 東來冠蓋臨殊域, 西望芙蓉接彼
蒼, 金節皇皇星是使, 禮文郁郁玉爲堂, 賢良齊續親仁業, 萬古交情若
個長.

奉呈矩軒朴君几下

西岡橘元勳

星軺東嚮壓風雲, 禮樂三千自有文, 染翰將通二邦志, 怡顔咫尺對
詞君.

奉謝西岡席上惠贈韻

朴敬行

身入蓬萊五色雲, 詩篇一席喜同文, 唯看北斗明頭上, 照得丹心向
聖君.

矩軒翁有答詩賦此奉酬

橘元勳

翩翩彩筆欲凌雲, 千載風流司馬文, 文物聲名如見古, 海西盛服屬
諸君.

再疊呈西岡案下

朴敬行

少年靑葉鬱風雲, 妙藝仍兼腹裏文, 手揮彩筆聊迎客, 肘有靑囊爲
愛君.

席上奉呈活菴趙君梧右

西岡橘元勳

仙客相逢臺觀間, 氤氳紫氣滿東關, 龍門此日登攀處, 更似筍生御李還.

奉酬西岡橘公瓊韻

趙崇壽

一水西東

兩國間, 浮帆處處設層關, 相看此一論懷憶, 却忘前頭峻事還.

疊前韻呈西岡案下

趙崇壽

交隣

兩國固無間, 萍水相逢筆話關, 談理說玄如劈竹, 却疑千載越人還.

活菴有再疊和詩依前韻酬之

橘元勳

冠盖相臨客舘間, 夏天風雨滿玄關, 遙凌漢使乘槎路, 更問徐仙采藥山, 梁苑詞雲迎染翰, 谷城丹石駐怡顏,

異邦同有論眞訣, 猶與桑君握手還.

奉和橘太醫見酬韻

矩軒

粉樓紅幔耀晴雲, 滿座佳賓會以文, 澤國詩傳蕭瑟響, 叢篁暮兩下湘君.

謝疊酬漫奉矩軒案下
橘元勳
仙舟到處動詞雲, 咳玉班班犯斗文, 本識社中多從學, 小華猶見孟嘗君.

席上呈醫官趙·金二子
橘元勳
蓬萊海上更經過, 其奈黃金大藥何, 君自少華醫國手, 一時問難日應多.

奉和
趙德祚拜
蓬萊仙境雅相過, 其奈仙翁不遇何, 且與眞人談說處, 洞門流水落花多.

奉呈西岡道案
金紫峯稿
秪尌林中一笑延, 丰姿宛是十洲仙, 軒岐遺業仍三世, 知有單方肘後傳.

席上和呈紫峯詞伯贈詩
橘元勳
日照蓬萊紫氣延, 高堂一席接神仙, 知君自有詞材在,
二國交情字上傳.

呈濟菴詞伯
橘元勳
一葦遙凌渤海濤，文筵幾處勞詞曹，交隣世世有如許，翹首扶桑日月高．

奉呈西岡
濟菴稿
擊汰扶桑雪色濤，天風海月屬吾曹，遠游難得長生訣，始識岐黃術最高．

呈海皐詞伯
橘元勳
客館垂間一日期，筆端通語共裁詩，殊方邂逅還如故，傾盖風流在此時．

奉呈西岡
小華　海皐稿
浮萍偶與水爲期，心在眉間語在詩，北斗迢迢南斗隔，一天相見恐無時．

呈醉雪詞伯
橘元勳
詞客翩翩向鳳臺，星旗偏傍日邊開，豈量一宴賓庭上，共愛諸君漢署才．

再答濟菴

橘元勳

飛雨東關接海濤, 猶迎文物屬儒曹, 盛筵一唱陽春曲, 白雪新聲調自高.

再答海皐
橘元勳

詞筵交座與君期, 翰墨爛班總是詩, 漢體調成誰得和, 不如曼倩受恩時.

代簡呈紫峯金子
橘元勳

才子偏從東閣延, 靑雲有約若登仙, 小華文筆金猶古, 千載還看草聖傳.

奉送朴學士歸國
橘元勳

仙槎一繁謁儒官, 更得人間十日歡, 絕代交情迎玉氣, 遺周禮節接文冠, 海連碣石三韓遠, 雪滿芙蓉六月寒, 還恨忽忽離別急, 風雲相憶各天看.

送趙良醫歸于朝鮮傚王摩詰送晁監詩韻
橘元勳

異邦傾盖遇, 一別隔西東, 征斾臨蒼水, 歸帆接碧空, 蜻洲無逆浪, 鵬際好乘風, 去路攀山暗, 朝暉出海紅, 名存萬里外, 夢入相思中, 恨有飛鴻道, 芳音不可通.

不日將歸次橘太毉贈韻以別

活菴趙崇壽

天地一腐役, 無端向日東, 琵湖疏大野, 富岳聳蒼空, 邂逅孤館裏, 太毉帶好風, 追隨問幾日, 情話出心紅, 玄理論尙遠, 歸路入望中, 恨恨相分後, 音書那得通.

卒送趙松菴歸國

橘元勳

別時交際已迢迢, 海上將辭使者軺, 更有靑囊靈劑在, 何妨瘴氣下烟霄.

奉和西岡高韻

趙德祚拜

海上萬里路迢迢, 每蒙江洲使者軺, 明日與君分手後, 死生何異隔雲霄.

留別橘太毉

小華 矩軒 朴仁則

渺渺天涯別, 愁雲澹不流, 海月隨詩面, 同歸萬里舟.

漫次朴學士之留別

橘元勳

一別東溟外, 愁霖接漢流, 應添數行淚, 寄到李膺舟.

右計三十二首

【영인자료】

桑韓醫問答
韓客筆譚

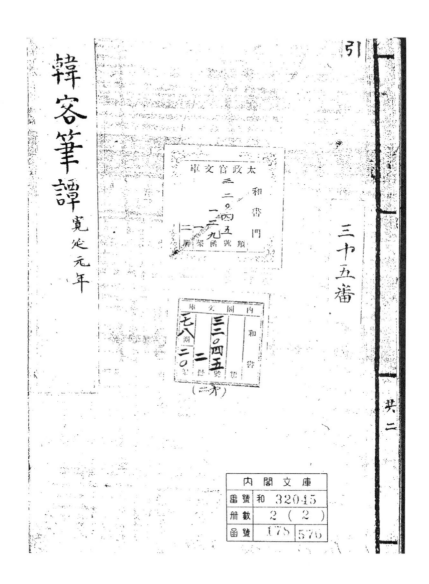

韓客筆譚

　　贈答詩稿

奉呈

澹窩洪公閣下伏祈照亮

　　　　太醫令橘元勳再拜

五馬東遊壯觀哉干旄子子映樓臺文章總與
和邦合禮樂遙從殷代來日照龍函高法象雲
巡星使入蓬萊交隣萬古參盟處仰見清容經

3

國才

奉呈

竹裡南公閣下伏祈照亮

太醫令橘元勳再拜

雲水迢迢萬里程雙旗造日入東城管弦偏帶

南薰動劍佩新隨北斗迎四海同文推亙道

二邦通信奉交情題名應在金甌裏禮節嚴然

尋舊盟

奉呈

蘭谷曹公閣下伏祈照亮

太醫令橘元勳再拜

賓舘相迎此解裝扶桑高處對朝陽東來冠蓋
臨殊域西望芙蓉接彼蒼金節皇皇星是使禮
文郁郁玉為堂賢良齊續親仁業萬古交情芳
倜長

5

奉呈矩軒朴君几下

西岡橘元勲

星軺東嚮壓風雲禮樂三千自有文　染翰將通

二邦志怡顔咫尺對詞君

奉謝西岡席上惠贈韻

朴敬行

身入蓬萊五色雲詩篇一席喜同文唯看北斗

明頝上照得丹心句

聖君

矩軒翁有答詩賦此奉酬

　　　　　　　橘元勳

翩翩彩筆欲凌雲千載風流司馬文文物聲名
如見古海西盛服屬諸君

再疊呈西岡案下

　　　　　　　朴敬行

少年青葉鬱風雲姱藝仍兼腹裏文手揮彩筆

7

君、

聊迎客肘有青囊為愛

席上奉呈活菴趙君梧右

西岡橘元勲

仙客相逢臺觀間氤氳紫氣滿東關龍門此日

登攀處更似荀生御李還

奉酬西岡橘公瓊韻

趙崇壽

一 水西東

兩國間浮帆處處設層關相看此一論懷憶却
忽前頭峻事還

疊前韻呈西岡寨下

趙崇壽

交隣

兩國固無間萍水相逢筆話關談理說玄如劈
竹却疑千載越人還

9

活菴有再疊和詩依前韻酬之

橘元勳

冠盖相臨客舘間夏天風雨滿玄關遙凌漢使
乗槎路更問徐仙采藥山梁苑詞雲迎染翰谷
城丹石駐怡顏
異邦同有論真訣猶與桑君握手還

奉和橘太璧見酬韻

巨軒

10

粉樓紅幔耀晴雲滿座隹賓會以文澤國詩傳

蕭瑟響叢篁暮雨下湘君

謝疊酬漫奉矩軒案下

橘元勳

仙舟到處動詞雲唉玉班班犯斗文本識社中

多從學小華猶見孟嘗君

席上呈醫官趙金二子

橘元勳

11

蓬萊海上更經過其奈黃金大藥何君自小華

醫國手一時問難日應多

奉和

　　　　　　　　　趙德祚拜

蓬萊仙境雅相過其奈仙翁不遇何且與真人

談說處洞門流水落花多

奉呈西岡道案

金素峯高

12

蓬萊海上更經過其奈黃金大藥何君自小華

醫國手一時問難日應多

　奉和

蓬萊仙境雅相過其奈仙翁不遇何旦與真人

談說處洞門流水落花多

　奉呈西岡道案

　　　　　　　　　　趙德祚拜

金紫峯高

13

祇對林中一笑延丰姿宛是十洲仙軒岐遺業

仍三世知有單方肘後傳

席上和呈紫峯詞伯贈詩

　　　　　橘元勳

日照蓬萊紫氣延高堂一席接神仙知君自有

詞材在

二國交情字上傳

呈濟菴詞伯

14

一葦遙凌渤海濤文延幾處勞詞曹交隣世世
有如許魁首扶桑日月高

橘元勳

奉和西岡

擊汰扶桑雪色濤天風海月屬吾曹遠游難得
長生訣始識岐黃術最高

濟菴稿

呈海臬同白

15

容舘乗間一日期筆端通語共裁詩殊方邂逅
還如故傾盖風流在此時

奉和西岡

浮萍偶與水爲期心在眉間語在詩北斗迢迢
南斗隔一天相見恐無時

小華海皐稿

呈醉雪詞伯

橘元勲

16

詞客翩翩　向鳳臺星旗偏傍日邊開豊量一宴

賓庭上共愛諸君漢署才

　再答濟菴

　　　　　　　　　橘元勳

飛雨東闢接海濤猶迎文物屬儒曹盛延一唱

陽春曲白雪新聲調自高

　再答海皐

　　　　　　　蜀乙勖

詞筵交座與君期
翰墨爛班總是詩
漢體調成
代簡呈紫峯金子

誰得和不如曼倩受恩時
　　　　　　橘元勳

才子偏從東閣延
青雲有約若登仙
小華文筆
今猶古千載還看草聖傳

奉送朴學士歸國
　　　　橘元勳

仙槎一繫謂儒官更得人間十日歡絕代交情

迎王氣遺周禮節接文冠海連碣石三韓遠雪

滿芙蓉六月寒還恨怱怱離別急風雲相憶各

天香

　送趙良醫歸于朝鮮做王摩詰送晁監

　詩韻

　　　　橘元勳

異邦傾蓋遇一別隔西東征旆臨蒼水歸帆接

碧空埼洲無逆浪鵬槊好乘虱去路攀山音羽

19

暉出海紅名存萬里外夢入相思中恨有飛鴻

道芳音不可通

不日將歸次橘太簪贈韻以別

活菴趙崇壽

天地一腐役無端向日東琵湖跡大野冨岳聳

蒼空邂逅孤舘裏太簪帶好風追隨問幾日情

話出心紅玄理論尚遠歸路入望中恨悵相分

後音書那得通

20

卒送趙松齋歸國

　　　　　　　　　橘元勳

別時交際已迢迢海上將辭使者軺更有青囊

靈劑在何妨癘氣下烟霄

奉和西岡高韻

　　　　　　趙德祚拜

海山萬里路迢迢每蒙江洲使者軺明日與君

分手後死生可畏是雲霄

21

留別橘太璺

渺渺天涯別愁雲澹不流海月隨詩面同歸萬　小華矩軒朴仁則
里舟
漫次朴學士之留別
一別東溟外愁霖接漢流應添載行淚寄到李　橘元勳
鴈舟

右計三十二首

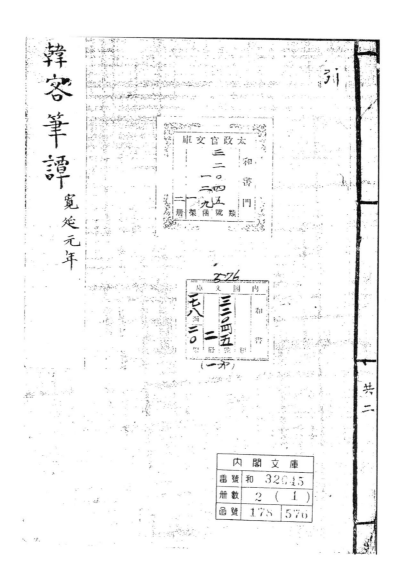

韓客筆譚

太醫令橘元勳識

延享五年戊辰五月朝鮮國信使來朝于

東都臣元勳奉

命接見使客略問方產未聞以資多識定非

清平之餘化何夫得然乎元勳固有受教于

韓以之嫌談說翩翩聊示

國學之有餘以故無議論之補過者云爾

3

韓客筆譚

戊辰五月二十三日到于鴻臚舘謁
製述官朴敬行于筆談所

○僕姓橘名元勳字公績號西岡丁未叙朝散大
夫任太醫令爲尚藥奉御丙辰薙髪稱道三

○方今
二邦修好星軺萬餘里偶及
東都勳不使趨于舘舍謹賀其福 元勳

〇僕姓朴名敬行字仁則號矩軒

荷此委訪申以鄭曇之意感荷無已萬里滄濤
無擾解纜莫非
王靈而夾路儽頓神遣氣挫無以答此壯遊耳
敬行

〇今接諸君怡幸有餘以毫代舌舖字達辭言不
罄意伏請亮察元勳

〇足下之位職如何元勳

○官歴國子監典籍 敬行

○又問高齡幾許令子幾員 元勳

○年今三十九有丈夫子二人 敬行

○公之壽今年三十九僕亦正當三十九文人同齡更覺奇遇且聞有男子二人可賀可賀僕唯有一豚兒而已 元勳

○此時有詩章酬和

○今日與諸君接儀詞語來往合伸其志幸得觀

6

貴國衣冠之美而識先代之遺風之存于此禮

文嚴然仰高哉僕之懷唯在于風雨之卒章也

元勳

一席唱和擬以永今日而無奈乎自公召之便

覺快然而僕之淹滯將未知為幾何日更得惠

然則可續此緣唯曰之望敬行

同席寫字官金天壽來接

僕姓金名天壽字君實號紫峰以筆名入來。

7

貴國 天壽

定有紀行之作幸許管見元勳

國書陪來行征忽急略有五六首終當書送如

計耳 天壽

足下之齡若干元勳

四十 天壽

僕雖列鰲官

公餘風月賦詩遣志若得高作一二篇何幸如

之元勳

・乗間賦詩以送耳 天壽

二十八日再會製述官于本堂東廂

・日之前已接清儀酬唱數篇佳慶可珍梅天將
　晴炎氣難凌福履清勝不勝忻慰之至 元勳

・敢問行中所備之音樂所謂右方之樂乎 元勳

・頃日暫時之話到今依然又此一席相會足慰
　　　　　　　　　　　　　　　　　　　　　　　　之

9

旅愁何幸何幸行中音樂即太常雅樂耳 敬行

○宋史曰

貴國之樂有左右二部曰唐樂中國之音也是

為左曰鄉樂是為右即

貴國古習之樂也按此鄉樂故習之樂而為殷

代之物乎然則上古之樂也乎 元勳

○獎邦之樂有軍樂雅樂二部而左右之樂非吾

邦之故也 敬行

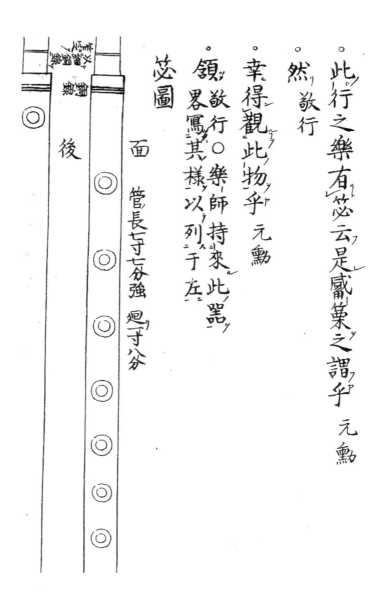

○此行之樂有莁云是蕶篥之謂乎　元勳

○然　敬行

○幸得觀此物乎　元勳

○領畧寫其樣以列于左

○敬行○樂師持來此罢

莁圖

面　管長七寸七分強　廻寸八分

後

11

器以雌竹造之刀加餅色鹿惡而野其舌與
吾筆簫之舌器相似也樂師吹之其音律比
于吾筆簫其濁
滯凡二倍也乎

〇舌乃蘆乎 元勳

〇領 樂師

〇樊邦固有簷簫大小二品今存者小簷簫也大
者已失其器之製僕按

貴國傳其大者吾又傳其小者乎今失得慈之

製昌勝榮荷 元勳

12

。貴國本年置閏在于何月 元勳

。七月 敬行

。然則與時憲書同 元勳

。貴國有司曆乎 元勳

。笑而頷 敬行

。開寶通禮并唐令存在耶 元勳

。或有之而不崇用也 敬行

。貴國

王都在國之中央乎北極出地何度 元勳

國都在中央北極出地三十五度而 元勳

貴國奈何 敬行

略與

貴國相同

京都北極出地三十六度弱

東都乃三十五度有奇之地也云 元勳

僕講醫之暇乗輿賦詩裁文其稿已有數本幸

有儜人寫若于首者以呈案下椓散材何足大

匠之一顧也辱賜一語加之卷首定是文壇風

流藝苑旗表也唯此之請元勳

謹當奉教敬行

三書記來謁屬有酬和

姓李名鳳煥字聖章號濟菴

姓柳名逅字子相號醉雪

姓李名命啓字子文號海皐

。

六月十一日 會製述官于房內

連荷訪問且蒙紙扇之貺種種感銘今日幸得
良會而又如是擾甚似未可悉此衷曲奈何 敬
行

時時雖接會敎早卒之間未遂素懷也還歸已

動再會無期僕堪深嘆此遇更盡一別之情而
已 元勳

前日有靈劑之贈感佩感佩 元勳

臨發又蒙辱臨眷可感況是別語又代萬里

16

音容尤至尤至敬行

李于鱗王元美之書行于

貴邦乎

獎邦玩之者亦多 元勳

如画餅不可食 敬行

僕將辭去此行之奇遇真是神交也明日各自

東西去則風馬牛亦不相及可深嘆哉 元勳

黯然消魂敬行

同日又與寫字官金天壽遇焉

曩惠高作屑邊之酬答使譯人達焉梅天蓋暑

清勝可珍 元勳

高教多荷僕有伏暑屢苦頭疼公賜黃連子 天
壽

黃連之求分內之事明日使人贈也 元勳

僕所請之數幅已垂彩毫乎否 元勳

為尊公書之自有精神 天壽

榮荷有餘 元勳

18

韓客筆譚

戊辰五月二十三日到于鴻臚館謁良醫趙
崇壽于筆談所

僕姓橘名元勳字公績彌、西岡丁未叙朝散大
夫任太醫令為尚藥奉御丙辰薙髮稱道三
通名刺俱為揖而着坐○

僕姓趙名崇壽字敬老號活庵○

海山萬里無撓抵達而蒙此枉顧定庸感謝崇壽

使軺萬里山遠水長寒往暑來已到

20

東都幸得良晤佳勝不盡 元勲

足下官階何等壯齡幾許 元勲

僕以幼學初踐通德郎官主簿今年三十有四
崇壽

全元起所解之素問存在于

貴邦乎否 元勲

全之註人多不稱焉公之問有何之意 崇壽

素問今文書王水所編欠而天真論古本在筆

21

九卷欲窺古文而觀古之古者耳 元勳

。在第九卷已備王註而以愚見當在上篇然全

註王註皆不必拘泥唯在鑿者審明處大抵本

文多錯簡註之者不無註誤之獎若熟讀玩味

則自有所得也 崇壽

。僕意亦如敎好古之癖欲撿全之古本今按新

校正之說頗見古文梗槩也 元勳

。僕獎邦一腐儒有何所見之 可論公先以素問

22

一書論及博識僕則無以仰答而僕粗有工於

軒岐餘論然恨不深明道理為愧耳 崇壽

〇足下之謙讓無所容言僕末學膚受也他日為

疑問請勿吝 元勳

〇公若有問僕何敢以為辭恐負公之所教也 崇壽

一接芝眉懇懇而若相識唱和數章高調可愛

于時多事更将辭去餘在再面 元勳

23

二十八日 再會于良醫于本堂。

過日接晤語筆語數回勿外是荷前作加圖書
而呈之坐右 元勳。

向接未穩殆切耿耿矣更對清儀兼贈以瓊什
真所謂景蓋如舊也不勝欣幸 崇壽。

數昨元卓以書相問投示內經探蹟屬其序文
竊恐荒拙無以稱其望也公近見元公耶 崇壽。

元卓吾門下也老來不憚治療之役或拾經語。

有若抄集若感伏櫪而賜序言當不堪榮幸耳

曩聞簡足下之由也 元勳

已聽素問經文有錯簡註之者不無註誤但在

熟讀云愚按素問九靈極多錯亂者裁註家各

有見識互撿而得其裘乎初學之徒何適從之

有僕常讀遺經正文矣是異域同心千古公論

也欲觀全之解亦仰慕古本正文而已吾

卩乙乙乙全本乎

25

皇明醫家稱全註者幾希惟恐俱凶全本嘗談

經之日到帝之登天深嘆說者未闡竊作之辯

今携其稿來請垂一覽其事之當否爲奈之何

元勳

。登天二字即如天同大之義雖苦口而辯無過

於此內經大抵專全於運氣一篇到於此等辯

恐非宗地工夫也運氣中所謂曰天在泉僕未

能詳焉公細爲辯明也 宗壽

登天之說雖非急務僕有經解之志登天二字

今丈開卷之一不得無辨也愚漫為之臆解今

因足下敢問此辨之的而已經之當討論固不

止一二也 元勳

經之運氣為可辨之急僕等於脉絡病機竝五

運六氣最為講習也 元勳

經旨何可卒為問辨也公之言是矣 崇壽

貴國風土與弊邦不同吾人之疾所感皆可氣

最多 崇壽

。獎邦雖在海之東方域山川六溢有顏所感之

氣亦自不一樣但近來多脚氣腫滿耳元動

。此乃濕熱之所為也弟見來路陰盧者甚多不

護足而衣甚薄不處温而嗜魚鮮居處飲食

兩邦絶異而其壽矢亦不同

。貴邦之享壽者亦多耶 崇壽

。獎邦固有陰盧者腫脹職此之由不當嗜魚又

28

嗜酒者頗多其壽矢不亦一或有昇天年者一

鄉不過一二人上壽七八十皆為賀或失調護

者亦多元勳

人參神品

獎邦者

貴邦生焉其波及

君之餘慶也定知諸道各路種收而具上之並

引宁參之去或與田辛明藏焉然為辛氣行氣

請傳貯之之法 元嶧

。人參只取北路非處處可採之藥是以獎邦貧

乏者鮮有用者和細辛封固極是別無他道也

雖用同封而置無相薰之理耳 崇壽

。參蘆涌劑也處人代瓜蔕用清朝張路玉以竹

節參為參蘆也竹節參華舶齎來者多

獎邦亦在莖葉花實似真參而其根如竹根採

收曝用又似舶上之物而味舌耳中華之竹節

30

参亦與吾

邦者同乎暫置之敢問参蘆之說 元勳

豈獨参蘆然也諸藥蘆皆可吐特用於虛人者
以其為有参力之故非此於他藥蘆也 崇壽

貴國假参曾於大坂過時一見而外形雖或彷

佛其於味苦耳 崇壽

鄉藥集成之諸方具載所出也謂三和子者書

名子人名乎 元勳

31

。三和言藥之名也乎 崇壽 勳掉首 ○元

。路傍見有國分散之藥此 勳

貴邦別造乎其藥有幾種 崇壽

。路傍驛次之賣藥乎僕未知其名目況於其品

味乎恐是草澤之方藥元勳

。以金字大書曰國分散似非草藥也 崇壽

。賣藥家皆有若斯之簽題或有金字碧字之屛

其間亦有草藥此

弊邦之俗習也　元勳

烟草或名南靈草乎華域之書不載此名乎

貴邦之雅名乎　元勳

烟草不載於本草而特以善名與之耳　崇壽

黃連生於何地　崇壽

諸州皆在以北島者為勝東奧之國尤多常用

之品也貯置者許多　元勳

行中多有犬暑者業亦有眼藥事可以リ〳〵ア〳〵

數斤耶 崇壽

他日贈致之耳 元勳

只欲貿用耳非好品不可公之使之得用則幸
也 崇壽

必供藥籠之用也何為容謝 元勳

非欲受公之贈只得貿用也 崇壽

共喫菓餅乎 元勳 ○于時舘伴供茶菓故云爾

滿坐皆頷

34

足下喫酒乎嗜茶乎 元勳

過麥田大醉只好茶飲之屬 崇壽

麥田乃酒名耶 元勳

樊邦以麥釀酒故耳 崇壽

威靈仙有直立者有蔓草者乃鐵脚威靈仙也

貴邦所用何者 元勳

靈仙治風故取其鐵脚者為佳 崇壽

竟日筆話稍妨詩興新晴崔暑頃勞可知足下

頃就,于房,僕亦去,

表,賀,之後再,來,接,眉,耳元勳

。僕亦欲,退去,而俱詩,債奉,報,故方,少,留,耳傳
崇,壽〇此,日
野呂,元,常河,

命,之後再會,之約僕亦以為,幸也

村長,因與,諸,客,接,見,唱,

酬,故有,詩,債,之事,也

兩,豎貢亦來,于同,席,

僕姓,趙,名,德,祚字,聖哉,弥松,齋

僕,姓,金名,德,崙字,子,潤,號,探,玄

○問二子位職如何 元勳

○官居主簿之列 德祚

○位階幾許 元勳○
無答

○本無才能而且司命之策任不在輕泊於考方
看病詩句舊廢故不得奉和可嘆 德崙○此時
兩鑿員
故稟 元勳呈詩于

○足下之言至矣僕亦不強為唱和而足下之所
見也鑿之道固以大故也 元勳

六月四日又與趙崇壽會于本堂

徽痾有日福履清勝可賀也 元勳

昨因小疾不得出外矣河公野呂公來訪病所
終日談話公其聞之耶 崇壽

昨有微恙今則除乎頻見清爽昨二生來頻足
下之間當荷佳教於吾多慶僕未知之今聞之
裁判之言也 元勳

聞

貴國小兒多痹病云此皆由於尚甘味也盖損

之崇壽

若足下之所聞者略多寔姑息而已然中人以
上之所稀也或育于頒人之手者或不免此患
也元勳

參也春秋二仲採其根以米泔浸洗又浸于甘
草湯而薰了為陰乾以手搓之是

獒邦古習之製也業安者藥裏經參引長去其氣仛

醇凡貴鍛鍊者道家之爲也敢問

貴國參之修造 元勳

。人參無修製之法初採時以熱湯洗其沙土於

無風處淨乾而參之本味甘何假於甘草之甘

若以甘草湯浸晒豈無甘草味耶 崇壽

採造之法定當如此參之天性有中和之味也

今浸甘草水者人行五里許大抵甘草之味不

以浹洽也是華域之法而吾未甘心也 元勳

40

奚必五里之間也雖一瞬之間亦難也本草所

無之事何妄為也華域之造法僕未嘗聞焉然

以愚見計之恐不當以甘草浸之也　崇壽

參之莖葉陰乾者已多本草家未載其功用莖

葉主治為如之何　元勳

參葉樊邪亦用之貧乏者多代用然產後發熱

感冒勞發之外別無所用　崇壽

參之莖葉貧生或代參用又治産後發熱惑冒

勞瘵云僕按二症用此者或借補虛解熱之力

乎若一解熱邪則似無補虛之切也外感勞瘵

乃再感勞復耳僕誤認足下之所傳乎敢問其

權用以啟迪後人也 元勳

產後用之散虛熱而不致疊虛感冒等症用之

代人參而正氣人參敗毒散即解表之劑而入

人參何也散表邪者必先正其氣故敗毒散參

蘇飲之屬皆入人參正其氣非外邪之意可見

42

矣參葉之代用亦此意也　崇壽

然則不特二症而已　元勳

貴國上品人參有長寸餘若麥門冬大者又有

長二寸餘如雞腿者乃陳嘉謨所謂雞腿參也

此二品今在上品中僕按石門冬者初生二三

年未備花實之時採収焉子所謂雞腿參者四

五年來花實共備者乎二品之間以何為絕品

之州其丈體首是申...

43

常用之物也必矣 元勳

人參之生長數十年後或其大如鍼百餘年後
始大如指累百年後或有如雞腿者然此則甚
罕見也數年而長四五年而大則何如是之貴
且靈也 崇壽

貴國之參有累百年而不枯朽者寔是神草之
生于名山者也乎 元勳

敢問以何為佳品乎 元勳

如人形者最貴此則至難得如鶏腿者次之亦
難得俱小而斤兩多者為佳品雖大而不輕不
如小者非佳品也 崇壽

參之等品已示其說之詳且參之三四年而已
備三五五年内外備花實是本草蒙及花木之
書皆有其說故云然耳 元勦

抑有他本草耶諸本草無此說僕亦未嘗聞知
手且人參自亡無賣乞雖反言 崇壽

此說本草家所載者甚多自宋之圖經證類以
下到皇明航來者數十百家固有于吾者難屈
指而量焉大清之醫家所述之本草頗多曩云
張路玉之說見本經逢原路玉氏大抵順治人
也參之說具于本草及府志草木之書者比比
皆是曰後披書而呈之元勳
抄書以示則幸矣僕以寡學未及見而然耶崇
壽
吾夫和壬戌年

46

貴國醫官鄭東里謂

獎邦醫員野正竹曰人參十月種子用去年之
子非今年之子僕按如東里之説今年之參實
冬日乾收以備來年播植之用乎何夫不種今
年之實乎此盤中之所傳也今因足下而欲解
其疑也　元勳

。鄭東里之言非近理也天下之事深藏者必易
頭人參若有實長獎下之

貴國亦甞見之矣參葉入來之時其實獨不入
來耶崇壽

風識此事之所秘何爲費問人參固有實也今
示足下素意感荷感荷前者遜辭也乎元勳

前約之黃連些必備行中之用元勳

頃日黃連之問欲爲貿用之意今之見贈誠是
慮外僕不當受崇壽

足下已有欲貿用之意僕何爲之先容且見其

品乎 元勳

非此之謂先問於足下知其好否然後欲使舌

人貿取而已今蒙公惠雖甚感而僕有先問之

嫌終難如教也休咎也 崇壽

何夫強之為連之形容為如之何 元勳

細小多骨多毛甚非佳品乎 崇壽

是東奥之産也 元勳

僕所求者如熊爪肥大者而㕥司之襄口匕太

則恐難得也 崇壽

○
獎邦之所産大抵北地出焉華舶上之物亦似

獎邦之物元動

○
嘗見

貴國産者亦多有好品矣若有佳品許令一看

崇壽

○
獎邦之黄連如熊爪者憶是中國之所出也種

植培漑且加糞力故其牡肥大而鬚少然其切

50

用稱劣也僕所藏之物殊採東國山中者也

官物亦東北諸州之野生也

弊邦之細辛黃連之屬尚天性者多元勳

來遇林秘書足下答詩已到頗賞墨妙也勳元

朝中既有學士則不當於僕請和而林秘書之

行又不可況之焉故謹以荒蕪之詩草草答之

詩亦得見耶僕於鑿猶不足論況詩乎可愧崇壽

公林氏之詩未見焉已

答

51

○僕素昧詩律豈有詩軸之可以掛他眼者或有

路上偶吟之詩而又不曾藏之茲不得奉副可

嘆崇壽

○東聲寶鑑所載之呑魚俗謂之大口魚今按呑

字音義未詳元勳

○呑字大口二字混同也崇壽

○貴邦之刻本僕藏一本吾

邦所刻亦俱作呑故為疑己聞足下之言積疑

52

氷解俗人多、問此字音為煩他後免此之憂 元勳

○獎邦有如此事者多矣 崇壽

○世俗之問還難其答胡盧胡盧 元勳

同書載松魚今按中華之書未載若斯之物足
下聞華名乎此物但在于

貴國與

獎邦乎 元勳

○松魚獎邦謂之鮏魚或謂之宋魚魚屬之産歟

處各異不必爲怪也 崇壽

未聞華之名耶 元勳

然 崇壽

此魚有松味故名 崇壽

貴國亦然耶 崇壽

獎邦彌堅魚俗亦作鰹字文人或用

貴國之雅名故松魚堅魚通用 元勳

之魚若不鮮者使人醉也概爲魚毒而施治

54

貴邦亦然乎 元勣

○ 獒邦之松魚別無毒耳 崇壽

○ 胎産諺解痘疹諺解乃以

貴邦之諺文所記乎 元勣

○ 胎産痘疹之書皆以諺書篇篇付解欲使頒女

見之耳盖胎産痘疹固頒人之不可不知者也

崇壽

○ 盤林撮要郷藥集成東醫寶鑑針灸經驗之十

貴國著述之醫書專行于今者有幾部 元勳

○醫鑑數冊之外亦有數部經驗方千六集南溪

集濟齋方等書耳 崇壽

○俱為印刻乎 元勳

○頷 崇壽

○初虞世古今錄驗方周應簡要濟衆方劉禹錫

傳心方李絳兵部手集陳延之小品方王永輔

博濟方陳藏器本草拾遺麗安常本草補遺李

56

東垣醫學發明朱肱活人書沉存中靈死方周

憲王庚辛玉冊

右數部吾

邦今已不傳其本

貴國諸書引用此等之書定知存于今也　元勲

如此之書雖有之終非大家者類也　崇壽

貴邦已尚方書此等之策豈謂非大家哉發明

者大家之一而吾

邦仰慕焉未得全本也殘冊纔存于醫統正脉

中而已 元勳

獎邦所有者只麗之書陳之述而已然皆無足

觀崇壽

張景岳之書近來大行于世

貴國亦信之耶 崇壽

張介賓有類經又有景岳全書入人玩焉 元勳

獎邦固有古方書自巢之病源王之外臺孫之

58

千金及翼到宋之諸大部亦存于今者居多

貴邦之所無

獎邦之所存互通有無而可耶　元勳

足下所望之方書幸存于吾者當以呈之而通
二邦之寶是僕之願也　元勳

素靈難經丹溪書東垣書守真論長沙法入門
正傳回春直指方之外雖有非常神異之方僕
未嘗掛眼也　崇壽

病源　外臺　肘後

此三冊或可使之得見耶僕行中無二冊子錐
欲互通亦難矣特難深奈何崇壽

病源乃古板或有蠹之患肘後新刻已成並以
贈焉元勳

外臺近來上木未遍人間僕門人平安之山晒
道作所臨刻也僕有

官賜之革本一部是爲貼廠使新刻本致于几

60

下平野元丈亦為作也門人也 元勳

。未也 崇壽

。諸書多有不見者其中所欲惟、此二耳小小鈴
方見之徒亂心緒而終無一益也僕於鑿書不
廉焉公若使之一覧則其惠何可量也 崇壽
聖惠聖濟亦在未有刻本一時何為寫而終切ヲ
也若印行之物乃呈之元勳
。再㸃情元草所托亭文以呈之公亦聞之 崇

未聞 元勳

足下有微恙知強與予接也應加保護矣 元勳

○此時使古人謂予曰昨之病未穩乞就予房

累次奉晤情誼漸密而別期不遠良可恨也適

因小疾辭去日後若使枉顧則何幸 崇壽

致勞丁寧尤極感謝 崇壽

十一日暫會良醫房

○數日來平寧否數昨蘭菴携二種物云是公之
見惠者也謹領而不安多矣崇壽○蘭菴者
對馬州○儒者

○曩時繞具薄儀懇謝丁寧還堪愧元勳

○日來海外之奇遇交際稍熟各自言志唯恨歸
帆在于不日歡心未穩也漫呈一律以慰旅魂

元勳

○別持丁或公之圖筆义鋻中王道刈馬今是刀

見其淵源之深與窈爲公喜之近來用霸道者

時暫見效而終難收後此可深戒之也 崇壽

奉

公之業豈有他乎足下有喜賞之意僕以爲榮

也此章所篆者皇明之大家朱舜水也朱氏來

寓吾北藩水戶矣所彫者肥崎之譯人松崗筆

也此僕王父之遺物 元勳

行中有攜

貴國之曆本者乎 元勳

○終當搜而不見 崇壽

○此行耳雨舘中以來無日不雨甚可悶也

貴國本如此乎 崇壽

○吾

國風土或云、與閩中相似每歲五月梅天有雨

濕已如此大抵梅雨之氣節本綱云五月節後

逢壬日為入梅到六月節後奎壬日為出每專

物志五雜俎月令廣義四時纂要亦有此說而
梅天氣節各有異
貴國以幾干日為入梅乎元勳
梅天節序非常日講習卒難指為其日也夏之
時雨澤時降然後百穀盛長窃為
貴國獻賀也無乃信使相通天降慶祥也　崇壽
若降祥雨于
獘邦乃可賀也而連日流潦却為行中之煩唯

66

是恐耳足下為奈之何　元勳

。忽卒之作無足可觀只寄別懷而已　崇壽

。早卒之間大作堪賞焉加圖書子　元勳

。印章一面有傷處昨使人新磨更剋今則無之
崇壽

。獎邪亦為彫剋者多僕門人少年者頗為篆剋

若有所請乃使搦鐵筆子　元勳

若如此則可幸僕當書篆以呈也　崇壽

67

正使道子弟善書篆僕當書來耳公少座 崇壽

僕之圖章如難依數盡刻則名與字之刻爲望

此中一小者子弟之求者也 崇壽

當彫刻而呈之天和壬戌之聘使客多索

獎邦之彫刻也近來頗有妙手也 元勳

前約之病源肘後俱非

官刻臭魯或有夫察焉 元勳

兩冊皆醫家之捷方不可須臾離於座右者僕

携而帰可作百年奇寶亦可以替相別之情也

崇壽

○僕将辭去從來屢接談笑定海外之遇豈非希
世之談哉扇柄翰墨之贈深堪可謝也元勳

○公之枉顧寔以感謝薄物笑納亦以為幸也崇
壽

畢

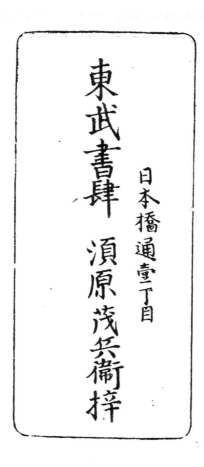

日本橋通壹丁目

東武書肆　須原茂兵衞梓

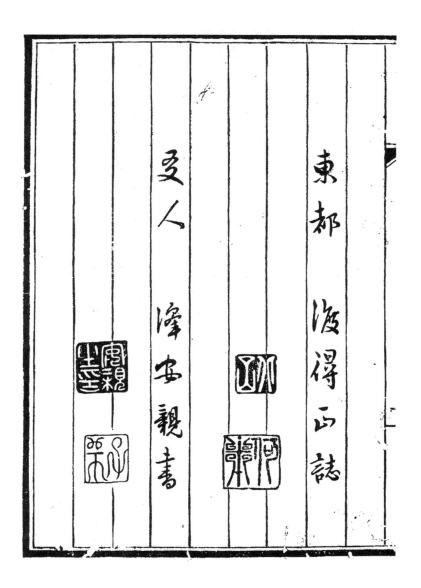

東都　渡得正誌

受人　澤安親書

灃深之旨也。而淄澠之滋

蕩涇渭之清濁、可以辯

也。明先所謂聰目獨語而

嗟夫、附海之一粟、足論

高、拙於手書。

寛延改元之秋

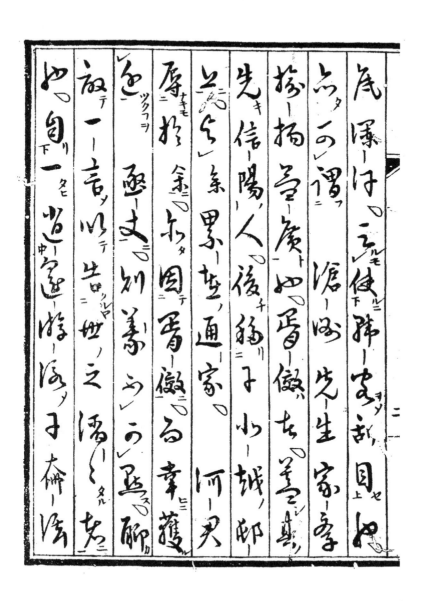

哉〇美ッ諸若ッ文邪哉一時ニ使

韓人拭回去豈肯受子

仍求但夫仰祝而謂佳使ニ

乗お彼園去呂廿惟ウルヲ

隔海と此ナリや何君之其

可消斫掃剔海乗余同僚

圖蕃徹ハ去何與之先人

滄洲先生之いゃ乃千尓夕備ヲ

投書坿民露以馬雲志筆

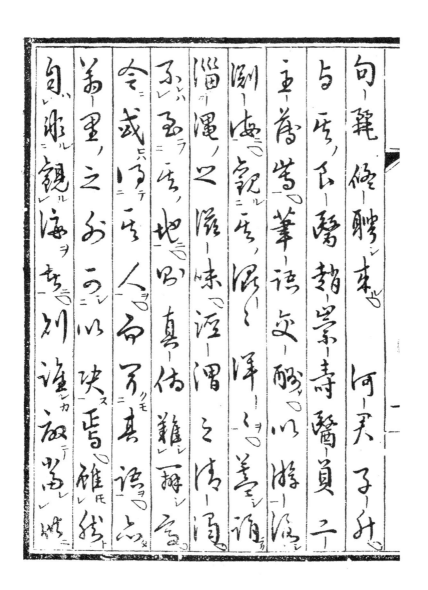

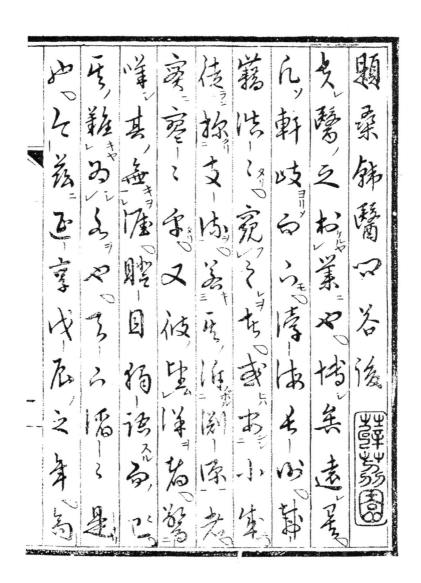

有益耶實堅白異同有爭心乎哉

　　　　後　　　　趙崇壽

論之則江海不盡筆之則九岳不高也於

其治療萬緒在意中而含蓄焉雖諸先輩

亦何異于論與治各有所趣而不可縣論

公明諒曷不圖焉乎

延享戊辰夏六月十日

79

河春恒

高諭謹悉若公之言則所謂治節出者曰

何乎肺金出治節之說請示教

趙崇壽

治節者言分布諸氣之謂也

後

河春恒

一得明教疑惑冰解黙人心如面各有所

趣也若運氣之說僕未信有一議論存焉

黙行期迫矣不忍煩勞假令萬復千答亦

飲食之初入也其不由過于肺乎飲食之
精淀自崇胃復上湊於肺自肺復傳布於
諸臟故曰相傳也以治節二字解之以相
傳則不可相者奉令而行者也治即之令
相何以主之也素問註論議多端或曰相
傳或曰相傳至今紛々者此也相傳者輔
佐君主之謂也金肺何得以輔佐君主耶
火見金則起而克之反損其氣豈有輔相

之意哉

答　　　　　　　趙崇壽

積之用鍼僕豈不知也嘗見以鍼治積者未
易見效徒損真氣而已是以肝積之外皆
不可用也以鍼開積爵之論曰是也剌積
塊者無其說也僕是以言其不可也

後　　　　河春恒

再得高諭解惑

稟　　　　趙崇壽

寸固然矣

公論肺而非相傳訣説固有焉僕不取夫

心肺者位於膈上心者君也肺者相也猶

宰相相傳然也故主行營衞所以謂治節

出也經曰食氣入胃濁氣歸心淫精於脉

飲入胃遊溢精氣上輸於脾脾氣散精上

歸於肺通調水道下輸膀胱水精四布五

經並行未聞飲食不入胃之前肺先受之

傳傳之分別再請高諭耳

東方之醫用毫鍼多奏效也非限毫鍼小

大各有異醫曰所好而用之雖間有用三

稜鍼者甚火矣是公所謂有利

東方者也

来諭曰肝積則借金之氣制木之盛僕竊

為足下不取夫以鍼開積鬱者全拠于經

絡俞穴豈有借鍼之金氣而制肝木之義

哉五行生尅之理固有焉是則不關又謂

國尺者鍼之長短也俞穴遠近則用同身

耆鹽水炒一錢當歸酒洗一錢白芍藥一

錢人參一錢或代以參然用人參為可槐

角一錢川芎炒去油一錢枳殼去穰七分

甘艸即五分作二貼水二大盞煎半空心

服三五十貼

再問筆語

　承高教昔日之惑一旦冰解敢再問其難

會得公疑僕舉毫鍼而已此是我

好

此數方於古方所無不可忽也而其餘隨
症變通虛實補瀉難以言傳可歎

治漏痔方　雲母散露蜂房灸蜜五錢穿

山甲炒焦三錢龍骨一錢人牙一錢或五

分雲母一錢輕粉五分麝香三分乳香五

分蟾酥二分枯白礬五分虫蛆灸乾三分

同爲細末每將尖計納于瘡口二日一夜

再換洗以五枚湯內服藥則用益元湯黃

一二分月經水磨服一二次最易得汗而

解ス

八九日熱甚重舌黑者甚危人糞和真黃

土作泥灸於火上乾葛蘇葉煎湯浸之取

其清汁頓一二盞壯實者或三四盞自然

得汗而解虛弱人卒難用人糞凉膈散合

益元散磨牛黃膏二三丸服二三貼最好

老人亦難用凉膈之屬丹溪方中人中

黃丸童便磨服三十九五十九三五次為

時疫及热病热入腑者亦多有之又何必

傷寒之热獨入於阳明二而時热夏热之热

不犯陽明乎

蹻臥固為凶症而伸臥亦忌之

小便閉有易難之別热燥水渴者難也热

蓋於下而腎未傷者易耳

時疫之治多誤者以其不究運氣之變遷

加啹盛裏故也君難遇於運氣則震博正

傳之論斯可矣七八日热重舌黃者牛黄

沈微者不可用温熱藥而何

以脉辯陰陽症不但以尺脉爲驗也

初發惡寒者或挾外邪也

以營衛胸膈分表裡則營衛爲表胸膈爲

裡舌上白胎滑者有二焉邪未入裡而白

者易治咻呋又隔症白胎滑而下痢頻不

能食心下痞者此正仲景所謂不可治者也

喜混湯不喜冷者熱未棠也症尚在表

膈上有寒云者言其在表表尚未解也

終難試之於热病也

冬月夏月之論大不肤矣霧露之中上焦
者其病也淺人霊而中下焦者其病也深
只以人之霊實病之輕重而有上下之別
又不可同論於時疫中也伏陰伏阳之說
尤不可論也其症有欝而成热者有霊而
直中者與傷寒直中相似温热之劑何可
闕乎热極而成下痢者固不可用热藥若
中寒脾腎霊而下痢白小便清臍下冷脉

大熱之症用苦寒藥正是對待之治何為

不可服熱盛而真氣弱者苦寒與熱邪相

爭勝負未判之際元氣不能抵當曰而自

盡實非苦寒之藥不宜於熱病而服也是

以大熱之病反取以凉藥者其意可知經

曰真氣實者易於用藥誡我是言也

六味湯加童便治者甚署服清熱凉血之

藥惟或可矣而至於熱芊山藥之屬泥滯

膈胃辛難盂冰而制熱雖有童便之清降

所觸無所傳染水土之疾專主脾胃不可

論於時疫等病也運氣加臨變遷而爲時

疫則四時同然其不傳染者非時氣也不

過感冒之重者

刺熱之法在善鍼者論不善者徒損眞氣

热病轉加至於疫癘尤難試也

時疫與感冒不同時疫是運氣變遷不正

之氣所觸也感冒是四時風寒暑湿正氣

之所傷也不可混而論之也

日久而下瘀血如豚肝者不治也

小便閉者曰腎陰已亡也多不治也

右件之一証哉　國甚多而能治者亦甚

火矣僕不顧不才呈愚見伏冀高敎唯亦

雖似不顧萬緒之賢勞實以良緣難常也

答

古之病與今之病何異也時疫者四時運氣

變遷不正之氣所感也瘴氣者一方之氣

六五

耳聾一証似火陽病而無寒熱往來所以
非表入之寒也經脉篇曰三焦之動耳聾
渾々淳々嗌腫喉痺是也况三焦腎肝之
火逆上盛乎蹻臥之一証傷寒家為火阴
藏寒之証也時疫入於鼻之邪注于腦下
奔襲腎以腦通腎也凢蹻臥在於傷寒家
為凶候時疫亦然矣
齒齦津血凝結如漆者阳明經血為燥热
所煎熬成瘀也宜凉血生津之藥

也

初得病時診脉有手撾者所以三焦之火
盛扇肝風也得病二三日舌上有白胎滑
者非胃热仲景辯脉法曰舌上白胎滑者
胸中有寒丹田有热是也口燥身热大便
不通似陽明病非陽明故無邪入腑之証
其渴亦喜混湯不喜冷飲所以膈上有寒
也其不更衣為譫語所以津液枯竭大腸
之燥也故雖十數日不便亦無所苦也

口舌乾燥等陰盛隔陽之証也此証所希

有冬月寒煖疑似之間須以脉別陰似陽

症得病之初右尺脉有力陰症脉雖數右

尺無力可以明徵矣

　　時疫諸証大概

初症必発熱頭痛似太陽病而無惡寒也

又有便赤口渇等裏証假令有微惡寒亦

肺畏外入之寒故然矣其惡寒不過一二

時乃止矣所以邪不在于營衛在于胸膈

員於少陰之類也令氣之寒盛而直入腸

胃腎間之陽不能拒之故見溏泄或手足

指頭微冷等証治法用姜桂附子治之者

多或外寒入裏而腎間之陽無所容而上

乘于心包絡口舌乾燥心昏妄語雖似陽

証非如狀明胃實譫語者僕先人治其証

一鄉戸々皆同病焉僕亦相共診治之醫

以為陽症施治盡死僕先人為三陰溏泄

之証以四逆湯附子理中湯得悉愈矣其

阴邪下奔則亦三焦之火逆於中焦燥热

薰蒸於胸膈而外入之阴邪爲噂火所化

遂作焉有所以伏陽在內也故口乾舌焦

津液枯涸全成太热症治法宜苦寒和解

也醫誤用温散温補爲害多矣不論夏月

冬月得病一二日有下痢者阴邪下奔而

出於下竅也誤爲阴症斃者甚多矣冬月

或有見傷寒三阴之証者冬月令氣之

寒勝而下焦之陽負是猶傷寒論中扶陽

醫誤用苦寒之藥斃者多矣苦寒之藥非

所能治焉返過炎火之勢苦辛散之藥助

其熱燥所以難治也僕先人用六味地黃

湯加童便而治者甚多

此病夏月與冬月有相異者夏月伏陰在

内上焦外入之陰邪下奔則三焦之火成

邪遂作上寒下熱之症也仲景辯脉法所

謂清邪中於上焦名曰潔之証也乃所以

伏陰在内也冬月伏阳在内上焦外入之

止矣時疫用此法可愈否哉抑所以時疫

熱病相似者熱之所由生同而病之所由

発不同也時疫温病之熱同生於三焦爲

火也然而時疫曰外邪之襲而病爰温病

曰春陽発動而病自発故温病不狹外邪

時疫狹外邪是所以爲其異也

時疫與感冒同一源唯有輕重之分耳輕

則爲感冒重則爲時疫也時疫之邪中于

上焦又及中下二焦大熱一身爲火獄也

助之也至于春令陽發之時則阳熱従裡

出表遂作春温之病仲景曰犬犬吠病發熱

而渇不惡寒者為温病是也热盛而為傳

經乃言之热病素問热病論曰人之傷於

寒也則為病热々雖甚不死矣君時疫有

热甚而不死者乎哉時疫無有傳經矣凡

热病之治法内經有刺法尤詳也如刺热

篇是也其中有一條治法云治諸热以飲

之寒水乃刺必寒衣之居止寒處身寒而

此症象無惡寒也所以不關于營衛也矣

又與溫病相類矣然而有或類或不類者

夫溫病者金匱真言論所謂冬不藏精春

病溫是也冬不藏精者真陰先虧陽獨用

事遂成阞歷火旺之軀陰虛火旺之軀

通天論亦云冬傷于寒春必溫病是則冬

時寒令傷人之表氣則三焦欝火不能発

越而欝火生熱熱旺則陰衰此亦成陰靈

火旺之軀雖然未発病者冬時寒水之令

無相傳染者其病不必春夏之間雖秋冬
亦病焉由是觀之非疫也明矣雖然僕寡
陋不骸敢更正其名故依俗仍稱時疫時
疫與傷寒相類矣然而有或類或不類者
傷寒者風寒循毫毛而入於營衛營衛受
邪故惡寒營衛為風寒所閉塞而表陽欝
而作熱故發熱也麻黃桂枝之二湯踈表
和表而邪與汗俱出而愈矣若時疫者發
汗所大禁也若誤汗則亡津液病熱益盛

足下無爲習俗所染快袪無稽之謬方豈

惟足下之一身而已哉 貴國生靈遍受

其賜惟足下念之也

問

方書所論之時疫與後世之時疫異也今称

時疫者非疫矣疫者山嵐之瘴氣水土之

癘氣人感之病其氣必行春夏之間矣相

傳染而動至亡門焉今称時疫者不狀也

非徒無益諸熱之病從灸而生焉可不慎

歟僕於路上見裸體者灸痕遍背無一完

膚心頗異之矣今聞足下之言果是

貴國養生第一之法也阳髫下寒者煉其

臍固其蒂而君阴癨火燥者反害其生臂

痠脚痺者通其關導其滯而如血液衰乏

者反致孿躄而况不問虛實不審可否見

人必灸灸必遍背傳於一鄉舉國從之曠

然瞶然視君常規令人聽此不勝哀憫望

三三

其當之者寧不若乎古人曰飲食猶教化
藥石猶刑罰鍼藥之不可妄用於無病亦
猶刑罰之不可妄施於無罪者也虞氏曰
無病服藥譬裡添柱經曰藥不具五味四
氣久服之必有偏傾之患服藥尚然況鍼
灸乎有是病灸是穴可乎無是病灸是穴
可乎背為五臟所系關係甚重豈可妄灸
乎阨亹之人猶或可矣陰亹血燥者寧免
枯涸之患也況小兒純陽之氣助之以火

不待期而常灸焉雖然無病之日預為此

培養惟國俗所為未聞本於何書以僕觀

之小兒痛叫至極却使為之動心發驚乎

僕於此一法未知孰是宜借先生之見決

焉伏請示教

　答

灸背之法未知何人所授而行之至今耶使

無故之人公然灼其背其行之者甚無謂

也盖中風為病外中者甚小皆曰內傷而

襲之經所謂邪乗其靈者是也

貴國與弊邦何有間焉

問

我國大人小兒老弱相通而平生無病之日

春分秋節寒暑之交必灸焉膏肓尋俞脾

俞膽俞小兒剔身柱天樞二七壯以是為

養生之一大法矣小兒最霍弱則恐疳疾

先竭當此之時補其阳而愈竭其阴可乎

抑將補其陰而使無偏傾之患可乎經曰

天食人以五氣地食人以五味水即陰也

補阶之物也假使無病陽實之人絶水數

日則其可以阣實而能全乎否乎是故阴

氣實阳亦宗獨陽不生孤陰不長豈可重

補其陽而軍靈其陰乎僕之所以未解者

此也卒倒用參附者為氣靈者設腎病用

附子者為下寒者設於風於火固不足論

方即陰也以不足之陰處於陰而補之與

陽平得其壽焉譬於魚在水中無一息之

靜其動即陽之氣也肤無水則不能動者

乾健之用無所依附故也譬於艸木兩水

時降湿潤根核然後敷阳氣而生發若冬

旱天熱水液乾涸雖有阳升之氣而其不

焦燥者鮮矣陽生之說其可獨行乎惟人

之生也非艸木虫魚之可比色慾耗其精

思慮燋其心先天之氣未虧而後天之氣

48

魏冬戊年午年無藥不入無日不服橫夭

者相續而莫之攸省良可悲夫僕雖愚昧

無所見聞試為足下言之彼景岳補陰之

說主於陽生陰殺天行健地不墜之義而

獨昧於陽有餘陰不足陰精所奉壽陽精

下降夭之理也易曰乾實坤靈地之外面

雖似堅實而天之氣流行於地之中雖金

石亦能透過其乾實之象可知也陰精所

奉即高之地也高之地即西北方也西北

硤中暑中寒因湿因火而絕無風邪者便
是各自為他病亦何論於中風耶景岳未
出之前人皆不知非風而混而無別耶是
未可知也三子之論治法首先列續命湯
等者有何疑乎曰火曰氣曰湿者言其曰
也不廢續命者論其風治也雖各明其所
曰而不廢外中之意尤可見矣附桂補火
之說自景岳以後大行于世惑之甚者不
論其虛實寒熱先主桂附排成藥方春夏

吾不知矣火盛而中風也則可從河澗之
論而丹溪東垣吾不知矣無内傷等症而
但外中於風也則東垣丹溪河澗吾皆冻
知而一從乎外治又何必拘泥而不容活
法也哉其曰食厥痰厥中暑中寒等症又
非類中之可論足下言與風不相干者誠
是也近世張景岳非風之説僕以爲是誰
世之論也曰内傷而中風者是内傷中風
無内傷而中風者是但中外邪彼食厥痰

三子者止知曰氣曰火曰湿而不知外中

也哉曰氣虚中風者徒知祛風而不知補

氣則風不自退曰火盛中風者徒知驅風

而不知滅火則病何由安是以病有標本

治有先後君絶無曰火曰湿内傷等症而

外中於風而有六經傳繆中臓中腑之別

者又何待於三子之説哉但風傷人必兼

其虚故彼三子之論著矣醫者但當氣虚

而中風也則可役東垣之論而河間丹溪

門矣豈不可不慎哉愚見如是貴國亦

類風者居多而真中風者爲以否治療大

方如是乎冀聞明教.

答

中風所謂真中類中之辯虞搏之論詳矣僕

以虞說爲是雖欲更陳無以加矣東垣之

曰氣虚中風河澗之曰火盛中風丹溪之

曰濕壅中風皆各言其所曰而已豈可曰

43

也麻黃大黃豈可施諸內傷中風乎凡內

傷卒倒痰喘壅盛者宜以人參竹瀝姜汁

等開焉待稍甦而後或參者以補氣或歸

地以補陰退風火焉是其法也近世俞門

補火之說荐行而見桂附猶茶飯見芩連

猶蛇蝎中風卒倒則必用參附湯人參猶

不可闕焉如附子不可無取舍焉瞖陰窒

裏心火暴甚者非所宜矣凡中風論症設

治法混雜不明皆是由眞風類風不別病

耳東南之人多是濕生痰痰生熱熱生風
也其言亦猶不分症焉鹵北二方為風所
中者經所謂真中風而非類中風矣又濕
生痰痰生熱熱生風者是經云子能令母
實之謂也然而痰之動曰火之熾也非痰
生熱矣凡三氏所說皆知后世中風非外
来中風邪而及其治法則於本門首先列
續命湯防風通聖散三化湯等何也如羌
活防風少佐之而流通經脉疎散肝邪可

昏冒而卒倒也其言實是也李東垣亦曰

中風非外来風邪乃本氣自病也凡人年

逾四旬氣衰之際或憂喜忿怒傷其氣多

有此疾壯歲之時無有焉若肥盛者則間

有之亦是形盛氣衰而有此耳其言得之

矣是河澗所未言及者盡焉然而二氏論

中腑中臟六經之見症者非也中腑中臟

六經見證者外邪而非后世中風矣朱丹

溪曰西北二方有真為風所中者但極少

方正所云者乃后世中風也於是乎后人

遂立真中風類中風之名而以尸厥食厥

痰厥或中暑中寒等凡至昏憒卒倒者惣

名曰類中風而以類中風別后世中風焉

殊不知后世中風亦是類中風也凡昏憒

卒倒不省人叓者不問其所曰皆經所云

厥痓也與風不相涉矣如后世中風者劉

河澗曰將息失宜而心火暴甚腎水虛衰

不能制之則陰虛陽實而熱氣怫欝心神

說世足下無為所感也

問

敢問内經所謂中風與後世所謂中風不同
矣后世中風係内傷而内經中風係外感
焉仲景傷寒論所謂中風者亦難經傷寒
有五之一症而外感之疾也要畧所謂中
風雖似后世中風亦以外邪論之則非内
傷也明矣迨至巢氏病源候論孫氏千金

38

背之陰陽之補瀉已大謬矣是僕所以不

取於介賓者也足下乃反引而為證耶肺

為相傳非相傳也肺臟居上受飲食而傳

之於胃胃之精氣上湊於肺肺後傳布於

諸臟故曰相傳傳字乃傳字之誤也內經

出於漢儒之說誠妄也越人之難經本內

經而演述越人以前之書豈可謂之出於

漢代也內經之衍文錯簡固不可強而

解之也近世作運氣者是不明運氣者之

五運六氣有主有客主運主氣言其常也
客運客氣語其變也又其變也所生病所何
等病生焉時行疫癘非運氣所生病所何
丹溪論疫癘曰當下推運氣而治之丹溪豈
誣我者也張介賓吾不知其何如人也僕
亦嘗涉獵其書而自夫介賓補陽之說咸
行陰靈者多不保焉僕深クステ為憂而力緜
言淺不能救其弊尚以為恨也陽有餘陰
不足非丹溪之敢言即內經之說也介賓

運氣之於易也名雖別而理則一也陰陽
而生五運五運而化六氣運氣即天地間
流行之氣也人肖天地捨運氣其將何求
哉仲景之論傷寒士安之撰甲乙亦未嘗
不本於運氣何必曰加臨司天在泉朕後
始謂之運氣也王冰之後無擇安道東垣
守真諸子推而衍之至今而蘊典之
意人多不曉是以謗者起斤者衆咸以為
非所可法此皆誣聖經毀先賢之甚者也

素問而不可非素問吾何所適從乎第七

七失之論王冰妄補之說無可稽考已是

陳言不必强辯而至於運氣之說雖是王

冰自撰之辭固可法而不可忽也元氣論

等篇有運氣加臨盛衰之說則辭雖鄙而

理實備豈可謂之不論於運氣耶譬諸易

上古只有河洛之數而其後文王演八卦

周公述彖象孔子作十翼然後後之人得

以談論而如非上智之才又不能究竟焉

34

法也成醫於經而廢經譬揷蟲生於木還

食木非其義也夫素問靈樞諮常而使人

知變之書也愚見如此五運六氣之說甚

有害於治 貴國有任五運六氣之說者

乎君用此說乎欲得示教耳

答

先儒論素問出於戰國時非古經也後之人

何由知其不然也然求醫家之準的則舍

〈上六〉

以冠以履將絲厠麻方柄圓鑒其可入乎

或曰內經出於漢儒之手假令成於後世

論陰陽變化經絡臟腑非尋常之言蓋其

人則後之爲黃帝者也故醫之大經宗法

也論陰陽變化經絡臟腑非尋常之言句

句字字小大悉聖人之言也物疑則疑不

疑則無疑也有可疑者有不可疑者內經

古書也衍文錯簡甚多有可解者有不可

解者不可解者不可强解此讀古書之大

之言其言始見天元氣論而終至眞要論

經說四時五行以及人殊無五運六氣之

說也經以心爲君主肺爲相傳殊無君相

二火之說也越人難經仲景傷寒論金匱

要畧叔和脉經皇甫謐甲乙經等書悉發

經義之書也並無五運之說也張介賓善

醫者也然盲於五運之妄說可嘆之甚也

夫經者語常而使人知變之書也與五運

六氣之迂遠妄說豈可同日而論焉此乃

31

國之時甲乙經隋志皆載亡失之言也全

元起初註素問而無第七卷王氷詐言得

素問第七亡失之卷而便於賣自巳邪說

物有可疑者有不可疑者也晉甘露至唐

實應其問相去六百有餘歲無有得七失

之卷王氷特得之可疑甚也非疑得之疑

於異聖經即假陰陽大論之文妄補七篇

也凡物虛則邪桑焉君無素問之七失則

不胘爲運氣之邪說也經本無五運六氣

下之意以為如何

問

素問靈樞謂之内經黄帝與六臣平素問答
之書也韋秦不燒之而傳後也醫木經宗
法也靈樞之名起唐王冰漢志云内經十
八卷漢張仲景分内經十八卷以九卷名
素問九卷無名目也以九卷為名耳至唐
王冰有靈樞之名也而失素問第七於戰

有尺膚熱尺膚寒診法足下或錯認之欤

脉雖一線之微方其大實也滿于指衝于

肥強如鐵索方其沈細也潛于裡伏于骨

弱如蛛絲煞在善診者亦足以別焉至於

庸工雖大如扠指動如牽索將何以得其

彷彿也駁叔和傷寒例之非者不知是何

人如其駁之則必有正論之可以為證者

可得以一覽歟僕之愚鹵豈有正見然非

素難無以尋其源非叔和無以廣其意足

豈可施諸一線之脈躇哉若如是則大悖

經旨僕不容不辯之也夫尺脈内以候腹

外以候腎外以候外腎上以候腹下以候

足此非脈路而何尺寸之内不審脈路將

何所擾乎經曰上竟上者胸喉中事下竟

下者腰足中事上竟上者脈路之溢於魚

際者下竟下者脈路之覆於尺澤者此非

脈路而何又曰橫於内者心腹積也縱於

外者足有痺也其縱與橫非脈路乎經又

於此可見其摠該三部也足下言叔和不

知配經直配臟腑經與臟腑其異乎配臟

腑即配經也何謂叔和不知也命門即包

絡也配命門即所以配胞絡也其曰遺有

經包絡及配無經命門云者殆試我也三

焦一經配左右六脉之說抑有何可擾僕

未嘗聞其說不能以仰答也素問所謂尺

內兩傍上十即尺診之法而足下言後人

誤爲脉路之左右上下也又曰左右上下

答

脉部位之説内經以来越人詳矣而叔和之

論一據乎素難其所推衍未嘗有背經言

者後人紛紛上論亦何足傷内經只有尺

寸之名未有關之名越人分作寸關尺云

者特未之思耳内經曰三部九候三部非

尺關寸乎獨取寸口以決臟腑死生吉凶

云者亦兼關尺而言也且寸口曰脉口者

亦一也難經曰寸口脉中乎長者足脛痛

脉路之左右上下也左右上下内外兩傍

等字豈可施諸一線之脉路哉叔和之脉

經千百年来以爲診脉之軌範故後人不

敢疑焉以訛傳訛愈久愈紊焉說其脉狀

亦牽强附會不可勝論焉近世有駁叔和

傷寒例之非者未有繩脉經之愆者皆不

師古之譌也愚見如此然疑惑在其中君

以何說爲是哉幸正愚見冀示教耳

脉有三部者謂分テ氣口一部二作ルヲ寸關尺

三部也部有四經者謂ニ一部各配ス臟與ト腑

二經左右合有四經也後人不ト知ニ配經ヲ反

配無經命門遺有經包絡或以三ニ焦一經

配ス左右六部其他謬妄混淆不レ可ヲ勝數爲

凡欲取氣口以レ診ニ五臟六腑者宜擦難經

叔和疑ベ不攬ニ難經誤攬干素問脉要精

微論所謂尺內兩傍或尺外尺裏或尺之

左右上下皆是尺膚之診法而後人誤爲

氣口氣口ノ所以ニ百脉朝會之地也氣口

在干内經只有尺寸之名未有關之名越

人昉以テ氣口一部ヲ分作寸關尺三部左右

合為六部毎部配ス二經而二六十二經皆ト

配于氣口焉故一難曰十二經皆有動脉

獨取寸口以テ決五臟六腑死生吉凶之法

何謂也以内經所未言之診法故也王叔

和不知配經直配臟腑是迺諸家妄説所

由起也難經曰脉有三部部有四經所謂

22

者哉

問

氣口脉部位之說諸賢所論絲緒紛然不分
皆不師古故也夫靈素所說之診脉法多
端而其一法乃五臓五腑三焦包絡
於手足十二經之動脉手足十二經以各
屬于五臓五腑三焦包絡故也至于難經
肇以手足十二経約于手太陰肺之一經

21

知也以足下之高明必無不知之理何不

令病痊之家禁其甘味也古語曰醫者為

人之司命足下以司命乙主處太醫院何

不使國中小損甘味也昔越人過秦聞愛

小兒為小兒醫足下若悦而行之則是亦

今世之越人必將舉一國而受禄足下之

切豈淺淺也哉所教秘方僕以為前人之

書皆謂之秘方而獨恨無知識不能探其

秘常以是為病焉豈有他秘方可以奉

也小兒之疾疳病居多者以其不節食飲

故也肥甘過節則中滿而熱中滿而熱則

氣壅血濁脾胃不運諸疳之疾生焉其治

多端或消其積磨其塊清其熱補其不足

隨其虛實審其久新各有攸宜難以枚論

而足下所論數條小方其能盡治法乎竊

見貴國之人味尚甘食飲之外無非甘

物小兒之一倍耽嗜想可知笑此所以疳

病之最多者也疳字從病從甘其字義可

剝腹部積塊所在以輸醫滯及灸章門其

艾大如大拇指多得効此類又有絶不治

者經十二年而後斃矣請此症足下所秘

金方示賜焉則幸甚夫醫以仁爲敎救民

之一術亦非仁乎

答

小兒之病誠難矣然審其所曰察其顯症猶

有可據而論治者不可全然委之於啞科

者善焉有金公中白者繼之今世則以可

悲也夫

問

當聞治十婦人勿治一小兒蓋古諺也啞科

之難自名鉄我邦亦小兒痀疾其症居

多焉其治所行則連錢卅仙人卅合歡霜

等單服乃以一二之殺蟲之藥出入增減

爲之可又令鰻鱺魚食之甚者則以毫鍼

即大腸之原而大腸盤據乎臍下即腎
也胎雖繫於腎而其漸長也滿于腸侵
于胃補合谷者引大腸之氣而舉之也瀉
三陰交者推三陰之氣而降之也瀉少陰
之氣搖其蒂瀉厥陰之氣破其血瀉太陰
之氣撼其腹補大腸之氣舉而掀之搖
之破之掀之胎安得以不墜也哉然善
鍼者即有應焉又非庸工所可為也鍼之
道其大矣哉古人已難攀吾 東有許任

熱入血室之症刺肝募期門者通其經瀉其

熱助其藥勢非有深意也墜胎之法瀉三

陰交補合谷之論於經無之自徐文伯始

文伯亦無註釋故後之人雖按而行之莫

毎知其意也僕有愚見可以論而未知足下

能領可之否也夫胞胎繋於腎即少陰

也肝血養其胎肝即厥陰也腹屬脾即太

陰也太陰為三陰之主而養胎之本也是

穴為三陰交會之地故名曰三陰交合谷

問

先所問鍼治之說有未盡其言者再述焉昔
人熱入血室七症小柴胡湯已遲則應剌
期門此症則鍼治之尤者也又瀉三陰交
補合谷則墜胎等說鍼術之即功皆大書
於諸書盖謂鍼者越人邁笑至宋元之間
亦不多其人足下所見如何

答

貴國之刺腹部波ニ一二寸刺ス手足者波五

六分何其過也云經ニ刺ス外別有他可キ擾之

說乎　貴國之人比言人灭有テ加厚耶既

曰考又ニ内經則刺甚深矣而何強爲云也

穴之遠近刺之浅深皆用同身寸而國尺

之說又未可ヲ曉也王燾論鍼所謂不能活

死人云者僕亦以爲過烏足下之敎誡是

矣

之補者未必按而留之此誠確論也譬如

甘艸註曰解百藥毒云而服砒飲菌者亦

可以甘艸一味能解其毒乎積之用鍼惟

肝積而已借金之氣制木之盛嘗積得開

時暫見愈亦不永瘥小兒癧塊多剌之者

亦此意而至於一切積聚未聞有剌法也

剌之淺深隨穴之淺深而間有權變者不

過肥瘦之別而腹部之穴為二寸深者才

一二手足之穴為二三分者居多

12

鍼何也抑有以偏利於　東方而肰耶四

方之治雖各不同而只有微甚而已其可

廢圓鍼欤人有強弱病有淺深穴有大小

其能以尖細之鍼通而行之乎百病皆可

刺之說當活者不可泥也素曰無刺大漐

人大飢人大汗人大熱人靈曰無刺形不

足氣不足新産下血於此可見其不敢用

於内傷虛損而只宜於壅過實症李氏所

謂鍼雖有補瀉之法而瀉者固可迎而奪

答

古之明醫何嘗有藥醫鍼醫之別哉近世以
来才分漸下多不能專焉而術業之寖微
更無餘地良可歎也善於湯液者豈不知
鍼而昧於鍼者亦何由而知湯液之理也
鍼之不及治之以藥藥之不及治之以鍼
二者相須不可相離未當聞塞於此而通
於彼者也且鍼之類非止一二而獨舉毫

諸家附註委詳矣然見今奏功者壓磨堅

積踈動瘀塞之外至手足之疾及内傷外

湿等症則有試其驗者最所罕見也異古

經所說矣貴國此等症用鍼也否亦或尋

其堅積之所在而直刺之欤我國用鍼者

腹部刺深一二寸尺用國手足亦五六分考

之古經則刺甚深矣王燾論鍼曰不能活

死人者一偏之見虞搏之論當矣足下所

慮與貴邦所行之鍼法詳示之幸甚

肺氣滯血壅肝氣欝而瘀前所謂肝肺相

薄者此也弊邦海邑亦間有之依此治之

而或有効

　問

我國湯液家之外有針醫者其法即用素問

所謂毫鍼者癲疝癥瘕血積頭痛胸背手

足凡百病皆刺之為運榮衛通經之事矣

原夫鍼法者出於靈樞難經及甲乙經等

生脾胃濕熱之病飲食其能如常乎因其

症而推詳則是肝肺相薄之候也心下痞

者肝邪鬱也步遠喘息者肺氣逆也爪者

肝之應而面色青白者肝肺之色飲食如

常者病不在脾也治以鐵粉之屬下黑物

而愈者隆下其惡血頑涎而肺氣以之而

順肝鬱以之而伸病自解笑肤非獨鐵粉

之屬爲可一切重隆之藥皆可採用是皆

甲下嵐瘴之鄕觸胃不正之氣而先于於

八三

瘄爪色變飲食行步如常步遠則呼吸短

息田野卑賤者最多矣醫為黃胖治ニ以礬
粉ヲ為君加ニ鐵粉硫黃等藥多得ニ效輕者七
八日重者ハ十餘日ヲ愈大便下スレハ黑物為ニ證貴ト

國有ニ此疾否ヤ

　　答

黃胖之疾岷廣所謂砂病秦氏所謂青筋之
類而實非ニ黃胖也黃胖即ニ脾胃ニ濕熱之所

而傳染之理昧者惑爲夫執矢癘疫之氣

大則偏行天下以氣相染也行乎天地則

天下染之行乎室中則一家染之氣之相

感無或怪矣君論治法則殺其虫以絶其

後患而已丹溪登夫尚以爲難爲況不及

於登夫丹溪者乎

問

又問有一疾其病面色青白而浮腫心下常

答

朝鮮 楊州 趙崇壽

勞瘵之疾弊邦鄉曲間或有之而大抵遘斯
疾者未嘗問乎醫醫者亦厭避之故病者
不得見治而醫者未能試治勢固然矣盖
染此疾者皆酒色過度心曙虧損之人自
虧而損自損而勞勞而瘵久而成蟲極而
死死而傳染曰傳尸曰飛尸曰遁尸者也
同氣連枝以氣相染甚至於滅門者有之

桑韓醫問答卷之下

　　　　問　　　　　日本　醫官　河春恆

敢問、正德中貴國之諸賢来聘、爲濃州大垣
之醫有春圃者見奇斗文醫伯於濃州賓
舘因呈問目數條内及勞療傳尸奇生答
以中古多有而今無有僕意去正德壬辰
三十年于今矣病有變化藥亦萬變傳尸
之症貴國今有耶猶無邪治法以何等事
爲大法

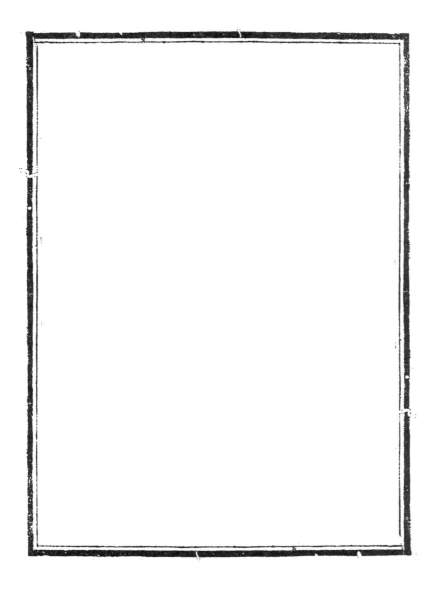

2

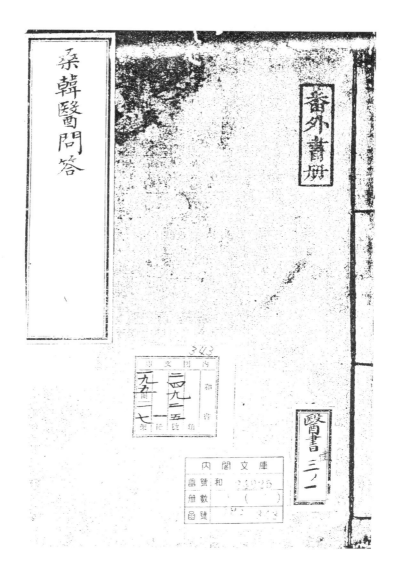

【영인자료】

桑韓醫問答
韓客筆譚

여기서부터 영인본을 인쇄한 부분입니다. 이 부분부터 보시기 바랍니다.

조선후기 통신사 필담창화집
번역총서를 간행하면서

　20세기 초까지 한자(漢字)는 동아시아 사회의 공동문자였다. 국경의 벽이 높아서 사신 외에는 국제적인 교류가 불가능했지만, 문자를 통한 교류는 활발했다. 중국에서 간행된 한문 전적이 이천년 동안 계속 한국과 일본을 비롯한 주변 나라에 전파되었으며, 사신의 수행원들은 상대방 나라의 말을 못해도 상대방 문인들에게 한시(漢詩)를 창화(唱和)하여 감정을 전달하거나 필담(筆談)을 하며 의사를 소통했다.

　동아시아 삼국이 얽혀 싸웠던 임진왜란이 7년 만에 끝난 뒤, 조선에 군대를 파견하였던 중국과 일본은 각기 왕조와 정권이 바뀌었다. 중국에는 이민족인 청나라가 건국되고 일본에는 도쿠가와 막부가 세워졌다. 조선과 일본은 강화회담이 결실을 맺어 포로도 쇄환하고 장군이 계승할 때마다 통신사를 파견하여 외교를 회복했지만, 청나라와에도 막부는 끝내 외교를 회복하지 못하고 단절상태가 계속되었다. 일본은 조선을 통해서 대륙문화를 받아들일 수밖에 없었고, 그 방법 중 하나가 바로 통신사를 초청할 때 시인, 화가, 의원 등의 각 분야 전문가를 초청하는 것이었다.

오백 명 규모의 문화사절단 통신사

연암 박지원은 천재시인 이언진(李彦瑱, 1740~1766)이 11차 통신사 수행원으로 일본에 다녀온 지 2년 만에 세상을 뜨자, 이를 애석히 여겨 「우상전」을 지었다. 그 첫머리에 일본이 조선에 다양한 전문가들로 구성된 문화사절단을 파견해 달라고 요청한 사연이 실려 있다.

일본의 관백(關白)이 새로 정권을 잡자, 그는 저축을 늘리고 건물을 수리했으며, 선박을 손질하고 속국의 각 섬들에서 기재(奇才)·검객(劍客)·궤기(詭技)·음교(淫巧)·서화(書畵)·여러 분야의 인물들을 샅샅이 긁어내어, 서울로 모아들여 훈련시키고 계획을 갖추었다. 그런 지 몇 달 뒤에야 우리나라에 사신을 파견해 달라고 요청하였는데, 마치 상국(上國)의 조명(詔命)을 기다리는 것처럼 공손하였다.

그러자 우리 조정에서는 문신 가운데 3품 이하를 골라 뽑아서 삼사(三使)를 갖추어 보냈다. 이들을 수행하는 사람들도 모두 말 잘하고 많이 아는 자들이었다. 천문·지리·산수·점술·의술·관상·무력으로부터 퉁소 잘 부는 사람, 술 잘 마시는 사람, 장기나 바둑 잘 두는 사람, 말을 잘 타거나 활을 잘 쏘는 사람에 이르기까지, 한 가지 기술로 나라 안에서 이름난 사람들은 모두 함께 따라가게 되었다. 그런데 이들 가운데서도 문장과 서화를 가장 중요하게 여기지 않을 수가 없었다. 왜냐하면 그들은 조선 사람의 작품 가운데 한 글자만 얻어도 양식을 싸지 않고 천 리 길을 갈 수 있기 때문이었다.

도쿠가와 이에하루(德川家治)가 쇼군을 계승하자 일본 각 분야의 대표적인 인물들을 에도로 불러들여 조선 사절단 맞을 준비를 시킨 뒤, "마치 상국의 조서를 기다리는 것처럼 공손하게" 조선에 통신사를 요청하였다. 중국과 공식적인 외교가 단절되었으므로, 대륙문화를 받아들이기 위해 조선을 상국같이 모신 것이다. 사무라이 국가 일본에는 과거제도가 없기 때문에 한문학을 직업삼아 평생 파고든 지식인들이 적어서, 일본인들은 조선 문인의 문장과 서화를 보물같이 여겼다.

조선에서도 국위를 선양하기 위해 여러 분야의 문화 전문가들을 선발하여 파견했는데, 『계림창화집(鷄林唱和集)』이 출판된 8차 통신사(1711년) 때에는 500명을 파견했다. 당시 쓰시마에서 에도까지 왕복하는 동안 일본인들이 숙소마다 찾아와 필담을 나누거나 한시를 주고받았는데, 필담집이나 창화집은 곧바로 출판되어 널리 읽혔다. 필담 창화에 참여한 일본 지식인은 대륙의 새로운 지식을 얻었을 뿐만 아니라, 일본 사회에서 전문가로서의 위상도 획득하였다.

8차 통신사 때에 출판된 필담 창화집은 현재 9종이 확인되었으며, 필담 창화에 참여한 일본 문인은 250여 명이나 된다. 이는 7차까지 출판된 필담 창화집을 모두 합한 것보다 훨씬 많은 수인데, 통신사 파견이 100년 가까이 되자 일본에서도 한문학 지식인 계층이 두터워졌음을 알 수 있다. 8차 통신사에 참여한 일행 가운데 2명은 기행문을 남겼는데, 부사 임수간(任守幹)이 기록한 『동사록(東槎錄)』이나 역관 김현문(金顯門)이 기록한 또 하나의 『동사록』이 조선에 돌아와 남에게 보여주기 위해 일방적으로 쓴 글이라면, 필담 창화집은 일본에서 조선과 일본의 지식인들이 마주앉아 함께 기록한 글이다. 그러기에 타인의 눈을 통해 자신의 모습을 객관적으로 볼 수 있다.

16권 16책의 방대한 분량으로 다양한 주제를 정리한 『계림창화집』

에도막부 초기의 일본 지식인은 주로 승려였기에, 당연히 승려들이 통신사를 접대하고, 필담에 참여하였다. 그 다음으로 유자(儒者)들이 있었는데, 로널드 토비는 이들을 조선의 유학자와 비교해 "일본의 유학자는 국가에 이용가치를 인정받은 일종의 전문 지식인에 지나지 않았다"고 규정하였다. 그 가운데 상당수는 의원이었으므로 흔히 유의(儒醫)라고 하는데, 한문으로 된 의서를 읽다보니 유학에도 관심을 가지게 된 것이다. 이노 작스이(稲生若水)가 물고기 한 마리를 가지고 제술관 이현과 서기 홍순연 일행을 찾아가서 필담을 나눈 기록이 『계림창화집』 권5에 실려 있다.

이 현 : 이 물고기는 우리나라의 송어입니다. 조령의 동남 지방에 많이 있어, 아주 귀하지는 않습니다.

홍순연 : 이 물고기는 우리나라의 농어와 매우 닮았습니다. 귀국에도 농어가 있는지 모르겠지만, 이것과 같지 않습니까? 농어가 아니라면 내가 아는 물고기가 아닙니다.

남성중 : 이 물고기는 우리나라 송어입니다. 연어와 성질이 같으나 몸집이 작으며, 우리나라 동해에서 납니다. 7~8월 사이에 바다에서 떼를 지어 강으로 올라가는데, 몸이 바위에 갈려 비늘이 다 떨어져 나가 죽기까지 하니 그 성질을 모르겠습니다.

그는 일본산 물고기의 습성을 자세히 설명하고 조선에도 있는지 물었지만, 조선 문인들은 이 방면의 전문가들이 아니어서 이름 정도나

추정했을 뿐이다. 홍순연은 농어라고 엉뚱하게 대답하기까지 하였다. 조선 문인이라면 모든 것을 알 수 있을 것이라고 기대했기에 생긴 결과인데, 아직 의학필담으로 분화되기 이전의 형태다. 이 필담 말미에 이노 작스이는 이런 기록을 덧붙여 마무리했다.

> 『동의보감』을 살펴보니 "송어는 성질이 태평하고 맛이 달며 독이 없다. 맛이 진기하고 살지다. 색은 붉으면서 선명하다. 소나무 마디 같아서 이름이 송어이다. 동북쪽 바다에서 난다"고 하였다. 지금 남성중의 대답에 『동의보감』의 설명을 참고하니, '鮏'은 송어와 같은 것이다. 그러나 '송어'라는 이름은 조선의 방언이지, 중화에서 부르는 이름이 아니다. 『팔민통지(八閩通志)』(줄임)『해징현지(海澄縣志)』 등의 책에 모두 송어가 실려 있으나, 모습이 이것과 매우 다르다. 다른 종류인데, 이름이 같을 뿐이다.

기록에서 보듯, 이노 작스이는 다수의 의견에 따라 이 물고기를 '송어'라고 추정한 후, 비교적 자세한 남성중의 대답과 『동의보감』의 기록을 비교하여 '송어'로 결론 내렸다. 그런 뒤에 조선의 '송어'가 중국의 송어와 같은 것인지 확인하기 위해 중국의 여러 지방지를 조사한후, '송어'는 정확한 명칭이 아니라 그저 조선의 방언인 것으로 결론지었다. 양의(良醫) 기두문(奇斗文)에게는 약초를 가지고 가서 필담을 시도하였다.

> 稻生若水 : 이 나뭇잎은 세 개의 뾰족한 끝이 있고 겨울에 시들지 않으며, 봄에 가느다란 꽃이 핍니다. 열매의 크기는 대두만하고, 모여서 둥글게 공처럼 되며, 생길 때는 파랗고, 익으면 자흑색이 됩니다. 나무

에 진액이 있어 엉기면 향이 나고, 색이 붉습니다. 이름은 선인장 나무
입니다. (줄임)

　기두문 : 이것이 진짜 백부자(白附子)입니다.

　제술관이나 서기들이 경험에 의존해 대답한 것과 달리, 기두문은
의원이었으므로 자신의 지식을 바탕으로 확실하게 대답하였다. 구지
현박사의 연구에 의하면 이노 작스이는 『서물류찬(庶物類纂)』이라는
박물지를 편찬하기 위해 방대한 자료를 수집・고증하고 있었는데, 문
화 선진국 조선의 문인에게 서문을 부탁하여, 제술관 이현이 써 주었
다. 1,054권이나 되는 일본 최대의 백과사전에 조선 문인이 서문을 써
주어 권위를 얻게 된 것이다.

출판사 주인이 상업적인 출판을 위해 직접 필담에 참여하다

　초기의 필담 창화집은 일본의 시인, 유학자, 의원 등 전문 지식인이
번주(藩主)의 명령이나 자신의 정보욕, 명예욕에 따라 필담에 나선 결
과물이지만, 『계림창화집』 16권 16책은 출판사 주인이 직접 전국 각
지역에서 발생한 필담 창화 원고들을 수집하여 출판한 것이다. 따라
서 필담 창화 인원도 수십 명에 이르며, 많은 자본을 들여서 출판하였
다. 막부(幕府)의 어용 서적을 공급하던 게이분칸(奎文館) 주인 세오겐
베이(瀨尾源兵衛, 1691~1728)가 21세 청년의 몸으로 교토지역 필담에 참
여해 『계림창화집』 권6을 편집하고, 다른 지역의 필담 창화 원고까지
모두 수집해 16권 16책을 출판했을 뿐 아니라, 여기에 빠진 원고들까

지 수집해『칠가창화집(七家唱和集)』10권 10책을 출판하였다.

『칠가창화집』은『계림창화속집』이라고도 불렸는데, 7차 사행 때의 최대 필담 창화집인『화한창수집(和韓唱酬集)』4권 7책의 갑절 규모에 해당한다. 규모가 이러하니 자본 또한 막대하게 소요되어, 고쇼모노도 코로(御書物所)인 이즈모지 이즈미노조(出雲寺 和泉掾) 쇼하쿠도(松栢堂) 와 공동 투자하여 출판하였다. 게이분칸(奎文館)에서는 9차 사행 때에 도『상한창화훈지집(桑韓唱和塤篪集)』11권 11책을 출판하여, 세오겐베 이(瀨尾源兵衛)는 29세에 이미 대표적인 출판업자로 자리매김하게 되 었다. 그러나 안타깝게도 38세에 세상을 떠나, 더 이상의 거질 필담 창화집은 간행되지 못했다.

필담창화집 178책을 수집하여 원문을 입력하고 번역한 결과물

나는 조선시대 한문학 연구가 조선 국경 안의 한문학만이 아니라 국경 너머를 오가며 외국인들과 주고받은 한자 기록물까지 연구해야 한다는 생각으로, 첫 번째 박사논문을 지도하면서 '통신사 필담창화 집'을 과제로 주었다. 구지현 선생은 1763년에 파견된 11차 통신사 구 성원들이 기록한 사행록 9종과 필담창화집 30종을 수집하여 분석했는 데, 박사학위를 받은 뒤에도 필담창화집을 계속 수집하여 2008년 한국 학술진흥재단의 토대연구에『조선후기 통신사 필담창수집의 수집, 번 역 및 데이터베이스 구축』이라는 과제를 신청하였다. 이 과제를 진행 하면서 우리 팀에서 수집한 필담창화집 178책의 목록과, 우리가 예상한 작업진도 및 번역 분량은 다음과 같다.

1) 1차년도(2008. 7.~2009. 6.) : 1607년(1차 사행)에서 1711년(8차 사행)까지

연번	필담창화집 책 제목	면 수	1면 당 행수	1행 당 글자 수	예상되는 원문 글자 수
001	朝鮮筆談集	44	8	15	5,280
002	朝鮮三官使酬和	24	23	9	4,968
003	和韓唱酬集首	74	10	14	10,360
004	和韓唱酬集一	152	10	14	21,280
005	和韓唱酬集二	130	10	14	18,200
006	和韓唱酬集三	90	10	14	12,600
007	和韓唱酬集四	53	10	14	7,420
008	和韓唱酬集(결본)				
009	韓使手口錄	94	10	21	19,740
010	朝鮮人筆談幷贈答詩(國圖本)	24	10	19	4,560
011	朝鮮人筆談幷贈答詩(東京都立本)	78	10	18	14,040
012	任處士筆語	55	10	19	10,450
013	水戶公朝鮮人贈答集	65	9	20	11,700
014	西山遺事附朝鮮使書簡	48	9	16	6,912
015	木下順菴稿	59	7	10	4,130
016	鷄林唱和集1	96	9	18	15,552
017	鷄林唱和集2	102	9	18	16,524
018	鷄林唱和集3	128	9	18	20,736
019	鷄林唱和集4	122	9	18	19,764
020	鷄林唱和集5	110	9	18	17,820
021	鷄林唱和集6	115	9	18	18,630
022	鷄林唱和集7	104	9	18	16,848
023	鷄林唱和集8	129	9	18	20,898
024	觀樂筆談	49	9	16	7,056
025	廣陵問槎錄上	72	7	20	10,080
026	廣陵問槎錄下	64	7	19	8,512
027	問槎二種上	84	7	19	11,172

028	問槎二種中	50	7	19	6,650
029	問槎二種下	73	7	19	9,709
030	尾陽倡和錄	50	8	14	5,600
031	槎客通筒集	140	10	17	23,800
032	桑韓醫談	88	9	18	14,256
033	辛卯唱酬詩	26	7	11	2,002
034	辛卯韓客贈答	118	8	16	15,104
035	辛卯和韓唱酬	70	10	20	14,000
036	兩東唱和錄上	56	10	20	11,200
037	兩東唱和錄下	60	10	20	12,000
038	兩東唱和後錄	42	10	20	8,400
039	正德韓槎諭禮	16	10	18	2,880
040	朝鮮客館詩文稿(내용 중복)	0	0	0	0
041	坐間筆語附江關筆談	44	10	20	8,800
042	七家唱和集－班荊集	74	9	18	11,988
043	七家唱和集－正德和韓集	89	9	18	14,418
044	七家唱和集－支機閒談	74	9	18	11,988
045	七家唱和集－朝鮮客館詩文稿	48	9	18	7,776
046	七家唱和集－桑韓唱酬集	20	9	18	3,240
047	七家唱和集－桑韓唱和集	54	9	18	8,748
048	七家唱和集－賓館縞紵集	83	9	18	13,446
049	韓客贈答別集	222	9	19	37,962
예상 총 글자수					589,839
1차년도 예상 번역 매수 (200자원고지)					약 8,900매

2) 2차년도(2009. 7.~2010. 6.) : 1719년(9차 사행)에서 1748년(10차 사행)까지

연번	필담창화집 책 제목	면수	1면 당 행수	1행 당 글자 수	예상되는 원문 글자 수
050	客館璀璨集	50	9	18	8,100
051	蓬島遺珠	54	9	18	8,748
052	三林韓客唱和集	140	9	19	23,940
053	桑韓星槎餘響	47	9	18	7,614

054	桑韓星槎答響	106	9	18	17,172
055	桑韓唱酬集1권	43	9	20	7,740
056	桑韓唱酬集2권	38	9	20	6,840
057	桑韓唱酬集3권	46	9	20	8,280
058	桑韓唱和塤箎集1권	42	10	20	8,400
059	桑韓唱和塤箎集2권	62	10	20	12,400
060	桑韓唱和塤箎集3권	49	10	20	9,800
061	桑韓唱和塤箎集4권	42	10	20	8,400
062	桑韓唱和塤箎集5권	52	10	20	10,400
063	桑韓唱和塤箎集6권	83	10	20	16,600
064	桑韓唱和塤箎集7권	66	10	20	13,200
065	桑韓唱和塤箎集8권	52	10	20	10,400
066	桑韓唱和塤箎集9권	63	10	20	12,600
067	桑韓唱和塤箎集10권	56	10	20	11,200
068	桑韓唱和塤箎集11권	35	10	20	7,000
069	信陽山人韓館倡和稿	40	9	19	6,840
070	兩關唱和集1권	44	9	20	7,920
071	兩關唱和集2권	56	9	20	10,080
072	朝鮮人對詩集1권	160	8	19	24,320
073	朝鮮人對詩集2권	186	8	19	28,272
074	韓客唱和/浪華唱和合章	86	6	12	6,192
075	和韓唱和	100	9	20	18,000
076	來庭集	77	10	20	15,400
077	對麗筆語	34	10	20	6,800
078	鳴海驛唱和	96	7	18	12,096
079	蓬左賓館集	14	10	18	2,520
080	蓬左賓館唱和	10	10	18	1,800
081	桑韓醫問答	84	9	17	12,852
082	桑韓鏘鏗錄1권	40	10	20	8,000
083	桑韓鏘鏗錄2권	43	10	20	8,600
084	桑韓鏘鏗錄3권	36	10	20	7,200
085	桑韓萍梗錄	30	8	17	4,080
086	善隣風雅1권	80	10	20	16,000
087	善隣風雅2권	74	10	20	14,800
088	善隣風雅後篇1권	80	9	20	14,400

089	善隣風雅後篇2권	74	9	20	13,320
090	星軺餘轟	42	9	16	6,048
091	兩東筆語1권	70	9	20	12,600
092	兩東筆語2권	51	9	20	9,180
093	兩東筆語3권	49	9	20	8,820
094	延享五年韓人唱和集1권	10	10	18	1,800
095	延享五年韓人唱和集2권	10	10	18	1,800
096	延享五年韓人唱和集3권	22	10	18	3,960
097	延享韓使唱和	46	8	14	5,152
098	牛窓錄	22	10	21	4,620
099	林家韓館贈答1권	38	10	20	7,600
100	林家韓館贈答2권	32	10	20	6,400
101	長門戊辰問槎상권	50	10	20	10,000
102	長門戊辰問槎중권	51	10	20	10,200
103	長門戊辰問槎하권	20	10	20	4,000
104	丁卯酬和集	50	20	30	30,000
105	朝鮮筆談(元丈)	127	10	18	22,860
106	朝鮮筆談1권(河村春恒)	44	12	20	10,560
107	朝鮮筆談1권(河村春恒)	49	12	20	11,760
108	韓客對話贈答	44	10	16	7,040
109	韓客筆譚	91	8	18	13,104
110	韓人唱和詩	16	14	21	4,704
111	韓人唱和詩集1권	14	7	18	1,764
112	韓人唱和詩集1권	12	7	18	1,512
113	和韓文會	86	9	20	15,480
114	和韓唱和錄1권	68	9	20	12,240
115	和韓唱和錄2권	52	9	20	9,360
116	和韓唱和附錄	80	9	20	14,400
117	和韓筆談薰風編1권	78	9	20	14,040
118	和韓筆談薰風編2권	52	9	20	9,360
119	鴻臚傾蓋集	28	9	20	5,040
예상 총 글자수					723,730
2차년도 예상 번역 매수 (200자원고지)					약 10,850매

3) 3차년도(2010. 7.~ 2011. 6.) : 1763년(11차 사행)에서 1811년(12차 사행)까지

연번	필담창화집 책 제목	면수	1면당 행수	1행당 글자수	예상되는 원문 글자수
120	歌芝照乘	26	10	20	5,200
121	甲申槎客萍水集	210	9	18	34,020
122	甲申接槎錄	56	9	14	7,056
123	甲申韓人唱和歸國1권	72	8	20	11,520
124	甲申韓人唱和歸國2권	47	8	20	7,520
125	客館唱和	58	10	18	10,440
126	鷄壇嚶鳴 간본 부분	62	10	20	12,400
127	鷄壇嚶鳴 필사부분	82	8	16	10,496
128	奇事風聞	12	10	18	2,160
129	南宮先生講餘獨覽	50	9	20	9,000
130	東渡筆談	80	10	20	16,000
131	東槎餘談	104	10	21	21,840
132	東游篇	102	10	20	20,400
133	問槎餘響1권	60	9	20	10,800
134	問槎餘響2권	46	9	20	8,280
135	問佩集	54	9	20	9,720
136	賓館唱和集	42	7	13	3,822
137	三世唱和	23	15	17	5,865
138	桑韓筆語	78	11	22	18,876
139	松菴筆語	50	11	24	13,200
140	殊服同調集	62	10	20	12,400
141	快快餘響	136	8	22	23,936
142	兩東鬪語乾	59	10	20	11,800
143	兩東鬪語坤	121	10	20	24,200
144	兩好餘話상권	62	9	22	12,276
145	兩好餘話하권	50	9	22	9,900
146	倭韓醫談(刊本)	96	9	16	13,824
147	倭韓醫談(寫本)	63	12	20	15,120
148	栗齋探勝草1권	48	9	17	7,344
149	栗齋探勝草2권	50	9	17	7,650
150	長門癸甲問槎1권	66	11	22	15,972

151	長門癸甲問槎2권	62	11	22	15,004
152	長門癸甲問槎3권	80	11	22	19,360
153	長門癸甲問槎4권	54	11	22	13,068
154	萍遇錄	68	12	17	13,872
155	品川一燈	41	10	20	8,200
156	表海英華	54	10	20	10,800
157	河梁雅契	38	10	20	7,600
158	和韓醫談	60	10	20	12,000
159	韓客人相筆話	80	10	20	16,000
160	韓館應酬錄	45	10	20	9,000
161	韓館唱和1권	92	8	14	10,304
162	韓館唱和2권	78	8	14	8,736
163	韓館唱和3권	67	8	14	7,504
164	韓館唱和續集1권	180	8	14	20,160
165	韓館唱和續集2권	182	8	14	20,384
166	韓館唱和續集3권	110	8	14	12,320
167	韓館唱和別集	56	8	14	6,272
168	鴻臚摭華	112	10	12	13,440
169	鷄林情盟	63	10	20	12,600
170	對禮餘藻	90	10	20	18,000
171	對禮餘藻(明遠館叢書 57)	123	10	20	24,600
172	對禮餘藻(明遠館叢書 58)	132	10	20	26,400
173	三劉先生詩文	58	10	20	11,600
174	辛未和韓唱酬錄	80	13	19	19,760
175	接鮮瘖語(寫本)1	102	10	20	20,400
176	接鮮瘖語(寫本)2	110	11	21	25,410
177	精里筆談	17	10	20	3,400
178	中興五侯詠	42	9	20	7,560
예상 총 글자수					786,791
3차년도 예상 번역 매수 (200자원고지)					약 11,800매

1차년도에는 하우봉(전북대) 교수와 유경미(일본 나가사키국립대학) 교수를 공동연구원으로 하여 고운기, 구지현, 김형태, 허은주, 김용흠 박

사가 전임연구원으로 번역에 참여하였다. 3년 동안 기태완, 이지양, 진영미, 김유경, 김정신, 강지희 박사가 연구원으로 교체되어, 결국 35,000매나 되는 번역원고를 마무리하였다.

일본식 한문이 중국식 한문과 달라서 특히 인명이나 지명 번역이 힘들었는데, 번역문에서는 독자들이 읽기 쉽도록 한국식 한자음으로 표기하고, 첫 번째 각주에서만 일본식 한자음을 표기하였다. 원문을 표점 입력하는 방법은 고전번역원에서 채택한 방법을 권장했지만, 번역자마다 한문을 교육받고 번역해온 과정이 다르기 때문에 재량을 인정하였다. 원본 상태를 확인하려는 연구자를 위해 영인본을 뒤에 편집하였는데, 모두 국내외 소장처의 사용 승인을 받았다.

원문과 번역문을 합하여 200자원고지 5만 매 분량의『조선후기 통신사 필담창화집 번역총서』를 12,000면의 이미지와 함께 편집하고 4차에 나누어 10책씩 출판하는 과정이 복잡하고 힘들었기에, 연세대학교 정갑영 총장에게 편집비 지원을 신청하였다.『조선후기 통신사 필담창수집 번역본 30권 편집』정책연구비(2012-1-0332)를 지원해주신 정갑영 총장에게 감사드린다.

『조선후기 통신사 필담창화집 번역총서』를 편집하는 과정에 문화재청으로부터『통신사기록 조사 및 번역, 데이터베이스 구축』연구용역을 발주받게 되어, 필담창화집을 비롯한 통신사 관련 기록을 세계기록유산으로 등재하는 작업에 참여하게 된 것도 기쁜 일이다. 통신사 관련 기록들이 모두 데이터베이스로 구축되어 국내외 학자들이 한일문화교류, 나아가서는 동아시아문화교류 연구에 손쉽게 참여하게 된다면『통신사 필담창화집 번역총서』의 사명을 다하는 것이라고 생각한다.

　조선후기 통신사가 동아시아 문화교류 연구에 중요한 이유는 임진 왜란 이후에 중국(청나라)과 일본의 단절된 외교를 통신사가 간접적으로 이어주었기 때문이다. 통신사 필담창화집 번역총서 60권 출판이 마무리되면 조선후기에 한국(조선)과 중국(청나라) 지식인들이 주고받은 척독집 40여 권도 데이터베이스로 구축하여, 일본에서 조선을 거쳐 청나라로 이어지는 '동아시아 문화교류의 길' 데이터베이스를 국내외 학자들에게 제공하고자 한다.

▨ 김형태(金亨泰)

연세대학교 국어국문학과, 연세대학교 대학원 국어국문학과 졸업. 문학박사
연세대학교 국학연구원 연구교수 역임
현재 경남대학교 문과대학 국어국문학과 조교수
저서로는 『대화체 가사의 유형과 역사적 전개』(소명출판, 2009),
『통신사 의학 관련 필담창화집 연구』(보고사, 2011) 등이 있다.

조선후기 통신사 필담창화집 번역총서 25
桑韓醫問答 · 韓客筆譚

2014년 8월 28일 초판 1쇄 펴냄

역　자 김형태
발행인 김흥국
발행처 도서출판 보고사

등록 1990년 12월 13일 제6-0429호
주소 서울특별시 성북구 보문동7가 11번지 2층
전화 922-5120~1(편집), 922-2246(영업)
팩스 922-6990
메일 kanapub3@naver.com
http://www.bogosabooks.co.kr

ISBN 979-11-5516-300-9 94810
　　　979-11-5516-055-8 (세트)
ⓒ 김형태, 2014

정가 28,000원
사전 동의 없는 무단 전재 및 복제를 금합니다.
잘못 만들어진 책은 바꾸어 드립니다.

이 도서의 국립중앙도서관 출판예정도서목록(CIP)은 서지정보유통지원시스템 홈페이지
(http://seoji.nl.go.kr)와 국가자료공동목록시스템(http://www.nl.go.kr/kolisnet)에
서 이용하실 수 있습니다.(CIP제어번호 : CIP2014024680)